DANIELLE STEEL

FIVE DAYS IN PARIS

この書物の所有者は下記の通りです。

住所	
氏名	〒

アカデミー出版社からすでに刊行されている
天馬龍行氏による超訳シリーズ

「ゲームの達人」
(以上シドニィ・シェルダン作)

「女　医」
「陰謀の日」
「神の吹かす風」
「星の輝き」
「天使の自立」
「私は別人」
「明け方の夢」
「血　族」
「真夜中は別の顔」
「時間の砂」
「明日があるなら」

「贈りもの」
「無言の名誉」
「敵　意」
「二つの約束」
「幸せの記憶」
「アクシデント」
(以上ダニエル・スティール作)

「何ものも恐れるな」
「生存者」
「インテンシティ」
(以上ディーン・クーンツ作)

「顔」

五日間のパリ

作・ダニエル・スティール
超訳・天馬龍行

希望を捨ててはいけない。
そして、チャンスがあるなら、
もう一度、愛に生きる勇気を持とう。
——D.S.

五分間が……五日間が……
そして、一生までもが
出会いの一瞬で
変わってしまうことがある。

第一章

例年になく暑い六月のその日、ピーター・ハスケルを乗せたジュネーブ発の便がシャルル・ドゴール空港に着陸した。

まもなく、ブリーフケースを手にして大股で歩くピーターの姿が入国審査ゲート前の通路の中にあった。

暑さも入国審査の行列もピーターには気にならなかった。その顔からは笑みさえこぼれていた。彼はパリが大好きなのである。

ピーターは年にだいたい四、五回はヨーロッパに旅行する。彼が社長の座にすわる巨大製薬帝国は、ドイツとスイスとフランスに研究所を持ち、英国には一大生産拠点リサーチセンターを所有している。ヨーロッパに来てリサーチチームと意見を交換したり、市場の新しい動向を自分の目と足で確かめるのは彼の楽しみであり、それは取りも直さず仕事上の強みでもあった。

しかし、今回の旅行は、単なる市場調査でも、新薬の発表が目的でもない。彼がここに来たのは、自分の〝子供〟ビコテックのためである。

〝ビコテック〟は彼の生涯の夢であり、すべてのガン患者に完治の希望をもたらす奇跡の新薬である。治療効果は劇的であり、これによって化学療法の概念が根本的に変わるはずだ。ピーター個人にとっては、これが社会への生涯最大の貢献になるだろう。彼はこの四年間、家庭サービスを除けば、自分の全人生をこの一つの薬の開発に捧げてきた。これが成功すれば、ウィルソン―ドノバン社には巨億の富が転がり込む。試算では、最初の五年間だけで一兆ドルにもなる見込みだ。しかし、ピーターの目的は利益ではない。命である。暗闇の中の風前の灯のようなガン患者たちの命である。

世界中のガン患者たちをこの〝ビコテック〟が救うことになる。最初は夢物語のような話だったが、現在では最後の勝利の一歩手前まできている。来たるべきその瞬間のことを思うと、ピーターは狂おしいほど胸が高鳴る。

現時点での収穫はほぼ理想どおりである。ドイツとスイスチームの成果は素晴らしいものだった。彼らの研究所で得られた実験結果は、米国での実験よりもはっきりした効果を示している。

開発チームのスタッフたちは自信を持っていた。安全である。〝FDA〟、つまり〝食品医薬品局〟の承認さえ得られれば、すぐにでも第一次人体治験に移ることができる。薬の治験目的をよく知らせたうえで、限られた数の志願者に少量の新薬を投与するわけである。

ウィルソン—ドノバン社は、もう数か月前の一月にFDAに申請書を提出していた。ついては、これまでの実験結果に基づいてビコテックが〝緊急承認扱い〟されるよう手配もしている。人体治験を急がせ、FDAが安全を確認すれば、すぐにでも発売するのを見込んでのことだった。〝緊急承認扱い〟とは、死をもたらす病を治療する新薬に対し、各種の段階的審査を省いて販売許可をおろすための特別措置《そち》のことである。

FDAから許可さえ得られれば、すぐに百人規模の臨床試験に移る準備ができている。被験希望者はいくらでもいる。末期患者にとっては、希望が持てるなら、どんなものでも試す価値がある。患者たちはむしろ、ありがたがって同意書にサインしてくれるだろう。たとえ潜在的危険性を認知していてもである。

ウィルソン−ドノバン社としては、人体治験が一刻も早くできることを願っていた。だからこそ、現段階の実験結果が重要な意味を持つのだ。九月にはＦＤＡによる公聴会がある。その時点で、うまくいけば〝緊急承認扱い〟が決定されるはずだ。

社のパリ研究所長、ポール・ルイ・スシャールが指揮する実験の結果も、つい昨日確認したばかりのジュネーブの結果同様に、グッドニュースであることをピーターは信じて疑わなかった。

「観光ですか、商用ですか、ムッシュー？」

入国審査の役人は顔を上げるのも面倒くさそうに、パスポートの写真だけを見てスタンプを押した。青い目、黒髪、四十四歳の年齢よりは若く見え、背が高く、どちらかというとハンサムな部類に入るピーターである。

「商用です」

ピーターは誇らしげに答えた。商用とは、取りも直さず〝ビコテック〟のことである。勝利の新薬。ガンと化学療法で苦しむ全患者への救済！

役人からパスポートを受け取ると、ピーターは回転式の荷台〝カラソル〟からバッグを取り上げ、外のタクシー乗り場へ向かった。

六月のよく晴れた日だった。ジュネーブにいても特にすることがなかったので、予定を一日早めてパリに着いたところである。パリなら、何かすることはあるだろう。セーヌ川のほとりの散歩だけでも、結構時間はつぶせる。それに、今日は日曜だが、スシャールに連絡したら一日早い検討会に同意してくれるかもしれない。

スシャールにはホテルに着いてから連絡するつもりだった。典型的なフランス人である彼の頑固さは生半可《なまはんか》ではないが、ピーターは一応、相手の都合を聞いてみるつもりだった。それにしても、時間がまだ早かった。

スシャールとの討議はいつも英語でしているものの、ピーターは何年も前からフランス語を勉強して、かなりしゃべれるようになっていた。ピーターは努力家だった。社会に出てからも、あらゆる種類の勉強を怠らなかった。空港の入国審査官でも、ピーターをひと目見て、彼がハイソサエティの男であり、頭も良くて重要な地位にある人物であることを見抜いていた。意志が強く、冷静で落ち着き払っている彼は、常に自信に満ちた雰囲気を醸《かも》しだしている。四十四歳にして、世界有数の巨大製薬会社の社長の地位にある。彼は科学者ではない。営業畑の男である。その点、会長のフランク・ドノバンと同じだ。

ただ、十八年前にふとした偶然からフランク・ドノバンの娘と結婚したのが、そもそもの始まりだった。それは出世のための計算でも、財産目当てでもなかった。ピーターの目に映るそれは、まったくのアクシデントであり、運命のいたずらだった。彼女との交際期間だった六年間、ピーターの人生はその運命と闘う毎日だった。

ピーターは結婚するつもりなどまるでなかった。二人が出会った時、相手がどこの誰なのかさえ知らなかった。二人ともミシガン大学の学生で、ケイト・ドノバンは十九歳、ピーターは二十歳だった。彼女は単に合同コンパで見つけた、金髪の可愛らしい新入生だった。だがデートを二回しただけで、ピーターは彼女にすっかり夢中になっていた。それから五か月間、ある男にこう言われるまで二人の交際は順調に続いた。〝ケイトをものにするとは、おまえも隅に置けないな〟というのが、その男の言い草だった。男の説明によれば、ケイトは、米国最大の製薬会社の唯一の相続人だという。

ピーターは腹を立て、なぜ話してくれなかったのだと、二十歳の青年の純真さでケイトに怒りをぶつけた。

「どうして黙ってたんだ？　そんなことを隠しておくなんて変だぞ」

彼は怒鳴った。

「何を話せって言うの？　わたしの父の社会的な地位次第であなたは警戒心を強めるって言うの？　そんなこと気にしない人だと思っていたわ、あなたって」

ピーターの剣幕にケイトは傷ついたが、それ以上に、これで捨てられるのではないかと、その方が心配だった。ピーターの自尊心が強いことは分かっていた。彼の両親がどんなに貧しいかも知っていた。

彼の父親が生涯働いてきた酪農場の権利をようやく買い取ることができたと聞いたのは、つい先月のことだ。そのために多額の借金をしたから、ピーターは父親の事業がいつか行き詰まるのではないかと、そればかりが心配だった。もしそんなことになったら、彼は即刻学校をやめ、父親を手助けするために郷里のウィスコンシン州へ戻らなければならなくなるだろう。

「そういうことをぼくが気にするのを、きみはよく知っているはずじゃないか。それで、これからぼくにどうして欲しいっていうんだ?」

彼女の世界で自分がやってゆけないことは彼自身が一番よく知っていた。自分の住む世界とはまるで違うし、自分がそれに適合するはずもなかった。かといって、ケイトがウィスコンシンの農場で働く姿も想像できなかった。彼女は世界中のいいものを見て育ち、自分で意識していなくても、彼とは比較にならないくらい洗練されている。もっとも、彼の方の問題点はもっと別のところにあった。自分の生まれ育った世界ですら肌に合わないと感じていたことだ。郷里に住む大衆の一人たらんといくら努力しても、自分の大都会志向が頭をもたげてしまうのだ。

彼は子供の頃から農業が嫌いで、シカゴやニューヨークのような大都会に出てビジネスの世界に身を置くことを夢見ていた。乳しぼりだの、干草積みだの、家畜小屋の果てしない掃除だのは、もううんざりだった。学校の授業を終えるとすぐ飛んで戻って来ては父親の手伝いをする生活が何年も続いた。その結果、父親は農場の所有権を買うことができた。だからこそピーターは自覚していた。大学を卒業したら実家に戻って父親を手伝わなければならないのだと。それが嫌でしようがなかったが、逃れる道は見つからなかった。父親のあとを安直に継ぐのではなく、自分の責任で自分に向いたことをやるのが一番いいのだ、と彼は信じていた。おまえはいい子だ、と母親によく褒められたものだが、自分の好きなことなら、もっと一生懸命できる自信があった。

ケイトが誰だか分かった今、彼女と関係を続けるのは間違いとしか思えなかった。このままだと、自分がどんなに誠意を持っていても、親の遺産か出世の近道を狙った要領のいい若者にしか見られないだろう。彼女がどんなに美人でも、そして自分がどんなに彼女に惚れていても、このラブだけはやめた方がよさそうだった。

彼女を利用したくないという固い決心ゆえ、ピーターは、彼女の素性を知ってから二週間後に、ケイトと完全に手を切った。ケイトがどんなに説得しても意志を変えなかった。ケイトは失意に沈み、その結果二人とも立ち直れないほど落ち込んでしまった。まだ教養課程にいたピーターは、六月にウィスコンシンに戻って父親の手伝いを始めた。そして、夏の終わりには、父親の仕事を軌道に乗せるため、一年間休学することを決心した。その前の冬の農場の収支は惨憺《さんたん》たるものだったが、大学で考えた新しい計画や工夫で、なんとか窮地を脱出できる目算はあった。

やっていればそのとおりできたかもしれない。だが、運命は皮肉だった。彼は徴兵されてベトナムへ送られることになったのだ。最初の一年はダナン近郊で過ごし、二期目の兵役としてサイゴンの情報局で働かされた。

人生に迷っていた時期だった。兵役を終え、ベトナムを離れたとき彼は二十二歳になっていた。これから何をやって一生を送ろうか、まるで方針が立っていなかった。農場に戻って父親の手伝いをするのは嫌だったが、しなければならないと思っていた。母親は彼がベトナム従軍中に他界していた。独りぼっちになった父親の寂しさは、充分に理解できた。

学業が一年残っていたが、なぜか自分だけが歳を取ってしまったような気がして、ミシガン大学へ戻る気はしなかった。ベトナムという国にも大いに惑わされた。あれほど自分を苦しめ、嫌いになっていいはずの国なのに、彼はベトナムが好きになっていた。そこを立ち去る時は後ろ髪を引かれる思いだった。当地では軽いロマンスを二度ばかり経験していた。一人は軍に籍を置くアメリカ女性で、もう一人は若くて可愛らしいベトナムの乙女だった。だが、ベトナムですることはあらゆる事が絡み合っていた。人間関係はすべて、明日をも知れぬ運命に支配されていた。ケイトからウィスコンシン経由で届けられたクリスマスカードをもらったが、自分からはいっさい連絡を取らなかった。ダナンにいた時は、毎日のように彼女のことを思いだしていたが、手紙は書かない方がいいと自分に言い聞かせていた。書いたとして、何を言えばいいのだ。〝きみが金持ちで、ぼくが貧乏人なのは残念だ〟、か……〝どうぞ、コネチカットで贅沢な人生を送ってください。ぼくは農場の糞をシャベルで掘って一生を終わりますから……それではまた〟、か……。

しかし、ウィスコンシンに戻ると、やはり彼は農業に向いていないと皆に認めさせる結果になってしまった。父親でさえ、おまえはシカゴで職を探した方がいいと言いだす始末だった。

彼はほとんどフリーパスで市場調査会社に職を得ることができた。それから夜学に通って、大学の修了資格を得た。

仕事を始めたばかりの頃、ミシガン大学時代の友人が開いたパーティーに出席して、そこで偶然ケイトと再会することになった。彼女は転学してシカゴに来ていた。そして、ノース・ウエスタン大学をちょうど卒業するところだった。彼女を久しぶりに目にしたとき、ピーターは思わず息をのんだ。三年前に別れた時よりもさらに美人になっていた。見るな、考えるな、と自分に言い聞かせながら過ぎたこの三年間だったが、時間が経過したにもかかわらず、彼女の前で胸の震える自分が驚きだった。

「ここで何しているんだい？」

ピーターはそわそわしながらそう尋ねたが、まるで、彼女が彼の学生時代の記憶以外で存在してはいけないような、おかしな訊き方だった。大学を去ってからも、彼女のことは一日も頭から離れたことはなかった。特に、入隊してからはひどかった。だが、彼女のことを無理矢理過去に置き去りにして、現在には甦《よみがえ》らせないようにしてきた。その彼女が今、突然目の前の現在に飛び込んできたのだ。

「卒業するため、こっちで単位を取っているのよ」

答えるケイトも胸を震わせていた。久しぶりに見るピーターは、記憶の中にいるピーターより長身で、やせて、目はもっと青く、髪はもっと黒く見えた。彼のあらゆる部分が、昔よりシャープで素敵に見えた。

実は彼女の方もピーターのことが忘れられなかった。彼女が大資産家の相続人と知って、離れていった男性は、あとにも先にも彼一人だった。しかも彼が別れると言った理由は、自分には資格がないという、ケイトの将来を思いやったものだった。

「ベトナムに行ってたんですって？」

ケイトの声は優しかった。ピーターはうなずいた。

「ひどい所だったんでしょ？」

ケイトは変なことを言って、彼を再び追いやることになるのではないかとびくびくしていた。彼がどんなに自尊心の強い男かよく知っている。こちらを見つめる彼の目を見ただけでも分かる。もう一度と自分には近づいて来ないだろうと。

しかし、ピーターは、ちょっと別の角度から、つまり、彼女がどんな女に成長したか、このおれとまたつき合いたいと思っているのかどうか考えながら彼女を見つめていた。その結果、彼女はあくまでも無邪気で無害に見えた。彼が脅威と信じて自分から遠ざかった彼女の家柄など微塵《みじん》も感じさせなかった。

彼女が何者か知ったあの当時、彼女の存在そのものが、ピーターの男としての誇りをぶち壊しそうだった。逃げ出したい過去と望ましい未来をつなぐまがい物の橋に見えた。もっとも彼自身は、その両者をどうつないだらいいか、思案に暮れるだけで結論らしいものは何も得られていなかった。

だが、あれから世界をたくさん見てきた彼は、久しぶりにケイトを前にして、あの頃の自分が何をそんなに恐れていたのかはっきり思いだせなかった。今、目の前にいる彼女はひとつも怖そうじゃないばかりか、若々しくて、恥じらいがあって、抗し難いほど魅力的だった。

その夜二人は、何時間一緒にいても話題が途切れなかった。結局ピーターは、彼女と一緒に帰ることになった。そして、すべきではないと分かっていながら、彼女を自分の部屋に誘った。

難しいことは何もなかった。二人は当然のように抱き合った。これからは単なる友達としてつき合うからと申し渡すこともできたが、そのときの彼は、彼女のそばにいたくてどうしようもなかった。彼女は頭が良くて楽しくて、彼のグズなところも理解してくれる女性だった。彼がどこにも居場所のないことも、どんな人間を理想像にしているかもよく知っていた。

月日が経ち、ピーターにもやる気が戻り、〝何かやらなければ〟から〝よし、それでは世界を変えてやろうか〟と野心を抱くまでになった。少なくとも、社会に変化をもたらすぐらいの自信はあった。当時のそんな彼を本気で信じてくれるのは彼女しかいなかった。夢いっぱいだったあの頃。世の中のために何かしようと若者らしい純真さで燃えていた。

そして、あれから二十年経った今、若い日の夢が一挙に実現しようとしている。ビコテックは彼の善意と野心と努力の結晶である。

ピーター・ハスケルがタクシーに合図を送ると、運転手は彼の荷物をトランクに入れ、目的地を聞いてうなずいた。ピーター・ハスケルの一挙手一投足が、ただものではない男の雰囲気を漂わせていた。だが、その目にあるのは、優しさと、意志の強さと、誠実さと、温かみと、ユーモアの精神だった。見かけのピーター・ハスケルは、体にフィットした仕立てのよいスーツや、エルメスのネクタイや、高価そうなブリーフケースで飾られているが、実際の中身はそれ以上だった。

「暑いね」

ピーターが言うと、運転手はうなずいた。正確なフランス語だったが、アクセントから判断して客がアメリカ人だと分かった運転手は、ゆっくりしたフランス語で答えた。

「昨日までの一週間は過ごしやすかったんですがね。お客さんはアメリカからですか?」

この運転手が興味ありげに尋ねるように、ピーターはよく見知らぬ人たちから話しかけられる。普段ならすれ違うだけの関係でも、ピーターの持つ何かが人の注意を引きつけるのだ。だが今日の運転手は、アメリカ人の口から正確なフランス語が聞けたのにまず驚いていた。

「今日はジュネーブから来たんだ」

ピーターはそう答え、ケイトのことを考えてにっこりした。妻と一緒に旅したいといつも思っていながら、妻がついて来ることはめったにない。初めの頃は子供たちが幼いという理由で、子供たちが成長してからは、自分の世界で持ち上がるさまざまな用事にかかずらって、この何年間かで妻が同行した旅行は二度きりだった。一度はロンドンへ、もう一回はスイスへの旅行だった。一緒にパリに来たことは一度もない。パリは彼にとって特別の街である。ここに来ると、夢に描く最高のものがいつでもそこにある。それを目にして初めて知る世界もある。

人はそうは見ないだろうが、彼自身は獅子《しし》奮迅《ふんじん》の努力をして今日の地位を築いてきた。そのことは本人自身にしか分からないだろう。人生にタダで得られるものなんてないのだ。真面目に働いてなにがしかの報酬を得る。いや、真面目に働いてもうまくいかない場合だってある。

再会後、二人の交際は二年ほど続いた。ケイトは卒業してからシカゴの画廊に就職して、彼のそばにいることができた。彼にぞっこんのケイトだったが、結婚はしないというピーターの決心は揺るがなかった。だから、彼は常に別れを口にして、ケイトには、ニューヨークに戻ってほかのふさわしい男を見つけるように説得するのだが、彼自身別れを実行できなかったし、ケイトにそうさせることもできなかった。二人はお互いに情が移っていて、ケイトには、彼に愛されているという実感があった。

そして、〝はかない恋〟の終幕はケイトの父親の登場だった。父親は先を読むことのうまい男だった。若い二人の関係について責任を問うようなことはいっさい言わなかった。彼が口にしたのはビジネスについてだった。それがピーターを落とす手だと読んだからにほかならなかった。フランク・ドノバンは、娘をニューヨークに戻して自分のそばに置いておきたかった。ピーターを引き込むのもその代償の一つだった。

フランク・ドノバンは営業畑の男である。それも、とてつもなく優秀な。彼はピーターに、自分の上ってきた階段や、これからの計画、自分の好き嫌いについて語って聞かせた。その上で、ウィルソン―ドノバン社で働かないかと持ちかけた。ケイトのことはいっさい持ち出さなかった。実際彼は、この話は娘にはまったく関係がないと言い切った。ドノバン社で仕事を覚えれば経歴としても申し分ないし、それをケイトと結びつけて考える者もいないと強調した。フランクの言葉によれば、二人の関係は純粋に仕事上のものであって、娘のこととは別だとのことだった。

ピーターにとっても無視できない提案だった。依然として不安はあったが、ニューヨークに本社を置く一流企業に就職することはかねてからの希望であり、ケイトの望むところでもあった。

ピーターは何日間も思い悩み、ケイトといくら話し合っても結論が出せなかった。父親に電話で相談してみると、いい話ではないかとの反応だった。ピーターは父親ともっとよく話し合うため、週末の連休にウィスコンシンに帰省した。

息子の飛躍を願う父親は、彼にドノバン社への就職を勧めた。父親は、本人も気づいていない息子の特質を見抜いていた。息子は、他人がめったに持っていない、リーダーとしての素質を身につけていた。口先だけではない強さと、実行する勇気がそれだった。ピーターなら何をやっても成功するはずだ、と父親は信じて疑わなかった。ドノバン社への就職はそのほんの始まりにすぎないだろう。ピーターがまだ子供だった時、彼はよく妻に冗談めかして言ったものである。

「いつかあいつは大統領になるぞ。まあ少なくともウィスコンシン州の知事ぐらいにはなれるだろう」

母親もたまには本気で聞くこともあった。ピーターはとにかく可能性を感じさせる子供だった。

ピーターの妹のマリエルも、父親と同意見だった。彼女にとって、兄はいつもヒーローだった。シカゴやベトナムへ行ってしまう以前からそうだった。彼はほかの人が持っていないものを持っていた。それは誰もが認めるところだった。だからマリエルは言った。

「ニューヨークに行くべきよ、お兄さん。そしてケイトっていう人と結婚するんでしょ？　そうした方がいいわよ」

まあ結婚はないだろう、という兄の答えを聞いて、マリエルはがっかりした。彼女の目に映るケイトは、人もうらやむ家柄の、魅力に溢れる女性だった。それに、兄が持ち歩いている写真には、とても美人に写っていた。

ピーターの父親は彼女を家に連れて来るよう前から息子に言っていたのだが、ピーターは、彼女に誤解させたくない、と言って一度も連れて来なかった。ケイトのことだから、言われれば家におさまって、マリエルに教わって乳しぼりでも覚えるかもしれない。しかし、そのあとはどうなるんだ？ 彼がケイトに与えられるものはそれ以上は何もない。どう考えたって、贅沢三昧に育った金持ちの娘を、地べたで働く厳しい生活に引き込むのは罪ではないか。彼自身、生活苦の中で母親が死んだのを見てきている。ガンで死んだ母親は医療費も払えず、適切な治療も受けられなかった。保険にも加入できなかったほどの一家の貧しさだった。だから彼は、母親が死んだのは過労と長年の生活苦からだと信じていた。たとえケイトに多額の持参金があっても、彼としてはこんな現実に彼女を引き込みたくなかった。これほどの生活の厳しさを近くで見せるのも嫌だった。彼女を愛すればこそだった。事実、彼の二十二歳の妹は生活苦でやつれていた。彼女はハイスクールを卒業するとすぐ、学校時代のボーイフレンドと結婚して、三年のあいだに三人の子供をもうけていた。こんな若さで老けてしまった妹を見るたびに、ピーターは不憫に思えてならなかった。彼女は外国を見ることもなければ、大学生活を経験することもなかった。今は、酪農場の囚われ人だ。彼女は、夫ともども一生を父親の酪農場で過ごすのだろう。それが止むのは、農場を手放すか、自分たちが死ぬ時だけだ。それから逃れる日はない。だがピーターにはある。妹がそれをうらめしがったりしないところがまたいじらしかった。マリエルは兄のために喜んでいた。彼の前途は開けたのだ。あとは、フランク・ドノバンが用意した道へ踏み出すだけでよかった。

「受けなさいよ、お兄さん」

農場へやって来た兄に、マリエルはささやいた。

「ニューヨークへ出るべきよ。パパもそう望んでいるわ」

妹の声には愛情がこもっていた。

「わたしたちみんなもよ」

まるで、荒海で溺れようとしている彼に、泳ぎ切って陸に上がれと、みんなが声援しているかのようだった。家族全員が彼のニューヨークでの出世を願っていた。

その週末、酪農場をあとにする時の彼は、悲しみで、大きな石でも詰まったようにのどが痛んだ。父親とマリエルは彼の車が見えなくなるまで家の外に立って手を振っていた。大学に入る時よりも、ベトナムへ送られる時よりも、今回の別れに三人とも特別な意味を感じていた。ピーターは心の底で、魂で、酪農場と自分を結ぶ絆を断ち切っていた。

シカゴに戻ったその夜、ピーターは一人で過ごした。ケイトにも電話しなかった。しかし、次の朝になってケイトの父親に電話した。受話器を握る手をわなわなと震わせながら、彼は提案を受け入れると返事した。

それから二週間後、ピーターはウィルソン―ドノバン社で働き始めた。

ニューヨークに着いてからの彼は、毎朝、ケンタッキー・ダービーで大穴を当てたような高揚した気分の中で目を覚ましていた。

シカゴの画廊で受付係として働いていたケイトは、彼がアルバイトをやめた同じ日に仕事をやめ、父親と住むためにニューヨークに戻った。フランク・ドノバンは大いに喜んだ。読みは当たった。愛する娘は家に戻って来るし、優秀な営業マンが安くスカウトできた。どう転んでも手配は成功だった。

それからの数か月間、ピーターはロマンスよりもビジネスに意識を集中させた。そのことでケイトは最初戸惑ったが、父親に訴えたところ、我慢しなさいと説得されてしまった。その時期のピーターは完璧主義に陥りがちで、手を抜くことを知らなかった。それというのも、フランクの信頼に応えたい一心からだった。しかし、やがて仕事の要領も覚え、やり残した仕事があってもガツガツしなくなった。

ウィスコンシンへは戻らなかった。そんな時間のゆとりはまるでなかった。だが、新しい環境に慣れてくると、少しは気分転換も図れるようになった。そんなピーターの変化を一番喜んだのはケイトだった。二人はそろってパーティーや観劇に出かけ、そのたびに彼女は友達や知り合いを彼に紹介した。ピーターにとって驚きだったのは、ケイトの世界の人たちに対してとりたてて違和感を感じなかったことだ。

ケイトについてこれまで彼が恐れていたことのすべては杞憂だった。時が経つにつれ、それがしだいにはっきりしてきた。仕事は順調だった。意外だったのは、彼の出世が早いことにどこからも陰口が聞こえてこないことだった。彼はむしろ、みんなに好かれているという実感があった。この好調な波に押されるように、ピーターとケイトはその年のうちに婚約した。婚約が発表されて驚く者もいなかった。成り行きに驚いていたのはピーターだけかもしれなかった。つき合いも長かったし、彼女の世界の居心地のよさを知って、ウィルソン－ドノバン社が自分の居場所だとピーターは感じていた。

フランク・ドノバンは、二人は結ばれて然るべきだと言い、ケイトはその言葉を聞いて顔をほころばせていた。ピーターが自分にふさわしい相手であることを、彼女は一度でも疑ったことがなかった。初めからそう思ってきたし、彼の妻になりたいと願う彼女の気持ちに偽りはなかった。

ピーターが電話でそのニュースを知らせると、妹のマリエルは心から喜んでくれた。周りの人たちが祝福する中で、ピーターの父親だけは結婚に大反対だった。それを知ってピーターはがっかりした。息子がウィルソン＝ドノバン社に就職するのには両手を挙げて賛成した父親だったが、結婚には断固として反対した。一生後悔することになる、と父親はなぜか確信していた。

「結婚したところで、結局おまえは雇われの身なんだ。フェアじゃないと思っても、世間とはそういうもんなんだ。みんなはおまえを見るたびに、今のおまえを見ようとせず、おまえのお里を重ね合わせて見るに決まっている」

ピーターはそうは思わなかった。ケイトの世界に生きてみて、今はそれが自分の世界のような気がしていた。逆に、彼が生まれ育った世界がまるで別世界のように見え始めていた。ウィスコンシンで育ったのは偶然か、それとも誰か別の人の人生のような気さえしていた。ベトナムですら、少年時代のウィスコンシンよりは身近に感じられた。二十年以上も〝あんな所〟に住んでいたなんて信じられなかった。ピーターはビジネスマンに、世界を駆ける男に、ニューヨーカーに変身していた。家族との精神的な結びつきは今でも変わらないし、これからも変わらないだろうが、彼にとって、乳しぼりの生活だけは悪夢と言ってよかった。

ケイトとの結婚は決して間違いじゃないといくら説明しても、父親を納得させることはできなかった。ハスケル一世は頑として反対し続けた。しかし最後は、とりあえず結婚式には出席すると、そこまでは折れた。しかしそれは、息子の押しに根負けして、とりあえずそう返事しただけらしかった。

だが、結局のところ、父親は結婚式には来なかった。それを知って、ピーターは途方に暮れるほど悲しかった。父親は式の一週間ほど前にトラクターの操作中に誤って自分を轢いてしまい、腕を骨折し、背中を痛めて、しばらく寝たきりになってしまったのだ。妹のマリエルは、もうじき四人目の赤ちゃんが生まれそうなため、やはり来られないとのことだった。夫のジャックは、そんな次第で皆を置いてニューヨークまで出かけられないから悪しからず、と言ってきた。ピーターは、最初の頃こそ、何か取り残された感じがして寂しかったが、やがてすぐ、多忙さの波にのみ込まれて、いつしか実家のことはあまり考えなくなっていた。

二人はハネムーンにヨーロッパへ出かけた。それ以来二人とも、ウィスコンシンへ行くゆとりはまるでなさそうだった。時間ができると、必ずケイトか義父のどちらかが、彼の参加する計画を用意していた。

何度も約束したし、二人ともそのつもりだったのに、ウィスコンシンの酪農場訪問計画だけは一度も実行されなかった。それでもピーターは、クリスマスには必ず帰ると父親に約束した。

今度だけは、どんなことがあっても実行するつもりだった。そのことはケイトにも話さなかった。

〈話したら、きっとつぶれる〉

最近はそう思ってしまうほど、ケイトと二人だと、実家訪問の計画が流れてしまっていた。しかし、感謝祭が来る前に父親は心臓発作で倒れ、そのまま帰らぬ人となってしまった。ピーターは打ちのめされた。いつもそのつもりだったのに、どうして、もっと早く父親の顔を見に行かなかったのかと、それればかりが悔やまれた。気がついてみると、ケイトと父親はついに一度も会わずじまいになってしまった。

ピーターは妻を伴って埋葬式に立ち会った。滝のように降り注ぐ雨の中で行なわれた、陰鬱な式だった。青ざめた顔のピーターは妻と一緒に墓穴のこちら側に立った。ピーターが悲嘆に暮れているのは遠目にも明らかだった。穴の向こう側、ピーターからかなり離れたところにマリエルが夫と子供たちと並んで立っていた。彼女はしくしく泣いていた。〝酪農一家〟と〝都会の気取り屋夫婦〟。墓穴をはさんだこの二組の家族は、式の中で妙なコントラストを成していた。ピーター自身、家を出てから自分はずいぶん変わってしまったと感じ始めていた。実家の人たちとはあまりにもかけ離れてしまって、ほとんど共通点がなくなっていた。〝実家の人たち〟についてのケイトの印象も〝違和感〟だった。そのことを彼女はピーターに率直にうち明けた。マリエルはケイトに対して驚くほど冷たかった。そんなことは彼女らしくないので、ピーターが意見らしいことを言うと、マリエルは戸惑いながらも言い返してきた。

「あの人は、そりゃお兄さんの奥さんかもしれないけど、ここに来るような人じゃないわ。お父さんにだって一度も会ったことがないのよ」

マリエルは、こらえてきたものを吐き出すように言った。

「あんな高そうなオーバーを着て、羽飾りの帽子をかぶって、早く帰りたそうな顔ばかりしてさ。なんなのよ！」

いくら妹でも、妻のことを悪く言われて、ピーターは心中穏やかではなかった。二人はああだこうだと言い争って、最後は一緒に声を上げて泣いた。

遺言が皆の前で読み上げられると、二人のあいだのストレスはさらに高まった。農場はマリエルと夫のジャックに与える、と遺言には記されていた。弁護士の言葉を聞いて怒ったのは妻のケイトだった。

「よくそんなことができるわね⁉」

ピーターが昔使っていた古いベッドルームにおさまるや、妻はさっそく始めた。リノリウムの床に、くすんだ色のペンキが塗りたくられた壁。しかも、ペンキは割れ目ができて、あちこちではげ落ちていた。フランク・ドノバンが二人に買ってくれたグリニッジの家とは似ても似つかないオンボロ部屋だった。

「長男のあなたを相続人から除外するなんて！」

ケイトは夫のために憤慨した。ピーターは逆に妻をなだめた。事情は彼が一番よく知っているのだ。

「あの夫婦には、ここしかないんだよ。この、神にも忘れられたような惨めな農場が、ジャックたち家族の唯一の生きる場所なんだ。ぼくには地位も仕事もある。きみとの幸せな生活もある。ぼくはこんな場所を必要としないし、欲しいとも思わない。父さんはそのことを知っていたから、こういうことにしたんだと思う」

ピーターは父親の遺言を不公平とはひとつも思わなかった。彼自身、妹にそっくりあげたいくらいだった。妹たちにとっては、牧場がすべてなのだから。

「あなたが相続していたら、牧場を売って、そのお金を妹さんたちにやれば、あの人たちも思い切ってもっとましな場所に引っ越せるんじゃない？」

気が利いた意見のようだが、ケイトの言葉は、やはり妻は何も分かっていないのだとピーターを嘆かせるだけだった。

「みんな、それだけはしたくないんだ。きっと父さんも牧場を売られることを一番恐れていたんだと思う。ここを買うのに生涯を捧げてきたからね」

それでは長男としての立場がまるでないではないか、とケイトは思ったが、口には出さなかった。だが、彼を黙って見つめる目の中に、彼女の気持ちが表われていた。ケイトの目に映った農場の現状は、学生時代にピーターから聞かされていたよりもさらに惨めだった。だから、もうここに来なくて済むようになってほっとしていたというのが本音だった。少なくとも彼女自身は訪ねて来るつもりはなかった。父親が死んでしまったのだから、ピーターだってもうここへは来ないだろう、と彼女は断言できた。ケイトに関する限り、ウィスコンシンは過去のものになった。この機会にピーターが過去を断ち切って前に進んでくれることを彼女は願った。

二人が農場を去るとき、マリエルはまだつんつんしていた。ピーターは心の中で〝グッドバイ〟を父親にだけでなく妹にも言わなければならないのが悲しかった。まるで、こうなることをケイトが仕組んだような気にさせられるところがよけい嫌だった。口で言わずに彼を陰から操ったような、彼のすべての縁を断ち切り、愛と忠誠心のすべてを自分に向けさせるために彼女が仕向けたような妙な成り行きだった。まさか、妻は夫の妹に嫉妬心を抱いたわけではあるまい。それとも、ピーターの過去に、マリエルだけしか知らない部分があるのが許せないのだろうか？　だとしたら、ピーターが遺産相続人から除外された今が、彼女にとっては夫に実家と縁を切らせるのに絶好の機会だったのかもしれない。

「あなたが早くここから出たのは正解だったわね」

ケイトは帰りの車の中で自分にうなずきながら言った。

ピーターが去り難くて、心の中で泣いているのを知らない様子だった。彼女は、とにかく一刻も早くニューヨークへ戻りたがっていた。

「ここはあなたのいる場所じゃないわ」

ケイトは断言した。ピーターは妻に言い返したかった。妹家族を見下すのは間違いだと。だが、自分が農業に向かないことは事実だった。それを思うと、良心が痛んだ。妻の言うとおり、ウィスコンシンの酪農場は彼の居場所ではなかった。昔からそうだった。

シカゴで飛行機に乗り込むと、ピーターはなぜかほっとして、重い荷物を肩から下ろしたような気分になれた。酪農場からの脱出はこれで二度目だ。意識のどこかで彼は、父親が農場を彼に運営するよう言いのこすのではないかと恐れていたのかもしれない。しかし、父親はそんな愚かではなかったし、ピーターのことをよく知っていた。農場は、もういっさいピーターには関係なくなっていた。自分の所有物でない以上、つきまとわれることもないだろう。もう彼は完全に自由になったのだ。農場の心配はジャックとマリエルにさせればいい。

飛行機がニューヨークの空に向かって飛ぶに従い、農場と手を切った実感がピーターの胸に広がった。ただ、これが妹と手を切ることにならないようにと、そのことだけは願った。

帰りの機内でのピーターは口数が少なかった。

それから何週間か、彼は無言で父の死を弔った。そのことについてはケイトにもほとんど話さなかった。彼女が聞きたそうじゃなかったから、というのが本当の理由だった。その間二度ほどマリエルに電話したが、彼女はいつでも子供にかかずらっているか、ジャックの乳しぼりの手伝いであたふたしていた。そんなわけで、ゆっくり話すゆとりなどなかったが、決まって彼女の口から出るのはケイトについての苦言だった。妻に対する彼女のあからさまな非難は、いつしか兄妹のあいだに亀裂を作っていた。やがてピーターも気が重くなって、妹に電話をかけることもしなくなってしまった。彼は仕事に没頭した。事務所で日々起こる新しい出来事が気を紛らしてくれた。彼は、今ではもう仕事場にすっかり溶け込んでいた。ニューヨーク生活は彼の性格にぴったりだった。そう言えば、ウィルソン―ドノバン社も彼の能力にふさわしい仕事場だった。新しい友達との交際も、ケイトがあれやこれや手配する社交生活も心地よかった。まるで、この中で生まれ育ったような、ほかの人生などなかったような新しい世界への染まり方だった。

ニューヨークの人間たちはピーターを仲間として受け入れていた。そつがなく、洗練されていた彼は、農場で育ったと言っても、むしろ信じてもらえなかった。彼はどう見ても、ボストンっ子かニューヨークっ子だった。協調性もあり、ドノバンの期待に応えるよう、自分を調整する術も心得ていた。

ケイトの父親のフランクは、自分と同じコネチカット州のグリニッジに住むよう二人に強く勧め、家まで買い与えて、結局自分の思いどおりにしてしまった。フランクは可愛い娘をそばに置きたかったたし、ケイトの方も父親に可愛がられるのがまんざらでもなかった。ウィルソン―ドノバン社はニューヨークを本拠地にしていて、社長であるフランクも街なかに仕事場を兼ねたアパートを持っていたが、住居は常に、ニューヨークから一時間ほどドライブしたところのコネチカットのグリニッジにあった。

交通の便はよかった。ピーターは毎日、フランクと一緒に電車に乗って通った。家は立派で、住み心地もよかった。ケイトとの結婚生活も幸せだった。二人は結婚したあとも、恋愛中のようにむつまじかった。唯一意見の不一致があったのは、例の農場の相続の一件についてだった。しかし、言い合いは、もうとっくの昔に終わっていた。

彼が気にしていることがもう一つだけあった。義父に家を買ってもらったという負い目だった。

ピーターは反対したものの、是非父親にそうさせてやってとケイトにせがまれて、結局折れることになったのだった。妻をがっかりさせたくなかったからだ。ケイトは、すぐ家族が作れるように、初めから大きな家を欲しがった。だが、彼女が住み慣れたような、彼女の父親がそうすべきだと思うような大きな家を、ピーターの資力で買えるはずも借りられるはずもなかった。以前から彼が恐れていたのは、この種の問題だった。

しかしドノバンは、その問題を体裁よく処理することができた。堂々たる構えのチューダー様式の館を〝結婚祝い〟と称して贈ったのだ。

子供が何人できても間に合いそうな大きな家だった。きれいな床、ダイニングルームに、リビングルーム、寝室は五つ、彼専用の大きな書斎、ファミリールームに、どでかいカントリー風のキッチンがあった。ウィスコンシンで、父親が妹に遺《のこ》した農家とはなんという違いだろう。自分もその屋敷が気に入ったことをピーターは恥ずかしくても認めなければならなかった。

ケイトの父親はそれだけでは満足せず、掃除婦とコックを雇ってやると言いだした。しかし、さすがにピーターはそこは一線を引いた。そして、必要なら自分が料理すると宣言した。雇い人まで義父にあてがってもらうのはプライドが許さなかった。

そのうち、ケイトも料理ができるようになった。だが、クリスマスも近づいた頃、激しいつわりが始まり、ケイトは体が動かせなくなってしまった。代わりに、料理も掃除もピーターがしなければならなくなった。が、彼はそれをひとつも苦にしなかった。それよりも、生まれてくる子供への期待と喜びの方が勝っていた。

子供の誕生は、不思議な感情の入れ替わりだった。父親の急死で、ピーターの胸はまだうずいていた。人に言えないほどのその大きな痛みを癒《いや》してくれたのは、自分の分身たる新しい命だった。

　実り多い幸せな十八年間の始まりだった。二人は、四年のあいだに三人の子供をもうけた。以来、ケイトの生活は慈善委員会だ、ＰＴＡだ、共同で送り迎えする〝カープール〟だで埋まった。彼女はそれら親の責務を、嬉々としてこなした。子供たちも、サッカーだの野球だの水泳だのと遊びに積極的だった。

　最近の彼女はグリニッジの教育委員に立候補したりして、コミュニティ活動にますますのめり込んでいる。

　三歳の時母親に死なれたケイトは、父親の連れ合いのように育てられ、教わらなくとも父親の仕事を知るようになった。ピーターと結婚してからも、仕事についての情報収集能力は変わらずで、会社の事情をピーターより早く知ることがよくあった。だから、ピーターがもたらす会社のニュースは、ケイトにとってはニュースでないことが多く、そのため夫婦間に波風が立つこともあった。ケイトと父親の結びつきは、ピーターが思っていた以上に強かった。が、それは特に害をもたらすものではないと判断して、ピーターは自分たち夫婦の中での義父の存在の大きさを受け入れていた。

　義父のフランクはフェアな男で、自分の口出しがどこまで許されるのか心得ていた。少なくとも、ピーターはそう信じていたのだが、長男の行くべき保育園の選択に義父が干渉してくるに至って、どうやらそれが怪しくなりだした。しかし、この件ではピーターは譲らず、高校に入るまでは近くの学校に通わせる方針を押し通した。義父が譲らないこともよくあった。そんなとき、ケイトに義父の味方をされると、ピーターはよけい腹が立った。

この傾向は何年間も変わらなかった。ここが、ピーターにとっては、幸せな結婚生活の中での唯一の不満な点だった。だが、恵まれすぎた生活の中で、たまにある義父との衝突ぐらいは我慢すべきだとピーターは自分を納得させた。自分の人生を客観的に評価した場合、苦痛や負担よりも、幸運の方が数でも重みでもはるかに勝っていた。

彼の人生の中で、真にこたえたのは、妹が二十九歳の若さで死んだ時だった。死因は、母親と同じガンだった。しかし、マリエルの方がはるかに若死にだった。母親の時と同じように、妹はましな治療も受けられなかった。そこがまたよけいに悲しかった。妹もその夫も自尊心が強かったから、ピーターの助力を仰ごうともしなかったし、病気のことすら知らせてこなかった。ジャックが電話してきた時は、妹はすでに死に瀕していた。ピーターは胸をかきむしられる思いでウィスコンシンに駆けつけた。妹はその二日後に死んだ。一年もしないうちに、ジャックは農場を売り払い、再婚してモンタナのどこかへ引っ越していった。それから何年ものあいだ、義弟とは音信不通で、妹の子供たちがどうなったのか、ピーターには知る由もなかった。マリエルが死んで数年してから、ようやくジャックが連絡してきた。もう過去のことなのだから放っておきなさいよ、というのがケイトの意見だった。ピーターは、ジャックからせがまれた生活資金は送ったが、モンタナに出かけてマリエルの子供たちに会うことまではしなかった。行っても、子供たちはもう彼のことを忘れているだろうし、新しい母親がいて、家庭も新しくなっているのだ。ジャックが電話してきたのも、お金が欲しかったからにすぎないことをピーターは知っていた。死んだワイフの兄を慕うようなジャックではなかったし、ピーターの方も義弟に対して個人的な関心はまったくなかった。ただ、甥や姪には会いたいと思っていた。だが、やはり多忙に紛れて、モンタナまで飛ぶ精神的なゆとりはできなかった。何か遠い過去のような気もしたし、ケイトが言うように、放っておく方が楽だったので、ついそっちの方に流されてしまっていた。だが、姪や甥たちのことが頭をよぎるとき、ピーターはいつも良心が痛んだ。

ピーターには自分の生活があり、守らなければならない子供たちもいて、そのための戦いもあった。長男のマイクの進学するハイスクールを決めるときなどは、その四年も前から家庭内〝バトル・ロイヤル〟が続いた。ドノバン家の人々は、記録にある限り、高校は〝アンドヴァー〟に進学していた。義父は、マイクにもそうさせるべきだと主張し、ケイトも同意見だった。だが、ピーターは長男を寄宿舎に入れるのには反対だった。大学に進学するまでは親元に置いておくのが当然だと思っていた。

しかし、この戦いで勝利をおさめたのは義父側だった。そして、そのキャスティング・ボートを投じたのは、息子のマイク本人だった。

マイクは母親と祖父にすっかり洗脳されていた。祖父の言い草によれば、アンドヴァーに入学しなければ、名のある大学に進学できないだろうし、ましてやビジネス・スクールなどへはとても受け入れてもらえまいとのことだった。つまり、将来社会に出ても、コネも少なく、いろいろと不利をこうむるというのだ。くだらない意見だとピーターは思った。だから、自分の場合を引き合いに出して反対した。彼は、シカゴのカレッジの夜学部で学び、ビジネス・スクールなどへは行ったことがなく、〝アンドヴァー〟なる名称も、最近になるまで聞いたこともなかった。

「だけど、ぼくはちゃんとやってきた」

ピーターはにっこりしてそう言った。しかも自分は、現在、国を代表する企業の経営に参加しているのだ。それを踏まえて言ったつもりだったが、息子にこう言われて、返答に窮した。

「確かにそうかもしれないけど、お父さんの場合はちょっと違うんじゃない？　社長の娘と結婚したんだから」

子供の口から出た最強のパンチだった。それが相手にどれほどの打撃を与えたのか、父親の目を見て分かったのだろう、マイクはあわてて、深い意味はないし、二十年も前のことだから、父さんの出世も実力がなかったらこうは行かなかったはずだ、と言いわけをした。

結局、マイクは〝アンドヴァー〟に入学し、この秋には、祖父の母校でもあるプリンストン大学へ進むことになっている。次男のポールは現在アンドヴァーの生徒だ。末っ子のパトリックだけは、地元の高校に行くんだと自分で言いだしている。彼は、兄たちとは別の道に進みたいらしい。進学まであと一年あるから、これから考えればいいし、カリフォルニアの寄宿舎に入ることも考えているようだ。しかし、これだけはやめさせなければとピーターは思っている。でも結局、そういうことになるのだろう。高校時代を寄宿舎で過ごすのは、ドノバン家の不文律だからだ。父親にくっつきっぱなしのケイトでさえ、全寮制の〝ミス・ポーターズ〟へ進学したくらいだ。寄宿舎生活が勉強になることは確かである。そこでつくる友情は生涯の宝になるんだ、とフランクはいつも言っている。逆らってもしようがないので、ピーターはいつも義父の説を聞き流してきた。

息子が成長しては家を離れていくのは、寂しいことだった。ピーターにとっては、家族といえば妻と息子たちしかいないのだ。死んだ妹と両親は、ピーターの胸の中で大きな位置を占めているが、そのことをケイトにうち明けたことはない。

ウィルソン―ドノバン社に入社して以来、ピーターの仕事ぶりはめざましかった。すぐに重要な仕事を任され、出世も早かった。それに従い、収入にふさわしいさらに大きな家を買って、そこに移り住んだ。今度は自分の預金で買った。同じグリニッジの六エーカーの敷地に建つ、しゃれたデザインの、城のような館だった。同じグリニッジにしたのは、妻の交友関係や地域活動、父親との結びつきを考えたためだった。実際、ケイトもピーターもことあるごとに父親を訪問しては、あれやこれやと相談していた。テニスの相手をするために行くこともよくあった。

夏は、マーサズ・ヴィンヤードの別荘に行き、父親の近くで過ごした。義父は、昔から豪華な別荘をその地に持ち、ピーター一家もその近くに控えめな家を購入していた。子供たちにとっては理想的な場所だという点で夫婦の意見は一致していた。

ヴィンヤードは、彼にとって家族とスキンシップができる特別な場所だった。ピーターは、資金ができるとすぐ、父親の敷地内のコテージから出ようと妻をけしかけ、道を下った所のきれいな売家を買った。子供たちは大喜びだった。ピーターが子供たちのために別棟を建ててやると、子供たちはいつも友達を呼んではしゃいでいた。ヴィンヤードに来ると、子供たちに囲まれる幸せが満喫できた。建ててやった別棟のおかげで、寝泊まりする子供たちの数は常に半ダースも多かった。

ピーターは責任ある仕事を任されていた。彼のひらめきはしだいに成果となって表われ、義父が思っても見なかったほどの利益と発展を会社にもたらした。ピーターの提案の価値は計り知れなかった。彼の決定は果敢かつ堅実だった。ピーターを入社させたフランクの目に狂いはなかったわけだ。三十七歳の若さで、ウィルソン—ドノバン社の社長に抜擢されたあとも同様だった。

ピーター・ハスケルの経営手腕は、スタートから冴えていた。以来七年が経つが、〝ビコテック〟の開発は、彼の最も重要な業績の一つだった。開発費は莫大だが、ねらいがすぐれていた。発案もピーターなら、フランクの説得も含めた推進役もピーターだった。だから、ビコテックはピーターの〝子供〟と呼ぶにふさわしかった。その途方もない額の開発費も、投資する価値があるという点で、フランクもピーターも意見が一致していた。成功すれば、ピーターは特別ボーナスを手にできる。ボーナスと言っても、金銭ではない。人類に貢献したいと願う彼の長年の夢が実現することだ。欲と利己主義だけで動く世俗のビジネス社会で、これほどの喜びはあるだろうか。それだけではない。妹と母親の思い出のためにも、ピーターはビコテックを一日でも早く市場に出したかった。商品化が実現すれば、すべてのガン患者にとっての福音である。この新薬で命が助かるか、少なくとも延命は期待できる。彼の理想は別の側面にもあった。農場や、都会から離れた所にいて、あるいは、都会にいても貧しいがために適切な治療が受けられない人たちにも救いの手を差しのべてやれる点だ。

タクシーの中でも、彼は我を忘れてそのことばかりを考えていた。先週来、ヨーロッパの研究者たちと会い、ついにここまで来たかと実感したとき、胸が躍るのを抑えることができなかった。

車はパリ市内に近づいていた。ケイトがついて来てくれなかったことが、ピーターはいつもながらに残念だった。

パリほど素晴らしい街は世界中にない、とピーターはいつも思っている。いつ来ても彼は胸をときめかせ、息をのむ。パリには、彼の胸を躍らす何か特別なものがあった。十五年前に商用で訪れたのが最初だった。あのときは、頭を殴られて目を覚まされるような衝撃を受けた。一人でパリに降り立ったその日は、何かの記念日だった。シャンゼリゼ通りを凱旋門に向かってドライブした時のことを、今でもはっきりと思いだす。フランスの三色旗が、そよ風を受けて凱旋門の内側で誇らしげにはためいていた。ピーターは、車を止めて外に出た。そこに立ち、ボーッとなって凱旋門を見つめた。自分がいつの間にか泣いているのに気づいて、きまり悪かったあのとき。

「あなたの前世は、きっとフランス人だったのよ」

ケイトはよくそう言って、夫のパリびいきをからかう。ピーターは、しかし、どうしてそこまでパリに愛着を感じるのか、自分でもはっきりした理由が分からなかった。街は、美しいだけではなく、そこには力強さがあった。不快な思いは一度もしなかった。

今回も例外ではないはずだ。ドノバン社のパリ研究所のポール・ルイ・スシャールは寡黙な男である。しかし、翌日行なうつもりの彼との検討会は、祝賀会になるだろう。

日中の混雑の中をエンジン音を響かせて進むタクシーの窓から、ピーターは通り過ぎる名所の数々を眺めていた。《アンヴァリッド》を過ぎ、《オペラ座》の前を通り、車はやがて《ヴァンドーム広場》に入った。広場を見ると、ピーターは自宅に帰ったような安心感を覚える。広場の真ん中にそびえる柱頭には、ナポレオンの像が建つ。絵のように美しい広場に、ピーターの顔は思わずゆるむ。タクシーが《ホテル・リッツ》の前に止まると、ドアマンが駆け寄ってきて車のドアを開けてくれた。ピーターの顔も名前も知っているドアマンは、ただちにベルボーイに合図して、ピーターの荷物を車から降ろさせた。そのあいだに、ピーターは運転手に料金を払った。

リッツの正面玄関は、驚くほど地味で、小さな天幕が目立つ以外は、近所の名店舗とさして変わりがない。近くには《ショーメ》や《ブシュロン》の店があり、きらきらと輝く商品をウインドーに飾ってある。広場の角には《シャネル》があり、その奥に高級宝石店の《ＪＡＲ》がある。もちろん、ヴァンドーム広場の看板はホテル・リッツである。ピーターは、商用で泊まるたびに、少々贅沢すぎないかと良心が咎《とが》めるが、パリに来たときには、もっぱらこのホテルを愛用している。

回転ドアをくぐると、すぐさまコンシエージに挨拶された。ステップを二段上がると、右手に受付のカウンターがある。ここでサインをする人たちを見るのもまた楽しい。ピーターの左側にハンサムな南米の男性がいた。まっ赤なドレスを着た連れの若い女性は、目の覚めるような美人だった。二人は何かひそひそとスペイン語で話していた。女性の髪型もマニキュアも、非の打ち所がなく完璧だった。見ると、左手の指にはとてつもなく大きなダイヤモンドの指輪をはめていた。ふとこちらを振り向いた美女は、ピーターと目が合ってにっこりした。彼もまた、人を振り返らせるほどの好男子なのである。その姿に、農場で生まれ育った田舎者の面影はない。世界に冠たる企業帝国を運営する、エリート集団の中に生きる資産家の顔しか見えてこない。

ピーターを見て人が感じるのは、力と地位と落ち着きである。だが、同時に彼は、若さと優しさの雰囲気を漂わせている。彼の目にはとりわけ人を惹きつけるものがある。権力を持った男性にはめずらしい、優しさと憐憫《れんびん》の表情だ。赤いドレスの美女は、しかし、そこまでは気づかなかった。彼女が見たのはエルメスのネクタイと、きれいで力のありそうな手と、ブリーフケース、英国製の靴、体にぴったりフィットしているスーツ、そのくらいだった。美女は視線を自分の連れ合いの上に戻した。

ピーターの右側にいたのは、身なりのきちんとした日本人紳士の三人連れだった。三人ともタバコを吸いながら、小さな声で何ごとか相談し合っていた。三人を待っていたのは、より若い別の日本人だった。デスクの向こう側のコンシエージは、三人に日本語で話しかけていた。

ピーターは自分の番を待ちながら、三人の日本人からドアの方に目を移した。外はにわか雨で濡れていた。ちょうどそのとき、色黒で屈強そうな男たちが四人、回転ドアから入って来た。さらに二人、同じような男性が続いた。すると、子供のおもちゃの自動販売機が吐き出すように、回転ドアは、ディオールの明るい色のスーツを着た三人の美女をホテルの中に運び入れた。三人の着ているスーツは、色は別々だったが、形は同じだった。顔はそれぞれでも、彼女たちの髪型は、ピーターの隣にいる女性のように完璧だった。三人とも首や耳をダイヤモンドで飾り、グループとしてはとても目立った。たちまち六人のボディーガードがやって来て、彼女たちを取り囲んだ。女性たちよりも少し年のいった、見るからに偉そうなアラブ人男性が回転ドアから入って来た。

「カールッド王が……」

誰かのささやきがピーターの耳に届いた。

「弟の方かもしれないな……彼のワイフ三人がそろって……一か月滞在する……四階全部を借り切って……」

彼は、アラブ小国の支配者だった。ロビーを行く一団の数をピーターが数えてみると、ボディーガードらしい男だけで八人もいた。さらに、大勢の人間がロビー中の視線を浴びながら、彼のあとに続いて通り過ぎて行った。コンシエージが一人、彼らを先導していた。

そんなわけで、昼食をとりにレストランに駆け込んで来たカトリーヌ・ドヌーヴに誰も気づかず、パリ郊外で映画を撮影中のクリント・イーストウッドが泊まっていることも忘れられていた。こういう名前が珍しくもないリッツだが、ピーターは物珍しそうに見とれる自分を、やはり都会慣れしていないな、と思いながら、アラブの王やその連れの美女たちから目が離せなかった。女性たちは、小さな声で話しながら笑い合っていた。ボディーガードたちは、三人にピタリと寄り添い、誰も近づけまいとするその構えは、まるで、銅像の壁を立てたように堅固に見えた。その中を、アラブの王様が別の男性と話しながら、ゆっくりと歩いて行った。そのとき、ピーターは背後から声をかけられてびっくりした。

「こんにちは、ミスター・ハスケル。ようこそ、リッツへ、お帰りなさい」

ピーターは振り返ってにっこりした。

「ありがとう。わたしも戻れてハッピーだが……」

若い受付係は彼のサインを求めて、用紙とペンをカウンターの上に揃えた。彼がもらう部屋は三階に決まったが、リッツファンのピーターに言わせれば、リッツの部屋はどれも素敵だから、どの階のどの部屋をあてがわれようが、任せておけばよいのだそうだ。

「相変わらず忙しいようだね」

ピーターは王様とボディーガードの一団を指して言った。

「はい、いつもどおりです」

若い受付係はピーターがサインした書面をファイルに閉じた。

「それではわたしが部屋にご案内いたします」

受付係はベルボーイに部屋の番号を教えてから、ピーターを先導して階段を下り、ロビーを横切って行った。レストランの前を通り過ぎたとき、カトリーヌ・ドヌーヴが友達らしい女性と談笑しながら、隅のテーブルで食事しているのが垣間見えた。それからピーターたちは、パリの有名ブティックのショーケースが並ぶ長い廊下を歩いて、奥のエレベーターへ向かった。途中目に留まった純金のブレスレットをケイトへのおみやげにしようと、ピーターは店の名を頭に刻んだ。

彼は外国に来るたびに妻のためのおみやげを買って帰る。一緒に来たくても妊娠とか子育てで来られなかった妻への、せめてもの慰めだったが、それは二人が若かった時のことで、最近の彼女は夫婦そろっての旅行を本心からは望んでいないようだった。二人の子が寄宿舎に入り、面倒を見なければならない子供が一人しかいないのだから、夫に同行しようと思えば、そのくらいの時間はいくらでも作れるはずなのに、コミュニティーの活動や友達との行ったり来たりの方が、彼女には楽しいらしかった。そんなわけだが、彼の、おみやげを買って帰る習慣は今も続いている。

ようやく、エレベーターの所に着いた。アラブの王様の姿はもうどこにもなかった。借り切ったフロアにおさまってしまったのだろう。王様一行はリッツの常連で、妻たちはファッションショーを見るために五月と六月をパリで過ごす。たまには七月のファッションショーまでいることもある。同じ目的で冬にもまたやって来るとのことだった。

「今年はずいぶん暑いね」

エレベーターを待ちながら、ピーターが気軽な調子で話しかけた。にわか雨の通り過ぎた外は、晴れてかんかん照りになっていた。こんな日は木陰に寝そべって、流れる雲でも見つめていたいものだ。商売をするような日ではない。それでもやはり、ピーターはポール・ルイ・スシャールに電話して、明日会いたい旨を告げるつもりだった。

「この暑さがこれから一週間ぐらい続くでしょう」

フロントの係員も気軽な口調で答えた。夏の気候がみんなの気持ちを明るくしている。二人の前を三匹のヨークシャーテリアを連れたアメリカ婦人が通り過ぎた。犬の毛が異常にふさふさしていたうえ、三匹ともリボンをたくさんしていたので、ピーターたちは目を見合わせて笑った。

　そのとき、二人の立っている場所に電流が流れたように、ピーターは人の動きを背後に感じた。犬を連れて通り過ぎた女性も驚いて後ろを振り返っていた。またアラブの王様とボディーガードたちかなと思ってピーターが振り返ると、ダークスーツ姿の男たち四人がひとかたまりになってこちらに向かって来るところだった。四人がボディーガードであることは耳にはめたイヤホンと手に持った無線機からも分かった。暑いためか、さすがにレインコートだけは着ていなかった。

　ボディーガードたちはピーターのすぐ前を通り過ぎて行った。軽い素材のスーツを着て、どうやらアメリカ人らしかった。囲まれている男性はボディーガードたちよりも背が高く、金髪だけが目立った。映画スターのようでもあり、周囲の注目を集めて当然の、大げさな守られ方だった。ボディーガードたちは皆、彼の言葉にも注意を払い、特に彼に耳を傾けていた一人のボディーガードは、彼の発した言葉にハハハと声を上げて笑った。

　ピーターも、興味を惹かれてその男性を見つめた。確かによく見るおなじみの顔だった。しかし、なかなか思いだせなかった。が、しばらくしてから気がついた。今話題の政治家、ヴァージニア州選出のアンダーソン・サッチャー上院議員だ。四十八歳という、議員としては若手の彼は、スキャンダルにまみれること数度、しかしどんな場合もうまく切り抜け、今日の地位に座り続けている。議員を印象づけているのは数度のスキャンダルよりも、彼を見舞った数度の悲劇である。六年前大統領に立候補した兄のトムは、選挙を目前にして暗殺された。勝利が間違いないと目されていたから、誰が暗殺を指令したかについてはいろいろなうわさが飛び交った。それを題材にした、程度の低い映画も二本作られた。結局、警察に挙げられたのは頭のおかしなガンマン一人だけだった。以来アンダーソン・サッチャーは〝アンディー〟の愛称で一般市民にも親しまれ、上院議員の中でもエリート街道を歩き続けている。次期大統領選の最有力候補とも目され、まだ立候補を表明していないものの、近いうちに発表するものと信じられている。

ピーターは、何年も前から興味を持って彼の動きを見守ってきた。いろいろうわさはあるが、大統領をやらせたら面白い男だ、と常々思っていた。今ボディーガードたちに囲まれた本人を目の当たりにして、彼が醸しだすカリスマ的な雰囲気にのまれて、ピーターは男たちから目をそらせなかった。

上院議員を襲った二度目の悲劇とは、二歳の息子を小児ガンで亡くしたことだった。ピーターは詳しくは知らないが、子供が死んだ時の悲しみの写真を『タイム』誌で見たことがある。墓地から離れて行く、議員の妻の寂しそうな姿を写した一枚の写真が、特に印象的だった。母親の苦悩の表情に、ピーターは身震いしたものだ。だが、あの写真のおかげでサッチャー議員は大衆の同情を買い、より広い支持を集めるようになった。

皆が顔を上げて、遅いエレベーターが降りてくるのを待っているときだった。男たちのうしろを追って来た女性の姿がピーターの目に入った。誰かな、と思って見てみると、女性はすぐそこで立ち止まった。写真で何度も見た顔だった。伏し目がちでとても繊細そうな女性だった。小柄で、今にも飛ばされてしまいそうなほど華奢《きゃしゃ》だった。目は見たこともないほど大きく、彼女のどこかに人を振り返らせる何かがあった。空色のシャネルのスーツを着て、男たちのうしろを歩いて行く姿には、どことなく気品があった。誰も彼女のことを気にしていない様子だった。皆のうしろでエレベーターを待つあいだも、ボディーガードたちは彼女にいっさい注意を払わなかった。

ピーターが彼女を見下ろしたそのとき、彼女の方もピーターを見上げた。こんな悲しそうな目は見たことがない、とピーターは思った。かといって、憐れみを誘うような表情ではない。ただ、物悲しげで遠い存在のような感じだった。サングラスをハンドバッグに仕まうときの彼女の手つきはとてもデリケートで優雅だった。エレベーターがようやく降りてきたときも、誰も彼女に声をかけなかった。男たちは先に乗り込み、彼女は黙ってそのあとに続いた。彼女が生きていようといまいと、まるで関心のなさそうな男たちの態度だった。しかし、彼女の方がその品の良さで男たち以上に目立っていた。

ピーターは魅せられたように彼女を見続けた。彼女が誰だかは、もうずっと昔からたくさんの写真を見て知っていた。議員と結婚した当時の幸せそうな写真も見た。それよりもはるか昔の、父親と写っていた写真もあった。彼女はアンディー・サッチャーの妻、オリビア・ダグラス・サッチャーである。

サッチャー同様、彼女も、よく知られた家系の出だった。彼女の父親は大衆に慕われるマサチューセッツ州知事であり、彼女の兄はボストンから出た若手下院議員である。ピーターの記憶によれば、彼女は今三十四歳くらいのはずだ。昔からマスコミの格好の記事ネタになっている。ただ、彼女自身はめったに表に出て来ない。ピーターも、上院議員のインタビューは何度も目にしているが、オリビア・サッチャーの場合は記憶にない。いつも目立たないよう陰に回っている様子だ。彼女のうしろに続いてエレベーターに乗り込みながら、ピーターは、催眠術にでもかけられたようにオリビアを見続けた。彼女は向こうを向いたままだ。だが、すぐ近くだったので、ピーターがその気になればそのまま抱きかかえられそうだった。そんなバカなことを想像する自分にあきれながらも、ピーターの胸は、異性を前にしたときの思春期の少年のようにドキドキと鳴っていた。

まるで彼の考えていることが分かったかのように、目の前の黒髪が揺れて、彼女がこちらを振り向いた。再び目と目が合った。一瞬、ピーターの中で時間が止まった。その目がたたえている悲しそうな表情に、彼はぐっときた。こんな物言いたげな目は、ピーターも見たことがない。単なる自分の思い過ごしだろうか？　これが彼女の普通の目なのだろうか？　彼女は一瞬のち、視線をそらしていた。それっきりで、もう彼女が振り向くことはなかった。ピーターは胸を震わせながら、エレベーターを降りた。

バッグはすでに部屋に届けられていた。客室清掃責任者の〝グベルナント〟による部屋の総点検も済んでいたから、ピーターがぐるっと見回すと、部屋はすべてが完璧だった。

案内した若い係員にチップを渡してから、ピーターはバルコニーに出て、眼下の庭に咲く花を眺めた。なぜか、オリビア・サッチャーのことが頭から離れなかった。あの顔、あの目は、何かを訴えている。今まで見た彼女の写真の中にも、彼を見上げたときのあんな意味ありげな表情はなかった。目は苦悩の表情と同時に、何か力強いものをたたえていた。彼に向かって、いや、彼女を見るすべての人々に向かって、何かを語りかけている目だ。彼女は彼女なりに、夫よりもはるかに人を惹きつけている。かといって、政治の世界で駆け引きに生きる種類の人間だとは思えない。実際、ピーターの知る限り、彼女が政治の表舞台に出たことはない。夫が大統領の最有力候補とささやかれる現在でもそうだ。

彼女はあの表情の内側に何を隠しているのだろう？　ピーターはつい考えてしまう。それとも、なんでもなくて、自分で勝手に想像しているだけだろうか？　彼女はもしかしたら、単に物静かなだけなのかもしれない。それにしても、なぜあんな目でこちらを見たのだろう？　あのとき、彼女は何を思っていたのか？

彼女のことを頭から振り払えないまま、ピーターは顔を洗い、その五分後に、研究所長のスシャールに電話をした。ピーターとしては、一刻も早く彼にあって結果を聞きたかった。しかし、その日は日曜日だったので、突然の呼び出しに研究所長は気乗りしない様子だった。それでも、一時間後に会うことに同意して、ピーターを喜ばせた。

ピーターは部屋の中をそわそわと行ったり来たりしながら、妻に電話しようと思い立った。しかし、案の定、彼女は留守だった。米国東海岸はいま朝の九時ちょっと過ぎだ。用事でどこかへ出かけたのだろう。朝の九時から夕方の五時まではほとんど家にいない彼女だ。最近は教育委員としての仕事も増え、家には子供が一人しかいないこともあって、帰宅がもっと遅くなることもある。

約束の時間がきた。いよいよスシャールに会える。ピーターは喜び勇んで部屋を出た。この時をどんなに待ち望んできたことか。奇跡の新薬ビコテックに〝ゴー　アヘッド〟を与えるための最終関門を通過する瞬間だ。これまでの実験結果から、この検討会は形式にすぎないと彼は心得ている。しかしＦＤＡの〝緊急承認扱い〟を得るためには、パリ研究所の報告が必要不可欠なのだ。スシャールは、数ある研究チームの長の中でも、ガンとその治療薬については最も詳しく、その見解は一番信頼できるのである。ビコテックの成功は、誰よりもまず彼に祝福してもらわねばならない。

エレベーターは今度はすぐ来た。ピーターはさっと乗り込んだ。上着はさっき着ていたダークスーツのままだが、シャツはブルーのシャキッとしたものに着替えていたから、襟元もカフスも引き締まって、いかにも成功したビジネスマンらしくさっそうとしていた。エレベーターには、先に誰か一人乗っていた。隅に立つか細いその女性は、黒い麻のスラックスと黒いTシャツという極めてカジュアルな格好だった。サングラスをかけ、髪の毛はうしろに結び、かかとのない靴を履いていた。女はサングラスの奥から彼の方を見た。オリビア・サッチャーだ、とピーターはすぐに分かった。

今まで写真でしか知らなかった彼女なのに、今日は一時間のあいだに二度も本人に出会った。そして、今度の彼女は前とはずいぶん違っていた。シャネルのスーツを着ていた最前よりは、もっとやせて若く見えた。彼女はちょっとのあいだサングラスをはずして、視線をこちらに向けた。彼女の方も、さっきエレベーターで一緒だったことを覚えているようだった。しかし、二人は何も言葉を交わさなかった。ピーターはなるべく彼女の方を見ないようにした。それにしても、なんと人を惹きつける女性なのだろう。彼女のどこにそんな力があるのだ？　確かに目の表情もその一つだ。だが、それだけではない。歩き方、全体から発する雰囲気。ピーターも何度も読んだことのある彼女の伝説が、そうさせるのかもしれない。物静かだが、彼女が漂わせている自尊心と自信に、ピーターまでのみ込まれてしまいそうになる。そして、彼女に向き直って、馬鹿な質問を発してしまいそうだ。新聞記者たちが口にする陳腐な愚問を。

〈〝どうしてそんなに自信ありげなんですか？……どうしてそんなに俗世間と離れていられるんですか？……そんな悲しそうな目をして、本当に悲しいんですか、ミセス・サッチャー？……お子さんが亡くなった時、どんなお気持ちでした？……今でも落ち込んでいるんですか？……〟〉

これまで記者たちから投げつけられたこれら愚問に、彼女ははっきりと答えたことがない。だが、二人きりで彼女が横に立っている今、ピーターはたとえ愚問でも答えが聞きたかった。手を伸ばして彼女を抱き寄せ、さっきこちらに向けたあの目は何を訴えていたのだ、と訊きたかった。まるで両手で彼の手を包んで懇願しているような表情だった。こんなことまで考えるのは自意識過剰なのだろうか？　オリビア・サッチャーって、本当はどんな女性なのだ？　赤の他人なのに、そんなことを知りたがる方がおかしいのだ、とピーターは自分に言い聞かせた。片方がどんなに興味を持とうと、相手にそのつもりがなければ、すれ違いに終わるのが人の世の定めである。

彼はドキドキがおさまらなかった。彼女のつけている香水を嗅ぎ、光を反射する髪の毛をすぐ目の前で見ながら、彼女のやわ肌の感触を空想する自分を止められなかった。幸い、エレベーターがロビーに着いた。ドアが開いた。ボディーガードが一人、彼女を待ち受けていた。彼女は何も言わずにロビーを歩いて行った。そのあとをピーターが続く形になった。磁石に吸い寄せられるように彼女のあとを歩きながら、ピーターは思った。いちいちボディーガードに守られて、大変な毎日だろうと。

自分は大切な会談を控えているのだ。子供っぽいファンタジーに浸っている場合ではないと思いつつも、ピーターは彼女の魔法から抜け出せなかった。彼女がどうして伝説中の人物なのか、少なくとも、今になってよく分かった。何よりも彼女は謎に包まれている。めったやたらにいるタイプの女性ではない。でも、こんな女性と親しくなれたらと、空想がやまないまま、ピーターは明るい日差しの中に出た。ドアマンが彼にタクシーを呼んでくれた。タクシーが走りだすとき、彼女が角を曲がり、ヴァンドーム広場から出て行くのが見えた。

彼女はサングラスをかけたまま、うつ向きかげんに早足で歩いていた。そのうしろにボディーガードがぴたりとついていた。どこに向かっているのだろうと、ピーターは馬鹿みたいに気になった。しかし、そのあとは目をまっすぐ前に向け、過ぎ行くパリの街並みを横目で見ながら、これからの会談に意識を集中させた。

第二章

予想していたとおり、スシャールとの会談は短時間かつ用件に限られたものになった。しかし、ピーターは、自分の〝子供〟について述べられたスシャールの意見に対応する心の準備ができていなかった。スシャールの口から〝有罪〟の判決が下されようとは夢想だにしないことだった。

彼の説明によると、すべてのテストのうち一つだけがどうしてもネガティブな反応を示すのだという。その結果を踏まえて結論できるのは、ビコテックは潜在的に危険であり、間違った場合に使用されると、あるいはちょっとした扱いのミスでも、命にかかわる危険があると言う。製品化できるか否かは別にして、さらなる改良研究を加えてからでなければその見通しには至らないことと、ピーターがあれほど望んだ人体治験にも時期尚早であることをスシャールは淡々と述べた。

ピーターはそこに座り、話に耳を傾けながらスシャールを見続けた。聞かされていることがまるで信じられなかった。ビコテックがそんなふうに判定されるとは想像もしていなかった。その新薬に関して自分が身につけた化学の知識を使って、技術的かつ専門的な反問も試みたが、スシャールはそれに対して答えたり答えなかったりで、結論としてビコテックが危険であるとの感触をピーターに印象づけようとしていた。彼の言葉は、取りようによっては、製品化をあきらめた方がいいとも解釈できた。さらに何年も実験に投資するのは、それはそれでいいとして、安全で有効な新薬として結実する保証はないとも言った。安全でも有効でもなければ、毒薬と変わりがない。ピーターはレンガで頭をぶち割られるようなショックを受けた。

「きみたちの実験過程にミスがあった可能性はないのかね、ポール・ルイ?」

ピーターは失礼を承知で、あえてそこまで言った。自分の愛する〝子供〟を否定されて、落ち度はむしろ相手にあるのではと疑いたくなるのが親心である。

「ミスはまずありません」

ポール・ルイはフランス語なまりの強い英語で言った。彼の言葉の重みはピーターが一番良く知っている。だからこそ恐ろしいのだ。ポール・ルイはいつものようにむっつりしている。しかし、これは今日に限ったことではない。いつもと言えば、ウィルソン―ドノバン社が開発する新薬の欠陥をいち早く指摘するのがいつも彼である。まるで悪い手紙の配達人のようにである。彼の天職というべきか。

「ただ、まだ終わっていないテストが一つだけあります。その結果によっては、結論が多少和らぐことがあるかもしれません。しかし、全体の流れを変えるものではありません」

スシャールは説明を続けた。テストを続けていけば、少しは楽観視し得るケースも出てくるかもしれないという。しかし、彼が言うテストの継続とは数年を指すのであって、数週間でもなければ、ＦＤＡの公聴会が開かれるまでの数か月ではもちろんない。

「そのテストはいつ完了するんだね？」

ピーターは気分が悪くなった。聞いたことも信じられなかったし、人生最悪の日のような気がしていた。ベトナムに行った時でさえ、こんな不愉快な日はなかった。もちろん、その後も含めて、こんな気分の悪い日は初めてだ。暗い土管の中を、四年分逆戻りしろというのか。

「あと、二、三日で済みます。しかし、このテストはほとんど形式的なものです。これまでの実験で、すでにビコテックの欠陥と問題点は明らかになっていると考えていいでしょう」

「きみの考えでは救えないと思うのかね？」

ピーターは顔をこわばらせて訊いた。

「現時点でのわたし個人の感触はそうです……でも、チームの中にはそうは思わない者もいます。しかし、ビコテックは扱いが難しく危険すぎるという点で、皆の意見は一致しています。社長の期待するものとはだいぶ違います。今のところはそう言うしかありません。もっとも、見通しも決して明るくはありませんが」

ピーターと開発チームが目指したのは、同じ化学療法に属するにしても、扱いやすい新薬の完成だった。寝たきりの経済的困窮者たちや、適切な治療が受けられないでいる片田舎に住むガン患者たちの服用を目指したものである。しかし、パリ研究所長の見解によれば、そんなことはとても無理らしい。

ポール・ルイ・スシャールは社長の顔を見て、同情を禁じ得なかった。そのときのピーターは、まるで家族と友達全員を同時に亡くしたような顔をしていた。

ピーターはすでに、この失敗による悪影響をあれこれ計算し始めていた。悪影響は連鎖反応を引き起こして、とどまるところを知らないだろう。大いなる失望というしかない。ポール・ルイの次の言葉に、ピーターは頭の芯までショックを受けた。

「こんな結果になって、わたしも残念です」

ポール・ルイ・スシャールは、言いづらそうに付け加えた。

「あなたも苦しいでしょうが、がまんが肝要です。いずれこの分野で成功することもあると思うんですが……」

ポール・ルイの口調は優しかった。ピーターはこみ上げてくる涙をこらえ切れなかった。もうちょっとのところだと思ったのが、ゴールははるか彼方だった。この会談も形式にすぎないと思っていたのに、悪夢に変わってしまった。

「それでは、その最終テストの結果はいつ報告してくれるんだね、ポール・ルイ？」

ピーターは、ニューヨークに戻って義父のフランクに報告しなければならないのがつらかった。だから、せめて情報だけは完全なものを持ち帰りたかった。

「あと、二、三日かかると思います。もしかしたら四日かもしれません。今のところはっきり言えないのですが、週末までには間違いなく終了します」

「それで、その結果が良くても、ビコテックに対するきみの結論は変わらないんだね？」

ピーターは、どんなことでもいいから希望につながる話を見いだしたかった。スシャールが慎重な男であることはピーターもよく知っている。しかし、今回の彼は慎重になりすぎてはいまいか。ほかの研究者たちの報告と百八十度的に違うのはどうしてなのだろう？　現段階でそれを理解するのは難しいが、言えるのは、これまでも彼は新製品の欠陥をあれこれ指摘してきたが、間違っていたことは一度もないということだ。彼の意見を無視して製品化を進めるとしたら、会社としてはとんでもないリスクを背負うことになる。

「わたしの見解の一部を変えることになるでしょう。つまり、もし欠陥が楽観的な場合は、あと一年ぐらい実験を続ける価値が生まれるということです」

「その一年を、うちの社の全研究機関を動員して六か月に短縮したらどうかね？」

無駄なあがきである。利益の話にはよく耳を傾けてくれるフランク・ドノバンだが、研究の延長の話となると、決まって渋い顔をするのだ。

「できますけど、それには手配も管理も大変でしょうね。おやりになりますか？」

「ドノバン会長がうんと言えばね。まず、相談してみてからでないと分からない」

会長に相談しなければならないことが、一気にたくさんできてしまった。これをいちいち電話で片付けるのは無理だ。長電話をしてＯＫをもらえる可能性がないわけではないが、彼としてはスシャールの最終報告が出るまで待ちたかった。

「きみのテストが済むまで待つことにするよ、ポール・ルイ。ただし、内容はそれまでいっさい秘密にしておくと約束してもらいたい」

「分かりました」

テストの結果が出しだい、また会うことで二人は合意した。そのときはポール・ルイがホテルに電話するとのことだった。

会談は、暗い結論を確認し合って終わった。リッツに帰る車の中で、ピーターは疲れてがっくりとなっていた。タクシーにはヴァンドーム広場の二ブロック手前で降ろしてもらって、あとは歩いて行くことにした。なんともやり切れない夜だった。成功を信じてあれほど努力してきたのに。自分もそうだし、会長も研究陣も、この何年間か、ビコテックの製品化に全力を尽くしてきた。すべては順調なはずだったのに、どうしてこんなことになるんだ？　ビコテックが毒薬にすぎないなんて！　だったらなぜもっと前に気がつかなかったのか？　どうしてこんな段階になってから駄目だと分かるんだ！　人類に貢献したいというピーター・ハスケルの願いが実現するビッグチャンスだったはずなのに、一生懸命毒薬を作っていたとは！　この皮肉は、ほろ苦いなんていうものではない。

折しも夕食どきで、着飾った男女が行き交う街の浮いた雰囲気も、ピーターの沈んだ気分を晴らしてはくれなかった。彼は虚脱状態のまま、のろのろとホテルに向かった。

常連のアラブ人たちも、日本人も、フランスの映画スターも、世界のスーパーモデルも、うつむいてロビーを横切るピーターに気づいた者はいなかった。彼は、これからどうしようか考えながら、階段を上って自分の部屋に入った。義父に連絡しなくてはいけないと思いつつも、やはりすべての実験結果が揃うまで待ちたかった。その代わり、ケイトにだけでもこの件をうち明けて、彼の苦しい胸の内を分かってもらいたかったが、彼女に話せば、即、それが義父に伝わってしまう。そこが夫婦の結びつきの中で真に弱い点だった。ケイトは夫婦間にあったことを秘密にしておけない女なのだ。何かあると必ず父親に報告する。これは、長年父娘だけだった家庭生活のなごりである。それを変えさせようとピーターはずいぶん努力したが、結局は無駄だった。あきらめて、義父に伝わってもいい話以外は妻にうち明けないことにしてきた。今回の話はまずい。とにかく、まだ駄目だ。ポール・ルイの報告をもう一度全部まとめて聞いてからにしよう。それからなら、どんなつらいことにも耐えることにしよう。それがピーターの結論だった。

ピーターは部屋の窓を開け、生暖かい空気を感じながら、夜空を見上げた。今日のことがまだ信じられなかった。そんなことにはならないはずだった。

この失敗をどう償うか、そんなことを考えながら、夜の十時にピーターはバルコニーに立っていた。しかし頭に浮かぶのは、失敗の処理案よりも、いま一歩のところで実現するはずだった夢ばかりだった。ポール・ルイの判定で打ち砕かれてしまった希望の数々。救えるはずだった大勢の命。しかし、わずかだが、まだ希望はある。もちろん、その希望を最大限に拡大しても、早い時期での製品化は望むべくもない。九月に予定されているＦＤＡの公聴会に出席するのは、むしろ馬鹿げている。こんな問題を抱えていては、人体治験の許可など得られるはずはない。考えなければならないことがありすぎる。ピーターは胸が苦しかった。十一時になってから、やはりケイトに電話することにした。悩みをうち明けたかったし、彼女の声を聞けば、いくらかでも元気が出るような気がした。

ダイヤルボタンを押すのは簡単だった。だが、返事はなかった。当地時間の午後五時だから、末っ子のパトリックもまだ家に戻っていないらしい。ケイトは友人と夕食にでも出かけたのかな、とピーターは思った。受話器を置くと、彼は急に落ち込んだ。どうしようもないほど元気が出なかった。四年間の努力がたった一日で水泡に帰したのだ。一緒に、彼の夢のすべてが消えていった。この苦しみをうち明けられる友は周囲にいない。

ピーターはもう一度バルコニーに出て、何をしてこの暗い時間をつぶそうかと考えた。散歩でもと思ったが、夜の街をふらついても何がどうなるでもなかった。代わりに、エクササイズでもして、嫌なことを少しでも忘れようと思った。

フロアを二つ下りるとヘルススパがある。幸い、まだ開いていた。念のために水泳パンツを持って来ていてよかった。リッツに泊まるたびにそこの屋内プールを利用する彼だが、今回はそんな時間があるかと思いながらも、水泳用具だけはスーツケースの中に放り込んできた。スシャールの実験結果を待つことになって、どうやらそれが役に立つことになりそうだ。だが、スポーツの気分では決してなかった。

彼が入って来たのを見て、係員はちょっと驚いたようだった。時刻はほとんど深夜に近く、ほかに利用客はいなかったから、スパは静まり返っていた。手持ちぶさたで本を読んでいた係員は、ピーターにロッカーキーを渡し、更衣室の場所を指し示した。ピーターは足洗い用の水たまりを通って、プールエリアに入っていった。決して大きくはないが、きれいな造りのプールだ。やはり来てよかった、とピーターは思った。これが、彼の今の気分にぴったりだ。泳げば憂さも晴れるだろう。

ピーターは深い方の端からさっと飛び込んだ。彼の引き締まった体が水の底を進んでいった。プールの中ほどまで来てから、水面に顔を出し、優雅なストロークで向こうの端まで泳ぎ切った。彼が彼女を見たのはそのときだった。彼女は一人で黙々と泳いでいた。水中に潜っては顔を出し、また潜るといった泳ぎだった。

小柄な彼女は、プールの中ではほとんど目立たなかった。黒い水着を着て、水面に顔を出したときは、黒褐色の髪が水に濡れてまっ黒に見えた。その大きな目は、彼がいるのを見てびっくりしているようだった。前に見た男だとすぐに分かったらしいが、そんな素振りは見せなかった。彼が見つめる中、彼女は人魚のように潜水泳法を続けていた。

ピーターは自分が再び彼女と二人きりになっているのが不思議だった。それでも、エレベーターの中と同様、彼女は雲の上の人だった。まるでじらすように近くに来ながら、ほかの惑星の住人のように遠い存在である。

二人はしばらく、お互いの邪魔にならないよう静かにプールの両端で泳いでいた。往復を繰り返すうち、近くですれ違うことも何度かあった。二人とも、それぞれが持っている苦悩から逃れようとするかのように、ひたすら泳ぎ続けた。

そのとき、二人は申し合わせたようにプールの端で泳ぐのをやめ、息を弾ませながら向き合った。ピーターはごく自然に微笑むことができた。彼女の方も笑みを返した。だが、すぐまた水中に潜ってしまい、ピーターが話しかけるチャンスはまるでなかった。もちろん彼はそんなことを意図していたわけではない。プールで一緒になったのも、さっきターンせずに休止したのも偶然だった。だが彼女の方は、こういう偶然に慣れているようだった。偶然一緒になった見知らぬ人たちから質問を浴びせられるのを避けているようにも見えた。

ボディーガードがいないのを知って、ピーターは驚いた。彼女がここにいるのを彼女の夫やそのスタッフたちが知っているのかどうかも疑問だった。上院議員と一緒の時、誰も彼女の方に振り向きもしなければ、話しかけもしなかった。みんなで彼女を無視しているようでもあり、彼女は彼女で、自分の世界に浸り切って満足しているようでもあった。ちょうどいま黙々と泳いでいるように。

彼女は、今度は向こうの端で顔を出した。ピーターははっきりそう意識したわけではなかったが、彼女が立っている所に向かってゆっくりと泳ぎだした。もし、さっき二人一緒に休止した時に彼女の方から話しかけられていたら？　たわいない空想でも、今のピーターにはそれで幸せだった。でも彼女から話しかけてくるなんて、そんなことはあり得そうもなかった。彼女は常に見つめられる側の人間なのだ。一種のアイドルであり、ミステリーである。普通の人間とは違うのだ。それを証明するかのように、ピーターが向こう側に着いたとき、彼女はさっとプールから上がってしまった。それから、あっという間にタオル地のガウンに身を包み、ピーターが顔を上げた時にはすでにいなくなっていた。彼が思っていたとおりだ。彼女は女ではなく、伝説なのだ。

ピーターはそのあとすぐ自室に戻り、もう一度ケイトに電話してみようかと思った。コネチカットではもうじき夜の七時になる。おそらく妻は、末っ子と夕食でもしている頃だ。でなかったら、二人とも友達とどこかに行っているかだ。

だが、ケイトに話したいと思う自分自身の気持ちが、ピーターにはどうもしっくりこなかった。彼女に電話して、すべて順調だなどと嘘もつきたくなかったし、スシャールから聞いたことを正直に話すつもりもなかった。父親に話すなと言っても、それは無理だろう。話したいのに話せないでいるこの状態が、ピーターにはやり切れなかったし、寂しかった。宿泊客に天国にいる思いをさせるために作られたゴージャスな部屋で、地獄の時間を過ごさなければならないとは、なんとも皮肉なことである。

ピーターは、窓から入ってくる生暖かい風を浴びながら、ベッドに寝そべった。泳ぐ前よりは気分が良かった。少なくとも肉体的にはそうだった。オリビア・サッチャーにプールで出会ったのも、いくらか気分転換に役立った。彼女は美人で、現実離れしていて、ピーターの目にはなぜか孤独に見えて仕方なかった。何が彼女をそう見せるのだろう？ 今まで読んだ彼女に関する記事から自分が勝手にそう思うだけなのだろうか。それとも本当に彼女は孤独なのか？

もしかしたら、あの秘密めいた目は、やり切れない孤独を彼に訴えていたのだろうか？ 外から見ただけでは、なんとも言えない。ただ言えるのは、珍しい蝶に手を伸ばしたくなるように、彼女を見ているとなぜか胸騒ぎがしてきて、ただ黙って通り過ごせなくなることだ。でもきっと、もし腕を伸ばしてその羽をつかんだら、羽は粉になって崩れてしまうのだろう。蝶とはそういうものなのだから。

ピーターはその夜、蝶女の夢を見た。熱帯の森の藪の中で、木陰からこちらをのぞく蝶女の夢だった。夢の中でピーターが道に迷い、パニックになって叫ぶと、必ずその蝶女が出て来て彼を安全な場所に導いてくれる。その女が誰なのかはっきりしなかったが、オリビア・サッチャーのようにも思えた。

朝、目が覚めてからも、彼はオリビア・サッチャーのことを考え続けた。昨夜見たのが、夢のような、妄想のような、不思議な感じだった。偶然に何度も出会い、夢にまで見て、何かもう彼女が知り合いのような気にさえなりそうだった。

そのとき、電話のベルが鳴った。義父のフランクからだった。パリの午前十時ということは、ニューヨーク時間の午前四時のはずだ。フランクがこんなに早く電話してきたのは、スシャールの報告が気になっているからに違いない。

「わたしが昨日ここに来たのを、どうしてご存知なんですか？」

ピーターは眠気を振り払って、電話に意識を集中させた。義父は毎朝四時に起き、六時半か七時には出社している。引退は時間の問題だと自ら口にしながら、この毎日の行動パターンを一分たりと変えない。

「ジュネーブを昨日の昼発ったことは知ってるよ。時間を無駄にしないきみのことだからな。それで、どんないいニュースを聞かせてもらえるんだい？」

フランクの威勢がいい分ピーターはよけい頭が痛かった。ポール・ルイ・スシャールに言われた時のショックが甦った。

「まだテストは全部済んだわけじゃないんです」

ピーターは、結論待ちであることをその口調に響かせた。義父から電話をもらうには最悪のタイミングだった。

「テストが完了するまで、あと二、三日こっちにいようと思うんです」

話の途中で、フランクの明るい笑い声が響いてきた。笑い声は、ピーターのカンに障った。この楽観し切っている男に、いったいどういう言葉で説明すればいいのだ？

「可愛い〝子供〟を放っておけないんだな、きみは？」

ピーターには義父の意気込みが分かりすぎるほど分かった。ビコテックの開発に、あれほど投資してきた自分たちだ。資金もさることながら、時間と情熱のほとんどを注ぎ込んで、しかもピーターの場合は生涯の夢をかけて、この新薬の開発に取り組んできた。スシャールは、それでも、ビコテックに死の宣告をしたわけではない。ピーターは自分にそう言い聞かせて、ベッドの上で上半身を起こした。スシャールの言葉を言い替えれば、ビコテックには問題があるということだ。それは深刻な問題だが、〝夢の子供〟の希望がまったく消えてしまったわけではないのだ。

「まあ、せいぜいパリを楽しんできたらいい。留守中のことは心配しないで。会社の方は特に変わったことはないから。今夜はケイトと《トゥエンティ・ワン》で夕食を一緒にするつもりだ。まあ、そっちはそっちで頑張ってくれ。わしの方もきみなしでうまくやっておくよ」

「ありがとう、フランク。しばらくこっちにいて、テストが終わり次第、スシャールと協議します」

会長である義父に雲行きが怪しいことのヒントすら与えないのはフェアでないような気がした。

「二、三問題はあるようでしたが」

「どうせたいしたことじゃないさ」

フランクはぜんぜん気にも留めていない様子だった。ドイツとスイスでの実験結果が良かったから、皆が心配しないのも無理はなかった。ピーターだって、ポール・ルイから潜在的危険性を指摘されるまで、その成功を信じて疑わなかった。こうなったからには、テスト法が間違っていたことを期待するほかない。もしかしたら、最終テストでそのことが判明するかもしれない。

「待っているあいだ、きみは何をして時間をつぶすつもりなんだ?」

フランクはいかにも楽しそうに訊いた。

義理の息子は彼のお気に入りである。二人は友達同士だし、ピーターは理性派で頭も良く、ケイトにとっては理想の夫と言えた。妻にはいつも好きなようにさせ、彼女の趣味に干渉したことはない。住居も彼女の希望で選んだ。息子たちの学校も〝アンドヴァー〟と〝プリンストン〟で決着した。毎年、マーサズ・ヴィンヤードで一か月を過ごし、義父と妻の関係も重んじてきた。しかも、彼はウィルソン―ドノバン社の有能な社長なのである。子供たちにとっては良き父親である。フランクが義理の息子について、不満な点をしいて挙げるなら、ちょっと頑固なところである。たとえば、フランクがつい口出ししてしまう家庭のことや、子供たちを寄宿舎に入れるといったようなときに、その頑固さが頭をもたげる。

ピーターのマーケティングのセンスはずば抜けていた。実際、ウィルソン―ドノバン社が業界一の成功をおさめてきたのは、彼の判断力に負うところが大きい。一方フランクの業績は、家族経営の零細企業をビッグ・ビジネスに育てた点にある。しかして、そのビッグ・ビジネスを国境を越えた帝国に拡大させたのはピーターである。『ニューヨーク・タイムズ』は彼に関する記事をたびたび掲載してきたし、『ウォールストリート・ジャーナル』は、彼のことを製薬業界における〝ワンダーボーイ〟と呼んだ。最近も両紙から、ビコテックについての取材申し込みがあった。だが、ピーターは機が熟していないと言って取材を断わり続けている。また、最近彼は議会から要請され、薬価決定の際の倫理と経済性について委員たちの前で話すことになっている。だが、いつ出席できるかは、まだ返事をしていない。

「仕事を持ってきていますから」

確かに持ってきてはいたが、やる気力はまったく失せていた。目を窓に向けると、バルコニーには夏の日差しがさんさんと降り注いでいた。

「パソコンでできる仕事がありますから、資料が完成したら会社の方に送ります。それで時間がつぶれると思うんですが、あとは散歩でもしていますよ」

そう言いながらピーターは、さて今日一日何をしようかと考えていた。

「シャンパンを開けなきゃダメだぞ！」

フランクはなおも楽しそうだった。

「きみの方はスシャールと祝いたまえ。きみが戻って来たら、お祝いのやり直しをしよう。『タイムズ』の方にはわしの方から連絡しておこうか？」

義父の気軽な口調に、ピーターはいらいらしながら首を横に振った。そして、たまらずに立ち上がった。彼の引き締まった体は裸だった。

「とにかく、わたしは待ちます。今回のテストは重要だと思いますから」

裸でいるのを窓から誰かに見られてはいまいか、ふとそんなことを気にしながら、ピーターは真面目な口調で答えた。髪の毛を乱したまま、腰にシーツを巻いただけの格好だった。部屋に備え付けのバスローブは少し離れた所の椅子に掛かっていて、手が届かなかった。

「そんなに神経質になるなよ」

フランクは義理の息子に忠告した。

「テストの結果はいいに決まっているんだから。報告があり次第、電話をしてくれたまえ」

フランクは今すぐにでも会社へ行って、みんなに〝ゴー〟の大号令をかけそうだった。

「電話してくれてありがとう、フランク。わたしがケイトに連絡できない場合はよろしく言っておいてください。昨日は彼女がいなくてつかまらなかったし、今電話してもまだ寝ているでしょうから」

ピーターは一応言いわけしておいた。

「あいつは忙しい子だから」

父親は誇らしげに言った。彼女はフランクにとってはまだ子供だった。実際、彼女の方も学生時代から成長していなかった。

その容姿もピーターが初めて会った二十四年前とほとんど変わっていない。体の線がしなやかで、友達からは今でも〝可愛らしい〟と言われている。そしてとてもスポーツ好きだ。髪の毛をいつもショートにして、目の色は彼と同じブルーである。自分の欲しい物が手に入らなかった時以外は、いつもいたずらっぽい雰囲気を漂わせている。そして、良き妻であり、賢い母であり、フランクにとっての特別な娘である。二人ともそのことはよく知っている。

「分かった。よく伝えておく」

フランクはそう言って電話を切った。ピーターはシーツを腰に巻いたまま椅子に腰を下ろし、窓の外に目をやった。いったいこの事態をどう説明したらいいのだろう？　これまでの巨額の投資をどう正当化できよう……。得べかりし数億ドルの利益をどう償えばいいのだ！　問題を解決するために少なくともあと何年かの研究が必要だ。それでも、その結果は保証の限りではない。それに対して、フランクは果たして首を縦に振るかどうか？　あくまでもビコテックの完成にこだわるか、それともやめちまえと言うか？　その決定権は依然として会長であるフランクが握っている。もちろん、ピーターは開発が継続されるよう全力を尽くすつもりだ。彼は、大きな勝利のためなら長い道のりを辛抱して歩くタイプである。ところがフランクは手っ取り早く目に見える勝利が好きだ。だから、この四年間、彼を我慢させておくだけでも大変な仕事だった。そこへ、あと二、三年というのは途方もないことだ。追加に必要な投資額を思えば、そう言わざるを得ない。

彼はコーヒーとクロワッサンをルームサービスに注文した。しばらくしてから受話器をもう一度取り上げた。スシャールからの連絡は待つべきものだと分かっていたが、どうしてもこらえ切れなかった。研究所に電話してみると、スシャール博士はいま研究室に入っていて手が離せません、とのことだった。この瞬間も、重要な研究が進展中なのだ。ピーターはお邪魔しましたと謝り、また〝待たされ地獄〟に戻るしかなかった。

スシャールからの連絡を待つのは、永遠の長さのように感じられた。二人が協議を終えてからまだ二十四時間も経っていないのに、ピーターは緊張とイライラで自分の体から飛びだしそうだった。

朝食が来る前にバスローブを羽織った。あとでもう一度プールへ行って泳ごうかとも思ったが、皆が仕事をしている時間に水泳とはいささか気が引けるので、パソコンを取り出してテーブルの上にセットした。そして、クロワッサンをかじり、コーヒーをすすりながらキーを叩いた。しかし、なかなか仕事に集中できなかった。昼にはパソコンを放りだし、シャワーを浴びて、仕事のことを頭から振り払った。

何をしようかすぐには思いつかなかった。彼としては何か肩の凝らないこと、パリっ子たちがするようなことがしたかった。たとえばセーヌの岸を歩くとか、裏通りをぶらつくか、それとも、カルチエ・ラタン辺りのカフェに座って一杯飲みながら行き交う人たちを眺めるか、そんなところだった。ビコテックのこと以外なら何でもよかった。とにかく部屋を飛びだして、街の中に溶け込みたかった。

ピーターは黒いビジネススーツと白いあつらえのシャツに着替えた。これから誰かと会うわけではなかったが、外出着はそれしかなかった。

ヴァンドーム広場に注ぐ六月の日差しの中に出ると、ピーターはそこに止まっていたタクシーの運転手にブローニュの森に連れて行ってくれるよう頼んだ。前に行ったことがあって、素敵な場所だったことを思いだしたからだ。

ブローニュの森に着いたピーターは、暑い日差しも気にせず、時間を忘れてベンチに座り続け、アイスクリームを食べたり、遊び回る子供たちを眺めたりして時を過ごした。

第三章

ブローニュの森からタクシーに乗って、ルーブル美術館へ向かった。

館内をしばらくぶらぶらと歩いた。おびただしい数の美術品が見事に配列されていた。中庭に立つ彫像群の力強さにピーターは思わず足を止め、催眠術にでもかかったかのように見続けた。自分と、彫像の一つ一つが見えない糸で結ばれているような、不思議な感動を覚えた。パリっ子や外国人旅行者たちのあいだでとかく議論になる、ルーブルの玄関前に作られたガラスのピラミッドも、ピーターには気にならなかった。ひと通り作品を見終わってから、再びタクシーに乗ってホテルへ戻った。

何時間か外出しただけで、ピーターはまた人間に戻れた気がした。すると、今までとは違って、急に先行きが楽観できるようになった。たとえ実験結果が悪くても、これまでのノウハウを結集して、研究をなんとか救えるのではないか。そして、そのまま続ければ、また新しい見通しも出てこよう。

二、三問題があるからといって、これほどの大事業を死なせるのは忍びなかった。FDAの公聴会は決して世界の終わりではないのだ。今までだって、何度もその関門をくぐり抜けてきた。製品化に四年ではなく五年かかるなら、それはそれでいいではないか。六年だってかまいやしない。

リッツに戻った時の彼はだいぶ緊張がとれて、多少幅をもって物を考えられるようになっていた。夕方になっていたが、メッセージは何も届いていなかった。ドラッグストアに立ち寄って新聞を買い、ケイトへのおみやげのことを思いだして、ショーケース係のところへ行き、純金のブレスレットを買い求めた。しっかりしたチェーンに大きなハートの飾りがぶら下がる、ちょっと粋なブレスレットだった。ケイトはハートの形のアクセサリーが好きだから、気に入ってくれそうだった。彼女はいつも目の玉が飛び出るような高価なものを父親からもらっている。金額で義父と競争しても勝てるはずがないので、ピーターは、妻への贈り物は、彼女にとって特別な意味を持っているものとか、記念するようなものに限っている。

長い廊下を歩き、ドアを開けて、誰もいない室内を見回した。とたんに、また焦《あせ》りが始まった。スシャールの話を早く聞きたくてたまらなかったが、今度はなんとか自分を抑えた。その代わりに、ケイトに電話した。しかし、応えたのは留守番電話だった。コネチカットは今ちょうど昼だから、昼食でも食べに出かけているのだろう。息子たちの行く先は神のみぞ知るだ。

長男のマイクと次男のポールは寄宿舎から家に戻っているはずだし、末っ子のパトリックはまだ親もとから学校に通っている。あと一、二週間したら、ケイトが皆をヴィンヤードへ連れて行くことになっている。その期間ピーターはニューヨークにとどまり、仕事を続けなければならない。そして、いつものように週末だけ家族に合流する。八月に取れる四週間の休暇は、家族一緒に別荘で過ごす。今年はフランクが七月から八月にかけて長期休暇を取ることになっているから、この記念すべき夏のオープニングとして、七月四日の独立記念日に大バーベキューパーティーを催すのだとケイトは張り切っている。

「早く会いたいな」

ピーターは留守番電話に向かって話した。機械と話すのは味気なくて馬鹿みたいだった。

「時差というのはやっかいだね……またあとで電話するよ……バイ……ああ、ピーターだよ」

ピーターは一人でにっこりして受話器を置いた。声の調子が間抜けていなかったか心配だった。

留守番電話に話すとき、彼はいつも変テコな気分にさせられる。

「留守番電話が苦手な社長かあ」

彼は長椅子に寝転び、伸びをしながら自分を茶化した。そして、今夜の夕食はどうしようかと思案した。近くのビストロへでも行くか、それともホテルのレストランで食べるか、またはルームサービスにして、CNNでも見ながらパソコンを少しいじくるかの選択だった。結局、彼は一番気楽な道を選んだ。

まず、ジャケットを脱ぎ、ネクタイをはずした。それから、汚れひとつないパリパリのシャツの袖をまくった。長い一日が終わってもケロッとしている男。彼はそんなタイプだった。息子たちは仕事に強い父親を「ネクタイをしたまま生まれてきたんだ」と言ってからかう。そんなときピーターはウィスコンシン時代を思いだして、複雑な笑いを浮かべる。

その夜のニュースには、特に変わったものはなかった。ピーターは仕事に意識を集中させた。夕食はおいしそうだったが、味などどうでもよかった。テーブルがセットされるとすぐ自分の横にラップトップを据えた。

「食事が終わったら、外に出られたらいいですよ」

ウエイターが勧めた。満月の下で街の明かりが輝く、きれいな夜だった。しかし、ピーターは意識してパリを無視した。

ひと段落したらまた深夜の水泳でもするかと思いつつ仕事を続けていた十一時頃、騒がしい機械音が下の階から聞こえてきた。初め、ラジオかテレビからの音かと思った。それともコンピューターが故障したのかと耳を澄ますと、ベルの音らしかった。急かすようなサイレンの音も聞こえた。ピーターは気になってドアを開けてみた。サイレンの音はぐんと大きくなり、ほかの部屋からも不安げな顔がたくさんのぞいていた。

「火事か？」

早足で通りすぎようとするベルボーイをつかまえて、ピーターは訊いた。

「ええ、そうかもしれません」

だが、誰も確かなことは知らなかった。が、何かの警報であるには違いなかった。廊下をのぞく顔がさらに増えた。その頃からホテルの従業員たちがいっせいに動きだした。ベルマンに、ベルキャプテン、ウエイター、メイド、グベルナント、ハウスキーパー、そのほかあらゆるスタッフたちが廊下に散らばり、一つ一つの部屋のドアをノックして、客たちにすぐ表に出るよう呼びかけ始めた。

「いえいえ、奥さま。そのままで結構です。着替えには及びません！」

グベルナントがローブを客たちに渡し、ベルボーイはバッグを手に、客たちがペットを連れだすのを手伝った。何の説明もないまま、客たちはそのまますぐ外に出るよう言われた。

パソコンを持って行こうかどうしようか、ピーターは一瞬迷った。だが、やはり置いていくことにした。会社の秘密がおさめられているわけでもないし、ただ整理しておくべきメモや通信類があるだけだ。仕事を部屋に残して外へ出るのは、今の彼にはある意味で救いだった。

ピーターはジャケットも羽織らず、財布とパスポートをズボンのポケットに突っ込み、部屋の鍵を握って階段を下りた。階段では、前にも後ろにも、グッチやディオールを急いで着てきたらしい日本人女性が何人もいた。二階からは大あわてのアメリカ人大家族が加わった。体中に宝石を着けたアラブ人女性もいた。身なりの立派な何人かのドイツ人たちがみんなを押しのけながら下へおりて行った。ヨークシャーテリアやフレンチプードルが何匹も人間たちに混ざって下りていた。

全体の光景にはコミカルな雰囲気があった。ピーターは黙って階段を下りながら、一人でニヤニヤしていた。タイタニック号ではあるまいし、リッツホテルが沈むはずはないのだ。

ロビーに着く手前には、ホテルの重役が出ていて、必要な手を貸しながら一人一人に不意の混乱をわびていた。それでも、まだ、この騒ぎの原因はいったい何なのか、なんの説明もなされなかった。

そのままロビーを通り抜けて外に出ると、フランスCRS部隊が周囲を固めていた。隊員たちは全員が武装し、かつ、なんらかの防護用具を身に着けるか携えていた。CRS部隊とは、米国の〝スワットチーム〟に相当する特殊部隊である。ピーターが見ていると、カールッド王とその取り巻きが政府の車で緊急避難させられていた。爆弾騒ぎだな、とピーターは推測した。飛びだしてきた人たちの中には、フランスの有名女優が二人いた。二人とも〝連れ〟がいた。老人と若い女の子のカップルが大勢いたのも、リッツならではだった。ジーンズにTシャツ姿のクリント・イーストウッドもいた。全員が避難を終えたのは、ほとんど真夜中近くだった。だが、その避難誘導の迅速さと整然さは見事だった。ヴァンドーム広場の、リッツから充分に距離を置いた所にテーブルがセットされ、菓子やコーヒーのサービスも始まった。希望者には、強いアルコール飲料も用意された。夜遅いという点を除けば、むしろ面白い出来事だった。危険な雰囲気はぜんぜんなかった。

「これで、おれの深夜の水泳がおじゃんになった」

クリント・イーストウッドと隣り合わせになったときに、建物の方を見ながらピーターが言った。十分前にCRS部隊がホテル内に入り、爆弾の捜索を始めていた。どうやら、爆弾を仕掛けたという電話がホテル経営陣のところにあったらしい。

「これで、おれの安眠がおじゃんになった」

クリント・イーストウッドがうらめしそうに答えた。

「おれは明日四時に起きなきゃならねえんだ。爆弾捜しがこの調子で続いたら、いつ終わるか分からねえや」

クリント・イーストウッドは、最悪の場合は撮影現場にでも行って寝ようと考えていたが、ほかの客たちはそうはいかなかった。みんなは広場や歩道に立ち、依然として驚いた顔で、ペットや〝連れ〟や宝石がいっぱい詰まった小さい革のケースを抱きかかえていた。

CRS部隊の別のグループがホテルの中に入って行くのが見えた。ピーターは命じられるまま、さらにホテルの建物から離れた。ふと横を見ると、そこに彼女がいた。いつものように、ボディーガードたちに囲まれたオリビア・サッチャーである。彼女は騒ぎにはまるで無関心のように見えた。サッチャー議員本人は、相変わらず周囲の人間たちと熱心に話し込んでいた。サッチャー議員のグループは全員が男性で、女性はオリビア一人だけだった。彼女はタバコを吸いまくっていた。オリビアは前日と同様、グループからちょっと離れた所に立ち、彼女に話しかける人間も注意を払う人間もいなかった。一人でコーヒーを注いで飲む時でさえ、ボディーガードたちは彼女を無視し続けた。

ピーターはその様子を、見ないふりをして見ていた。彼女はジーンズにTシャツを着て、ペニーローファーを履き、まるで子供のようだった。ピーターが魅せられたその大きな目は、夫とそのグループの動きを見守っていた。サッチャー議員と一人のボディーガードがＣＲＳ部隊員をつかまえて何か訊いていたが、部隊員はただ首を横に振るだけだった。

爆弾はまだ見つかっていないらしかった。ウエイターたちは椅子を持ちだしてきて、客に座るよう勧めていた。ワインのサービスも始まった。客たちは不便を強いられているにもかかわらず、とても落ち着いていた。騒ぎは、しだいにヴァンドーム広場の屋外パーティーと化していった。ピーターは見ないようにしながらも、オリビア・サッチャーの動きから目が離せなかった。

彼女は一人でグループから遠く離れることもあった。ボディーガードたちも彼女の行動には注意を払っていないようだった。サッチャー議員も彼女に背を向けたままで、一度も振り返ったりしなかった。

ピーターの見る限りでは、昨日からずっとそうだった。議員とその取り巻きたちが椅子に座り込んだ時、オリビアは何十人もの客を隔てた遠い場所に行って、一人でコーヒーを注いでいた。自分の夫や取り巻きたちに無視されても、彼女はわれ関せずといった態度で、一人で行動していた。ピーターはそんな彼女に魅せられて、ますます目が離せなくなっていた。

彼女は年老いたアメリカ婦人に椅子を勧め、可愛らしい小犬の頭をなで、しばらくしてから飲み干した紙コップをテーブルに戻した。ウエイターにもう一杯いかがですかと勧められると、にっこりして首を横に振った。彼女は他人に優しくて、輝いていて、まるで地上に降りて来た天使のようだった。それだけでなく、ミステリアスで、その立ち居振る舞いは女性の模範のように完璧だった。誰からも注目されないでいるこういうときが一番幸せなのか、彼女はとてもリラックスして見えた。気取らない格好、目立たないように立つその姿を目にして、新聞、雑誌で何十回も彼女の写真を見ているアメリカ人でさえ、オリビア・サッチャーだと気づく者はいないだろう。

彼女はもう何十年間もパパラッチの悪夢に悩まされ続けてきた。パパラッチたちは、なんの準備もしていない彼女の前に突然現れてはシャッターを切っていく。特にそれがひどかったのは、彼女が子供を病気で亡くした当時だった。今でも彼女は、パパラッチたちの格好の標的である。伝説は衰えていないし、むしろ、殉教者としてのイメージができつつある。

ピーターが目を離さないでいると、彼女はますますグループから離れた方へ歩いて行った。ピーターも、背伸びをしなければ彼女の姿を見失いそうだった。何か理由があって夫から距離を置こうとしているのか？　それとも、何も考えずにそうしているのだろうか？　上院議員のグループからは完全に見えない距離だった。

《シェ・キャステル》とかいったナイトクラブや遅い夕食から帰って来た宿泊客たちは、騒ぎを初めて見て、信じられない面持ちで係員たちの説明を聞いていた。野次馬も大勢集まっていた。カールッド王を非難するささやき声があちこちで聞かれた。ホテルには、たまたま英国の高官も滞在していたから、狙われたのは彼で、爆弾を仕掛けたのはＩＲＡだという声もあった。いずれにしても、通報があった以上、ＣＲＳの捜索が完全に済むまでは、宿泊客たちはホテルに戻ることを禁じられていた。

深夜をだいぶ過ぎていた。クリント・イーストウッドは、ロケのトレーラーで寝るため、もうとっくにいなくなっていた。彼としては、翌朝までの数時間の睡眠がどうしても必要だったのだろう。

ピーターが辺りを見回すと、オリビア・サッチャーが宿泊客たちの集団から完全に離れ、広場の向こう側へふらふらと歩いて行くのが見えた。集団に背を向け、広場の隅に向かって、彼女はしだいに歩みを速めていた。いったいどこへ行くつもりなのだろう。彼女のミステリアスな行動に、ピーターは好奇心をくすぐられた。ボディーガードがあとについているのだろうかと目を凝らして見たが、その様子はなかった。

もし上院議員のグループが彼女の行動を知っていたら、とっくにボディーガードを付けているはずだ。だが、彼女が単独行動をとっているのは、様子からして明らかだ。しかも、今は早足になっていて、こちらを振り向こうともしない。ピーターは無意識に彼女の方に向かって歩き始めた。

ホテルの周囲は依然として混乱状態だったので、二人の行動に気づく者はいなかった。そのとき、ピーター自身が気づかなかったのは、誰かが彼のあとをつけていたという事実だった。

その男は、少なくとも初めはピーターのあとを追っていた。が、広場の新たな騒ぎに気を取られたのか、突然追うのをやめて、人だかりの中へ戻って行った。

人だかりの中では、二人の有名なファッションモデルがCDプレーヤーを手にしながら楽しそうに踊っていた。CNNの取材班も到着していた。CNNのレポーターは、内外のテロリズムをどう思うかと、サッチャー議員に質問していた。六年前にテロで兄を亡くしている議員は、歯に衣着せぬ言い方でテロリズムの無意味さを強調した。ついでに大衆受けする短い演説まで付け加えた。周囲から拍手が起こった。それが終わると、CNNの取材班はほかの人たちへのインタビューを撮影していった。

CNNがサッチャー夫人の意見を求めなかったのは偶然だったのだろうか。いや、議員の意見が夫婦を代表する口調で貫かれていたからにほかならない。取材班は、踊っているモデルたちにもインタビューした。モデルたちは楽しい夜だと言い、こういうことならいつでも歓迎だと笑い飛ばして踊り続けた。不気味な危険と隣り合わせの、妙なお祭り気分の夜だった。

ピーターは騒ぎから遠く離れ、ヴァンドーム広場から見えなくなろうとしている議員の妻のあとを追った。彼女は、自分がどこに向かっているのかはっきり分かっているようだった。だからだろうか、その歩き方に戸惑いはなかった。彼女はスタスタと歩き続けた。ピーターは離されないよう大股で歩かなければならなかった。だが、追いつこうとはせず、彼女のうしろを歩くだけだった。もし彼女が立ち止まり、こちらを振り向いて、なぜあとをつけるのだと質問してきたら、その理由を説明する準備はできていなかった。ピーターはただ、放っておけなかった。こんな夜更けなのだから、彼女の安全を見届けてやらなければと自分に言い聞かせて、あとを追い続けた。しかし、何を理由におまえが彼女を守るのだと言われれば、返す言葉はなかった。

コンコルド広場まで歩いて来たのには、ピーターもさすがに驚いた。彼女はそこで立ち止まり、一人でにこにこしながら噴水をのぞき込んでいた。遠くにはライトアップされたエッフェル塔がそびえていた。辺りには、ベンチに座っている老ルンペンが一人と、ぶらぶら散歩している若者が一人、それに、抱き合いキスし合っている二組のカップルがいたものの、彼女を気にする者はいなかった。そこに独りぼっちで立つオリビアは、ひたすら嬉しそうだった。ピーターは駆け寄って彼女の肩に腕を回し、一緒に噴水を見つめたい衝動に駆られた。だが、もちろんそんなことはできるはずもなかった。彼はただ顔を和ませて、遠くから彼女を見つめるだけだった。

二人の目が合ったのはそのときだった。ピーターはギクリとした。彼女の目には疑いの表情が浮かんでいた。彼女はそのとき初めて彼の存在に気づいた様子だった。〝なぜ？〟と彼女の目が問いかけていた。あとをつけられていたと分かったはずだ。それでも、彼女は怒ってもいなさそうだったし、パニックの表情も見せなかった。そればかりか、ピーターの方に向き直ると、戸惑う彼を見据えながら、こちらに向かって歩き始めた。昨夜プールで見かけた男性だと、彼女の方は認識しているようだった。ピーターは暗い中で顔をまっ赤に染めながら、近づいて来る彼女にドギマギしていた。

「あなたはカメラマン？」

彼女はピーターを見上げながら、静かな声で言った。そのときの彼女の表情はとても悲しそうだった。こんなことは、彼女の身に何千回、何万回、いや数え切れないほど起きていた。彼女がどんな所に出かけても、カメラマンたちが潜んでいて、彼女の私生活を盗み撮りしては勝ち誇ったように引きあげて行く。とても不愉快なことだったが、彼女はそれに慣れて、自分の生活の一部と受け止めるようになっていた。

ピーターには、彼女の悲しみが直感で分かった。だから、あわてて首を横に振った。心配させて悪かったとも思った。

「いえ、ぼくは違います……すみません……ただあなたのことが心配で……こんな時間ですから」

彼女を間近に見下ろしていると、ピーターの中で急にきまり悪さが消え、父親気分が頭をもたげた。

「危険ですよ。こんな夜遅く一人で歩いてはいけません」

彼女は、老ルンペンや一人歩きの若者の方にチラリと目をやってから、再び彼の顔を見上げた。その目には、問いたげな表情が浮かんでいた。

「なぜわたしのあとをつけて来たの？」

そのとおりだった。ピーターは返答に窮《きゅう》した。

「ぼくは……ぼくもよく分からないんです」

ピーターは正直に言った。見上げる彼女の茶色い目はベルベットのようになめらかだった。

ピーターは手を伸ばして彼女を抱きそうになった。

「ちょっとした好奇心からです……騎士道気取りとでも言ってください……あなたに魅せられていました……愚かだとは分かっているんですが……バカげていますよね……」

本当は、あなたの美しさに惹かれてと言いたかったが、それはできなかった。

「あなたの無事を見届けたかったんです」

そこまで言ってから、彼はすべてをぶちまけたい気分になった。周囲の空気も普通ではなかったし、なんとなく、彼女には正直に飛び込んでくる他人を受け入れてくれそうな、聖母のような雰囲気があった。

「あなたは逃げだしてきたんですね、違いますか？　あなたがどこにいるか、みんなは知らないんでしょ？」

今頃みんなは気づいて、あちこち捜し回っていることだろう。だが、彼女の方はそんなことにはお構いなしのようだ。彼を見上げる彼女の目に、いたずらっぽい表情が浮かんだ。自分の内緒の行動を見られてしまった子供のような顔だった。

「あの人たちは何も気にしていないわよ」

彼女に反省している様子はぜんぜん見られなかった。むしろ、自分のいたずらが楽しくてしようがないようだった。

いろんなことを総合して考えると、ピーターの目に映る彼女は〝夫に捨てられた妻〟だった。議員とその取り巻きの中で彼女に注意を払う者は一人もいなかった。議員自身、彼女に向かって一度も声をかけなかった。

「逃げだしたかったの。自分の靴だって、たまには窮屈《きゅうくつ》になるものよ」

自分の身分を相手に知られているのかどうか分からないまま、彼女はピーターを見上げた。もし知られていないなら、そのままにしておきたかった。

「窮屈なのが靴というものですよ」

ピーターは哲学的に言った。彼の〝靴〟も時々きつくなる。多分、彼女の靴のきつさはそんなものではないのだろう。ピーターは同情の目で彼女を見下ろした。ここまでつけて来た以上、もうちょっと立ち入らせてもらってもいいのでは。

「ちょっとコーヒーでも飲みませんか?」

陳腐な誘い方だった。二人は思わず顔を見合わせてにっこりした。彼女はしばらく返事をためらっていた。果たしてこの男性は本当にわたしとコーヒーが飲みたいのか、それともちょっとからかいたいだけなのか? その辺を推し量っているようだった。ピーターは彼女の迷いを察して微笑んだ。

「からかっているわけではありません。ぼくは自分を極めて慎み深い人間だと思っています。少なくとも、コーヒー一杯は信頼していただいて結構です。ぼくの泊まっているホテルがいいと思うんですが、今は取り込み中ですから」

彼女は笑った。そのあと彼女が急にリラックスし始めたのがピーターにも分かった。とにかく、決して初対面同士ではないのだ。ホテルのエレベーターで何度か見かけていたし、プールでも一緒だった。その夜の彼の服装もきちんとしていた。プレスの効いた汚れのないシャツに、折り目の崩れていないズボン。高価そうな靴。それよりも何よりも、その目に宿した輝きが、彼の優しさと社会的地位を語っていた。オリビアはうなずいた。

「ええ。では、コーヒーを一杯いただくわ。でも、あなたのホテルじゃないところでね」

彼女はツンとすまして言った。

「今夜のあそこは、わたしには少しやかましすぎるわ。モンマルトル辺りでいかが？」

彼女はちょっと首を傾《かし》げながら言った。

ピーターはニコッとした。申し分ない提案だった。

「それはいい考えですね。じゃあ、タクシーでもつかまえましょうか？」

彼女はうなずいた。二人は一番近いタクシースタンドまで歩いて行き、彼がドアを開けて彼女を乗せてやった。ビストロの名前と住所を運転手に告げたのは彼女の方だった。その店なら、道にテーブルを広げて終夜営業しているはずだった。

暖かい夜だった。お互いに恥ずかしそうにしている二人だったが、ホテルに戻りたい気持ちはまったくなかった。二人の緊張をほぐしたのは彼女の方だった。オリビアはいたずらっぽい目でピーターの顔をのぞき込んだ。

「こういうこと、しょっちゅうなさるの？　女性を追いかけるのを」

彼女にとって、何かすべてが面白そうな雰囲気になってきた。ピーターはタクシーの中で顔を赤らめ、首を横に振った。

「今までしたことがありません。こんなことをしたのは正真正銘、初めてです。今でも、なぜしたのか自分でも分からないくらいです」

というのは本音ではなかった。追いかけて来た理由はちゃんと分かっていた。彼女がいたいけに見えて、放っておけなかったのだ。その目の表情にも魅せられていた。だが、そこまでは正直に言えなかった。

「わたし、正直に言うと、追いかけてもらって嬉しかったわ」

彼女は成り行きを心から楽しんでいるようだった。そして、彼に対するガードはもうとっくに解いていた。

レストランに着くとまもなく、二人は屋外のテーブルをはさんで、湯気の立つコーヒーをすすっていた。

「女性を追いかけるなんてご立派だわ」

オリビアはにっこりして彼の顔を見た。

「あなたの素性を聞かせてちょうだい」

そう言って頬づえをつく彼女は、オードリー・ヘップバーンにそっくりだった。

「話せることなんて、あまりありません」

ピーターはまだ少し硬くなっていたが、嬉しくて仕方がないといった様子だった。

「ないはずないでしょ。どこからおいでになったの？　ニューヨーク？」

彼女の推測は正確だった。確かに彼はニューヨークで働いている。

「まあ、だいたいそんなところです。会社がニューヨークですから。でも、住まいはグリニッジです」

「それで、家庭があって、お子さんが二人いらっしゃるのね？」

彼女はにこにこしながら、彼のために穴埋め問題を仕上げてやった。おそらく、この男性の様子からして、幸せな家庭を築いているのだろう。それに比べて、彼女の人生は、見かけとは裏腹に悲しみと落胆の連続だ。

「息子が三人です」

ピーターは彼女の当てずっぽうを訂正した。

「ええ。おっしゃるとおり、ぼくは所帯持ちです」

そう言いながら彼は、ガンで男の子を亡くした彼女になんとなく後ろめたさを感じた。その子が彼女の一人っ子だったこと、そして、その後彼女が子供に恵まれていないことは米国中が知っている。

「わたしはワシントンに住んでいるの」

彼女は落ち着いた口調で言った。

「まあ、だいたいね」

彼女は、子供がいるとかいないとかには触れなかった。彼ももちろん訊かなかった。

「ワシントンはお好きですか？」

ピーターが優しく訊くと、彼女は肩をすぼめて、コーヒーをすすった。

「好きとは言えないわ。子供の時は大嫌いだったの。でも今はもっと嫌いかな。わたしが嫌いなのは街じゃなくて、そこに住む人たちとその中身よ。自分たちをだまして、国中のみんなをだましているんだわ。わたし、政治って大っ嫌いなの。それにまつわるすべてのものがいや」

その口調から、彼女がどんなに政治を嫌っているかがよく分かった。しかし、兄も父親も夫も政治にどっぷり浸かっている。彼女が現実から逃れられる希望は、まるでなさそうだった。

彼女はピーターに顔を向けた。彼女自身の紹介はまだ済んでいない。彼女としては、相手に名前を知られていない方がよかった。ローファーとジーンズをはいた、Tシャツの女だけでいたかった。だが、相手の目の表情から判断すると、どうやら自分の名前は知られているようだった。でもまさか、この男性はわたしの名前をねらって夜中の二時にコーヒーに誘ったわけではないだろう。

「もしかして……わたしが誰なのか……ご存知なんでしょ？」

オリビアは、目を大きく見開いて訊いた。ピーターはすまなそうにうなずいた。無名でいられたら彼女もどんなに幸せだったろう。だが、この世での彼女の定めは違っていた。

「あなたのことは確かに知っています。が、知らない米国人を探す方が無理ですよ。でも、だからといって何が変わるわけでもありません。あなたが政治を嫌うのも自由ですし、コンコルド広場を散歩するのも、友達にうさをぶちまけるのも自由です」

彼女がそのうさをぶちまけたがっているのが、ピーターには痛いほどよく分かった。

「そう言ってくれてありがとう」

彼女は小さな声で言った。

「窮屈なのが靴だ、ってさっきおっしゃったわね。それで、あなたの靴はどうなの？」

「たまには痛むこともありますよ」

ピーターは正直な気持ちを言った。

「靴ずれもします。ぼくは社長をしていますが、そんな地位を放りだして、勝手気ままに生きたいと思うことがあります」

今この瞬間がまさにそれだ。彼女と二人っきりでいられるこの短い時間。家庭のあることを忘れて、もう一度自由に羽ばたいてみたい。だが、ケイトを裏切れないことは自分の胸が一番よく知っている。今まで、彼女の目を盗んで浮気したことは一度もない。それを今さら始めようとも思わない。たとえ相手がオリビア・サッチャーでも。

その思いは、オリビアの胸の中でも同じだった。

「みんな同じなのね」

「誰でも生活に疲れるし、責任から逃れられたらと思うものですよ。でも、あなたがどんな苦労を背負われているのか、われわれには分からないのかもしれませんね」

ピーターの言葉には情がこもっていた。

「だから、誰でもヴァンドーム広場から逃れて、少しのあいだでも消えてしまいたいと思うものですよ。アガサ・クリスティみたいにね」

「ああ、あの行方不明事件の話ね。わたし、あの事件の真相がとっても知りたいの」

オリビアは恥ずかしそうに顔をほころばせた。

「わたしにもあんな真似ができたらと思うわ」

彼がアガサ・クリスティの一件を知っていることに、オリビアは意外感を持ってピーターを見直した。彼女はアガサ・クリスティ行方不明事件に特別な興味を抱いていた。ちょっと昔の話になるが、当時人気絶頂の女流作家アガサ・クリスティが失踪して大騒ぎになった。当人の運転していた車が立木に衝突して大破しているのが発見されたが、この有名な作家自身の行方は不明だった。謎が謎を呼び、英国中の新聞が連日大見出しを掲げて彼女の失踪をミステリアスに書き立てた。数日後、皆の前に現われたアガサ・クリスティは、姿を隠した理由もその間の事情もいっさい明らかにしなかった。騒ぎは世界中の読者の知るところとなった。

「あなたもやったじゃないですか。まあ、数時間にしろ、自分のしがらみから抜けだしたんですから」

そう言ってにっこりするピーターを、彼女はいたずらっぽい目で見つめ返していた。ピーターはさらに言った。

「アガサ・クリスティがやったことと同じですよ」

オリビアは声を出して笑った。アガサ・クリスティと一緒にされたのが気に入ったようだった。

「でも、あの人は何日間も失踪していたのよ。わたしなんてほんの二、三時間だわ」

彼女はちょっとがっかりしながら、そう言った。

「今頃、みんなは半狂乱になってあなたのことを捜していますよ。アラブの王様に誘拐されたと思っているかもしれませんよ」

彼女はさっきよりももっと大きな声で笑った。笑うときの彼女は、まるで子供のようにあどけなかった。しばらくしてから、ピーターはサンドイッチを一つずつ注文した。サンドイッチが来ると、二人はむさぼるように食べた。

「わたしのことなんて捜してないわよ。本当よ。だいたい、わたしがいないことにも気づいていないんじゃないかしら。わたしを見つけに来るのは、選挙戦に駆りだす時とか、女性団体の前で演説する時だけ。そういう時以外は、わたしは必要のない人間なの。ステージを飾る造花みたいなものね。品物を良く見せるための単なるウインドーの飾り。水をあげる必要も餌を与える必要もないから、あの人たちには便利なんでしょう」

「それではあんまりですね」

ピーターは、果たして真相はどうなのだろうかと思いながらも、彼女に同調した。

「自分の生活をそんなふうに思われているんですか？」

「ふうん」

彼女は言いすぎたと分かって、言葉を濁した。もしこの男性が本当は新聞記者かあるいはもっと悪質なタブロイド紙のレポーターだったら、彼女は明朝までにひき肉にされているところだ。しかし、オリビアはもうそんなことはどうでもいい気分になっていた。この世に、信頼できる人間がたまにはいてくれなかったら、やり切れない。ピーターには、そんな、マスコミ人種にはない温かみと誠実さが感じられた。彼女は、たとえ肉親にでもそこまで話したことはなかった。そして、もう止まらなかった。後戻りもしたくなかったし、リッツへも帰りたくなかった。できたら、この男性と一緒にいつまでもモンマルトルにいたかった。

「どうしてサッチャー議員と結婚したんですか？」

ピーターはあえて質問した。オリビアは何か考えるように、暗い空を見上げた。それから、向き直って、ピーターの目をのぞいた。

「あの人も昔は違っていたわ。でも、いろいろあって、事情がずいぶん変わってしまったの。不幸なことばかり続いたわ。最初は順風満帆でスタートしたんだけど。お互いに愛し合っていたし、彼もわたしの気持ちを大切にしてくれて、政治の世界には入らないって約束してくれたの。父の仕事のおかげで母がどんなに苦労したか、わたしはよく知っているから。アンディーも初めは弁護士だけで満足するはずだったわ。子供を作って、馬や犬を飼って、ヴァージニアの農園で幸せに暮らすはずだったの。そして、実際にそうしたわ。でも六か月間で終わっちゃった。アンディーのお兄さんのトムが政治家で、いずれ大統領になるだろうってうわさされていたわ。わたしはホワイトハウスにあこがれなんかぜんぜん持っていなかったの。でも、わたしたちが結婚して六か月目にトムが暗殺されて、大統領の選挙戦だけがアンディーに回ってきたというわけ。彼にどんな心境の変化があったのかわたしにはよく分からない。お兄さんが暗殺されたあと、国に尽くすのが自分の義務だと思ったらしいけど、同じ言葉を何度も聞かされて、わたしはマヒしちゃった。そのうち彼は政治に夢中になりだして……この政治的野心というのが厄介なものなのよ。子育て以上にエネルギーは取られるし、権力ってどんな女性よりも魅力があるらしいわ。触らぬ神にたたりなしよ。政治なんかに手を出したら、普通の人は絶対に殺されちゃう。内側がボロボロにされて、愛とか善意とか、人間らしいものなんかみんな食べ尽くされちゃうのよ。たとえその人が元はちゃんとした人でも、いったん政治の世界に身を投じたら、人が変わってしまうの。割に合わない仕事よ。とにかく、アンディーは政界に入って行ったわ。そのうち赤ちゃんが生まれて、でもアンディーは自分の子供よりも政治に夢中だった。生まれた時でさえ、アンディーは選挙戦に出かけていて立ち会えなかったのよ。あの子が死んだ時もそう」

そう言ったとき、彼女の顔は凍りついたように動かなくなった。

「権力欲って人を変えてしまうものなのよ……トムもアンディーも……普通でいられる人なんてあり得ない。トムが暗殺された時アンディーの心も奪われたんだとわたしは思ってるの。特殊な世界よ、政治って。どんなに努力したって勝てないこともあるし、お金は湯水のように浪費される。結婚して六年になるけど、つらいことばかりだった」

「じゃ、なぜ一緒にいるんですか?」

見知らぬ他人と交わすような会話の内容ではなかった。その立ち入った質問に、それに答える彼女の率直さに、二人とも驚いていた。

「それは無理よ。言いわけができないもの……兄の死で彼の人生がメチャメチャになったからとか……わたしたちの赤ちゃんが死んだから……なんて言える? でも結局そういうことよね……わたし……」

彼女は何か言おうとしたが、口ごもってしまった。ピーターは腕を伸ばして、彼女の手を握った。オリビアは、手を引っ込めるようなことはしなかった。つい昨日まではプールで顔を合わせただけの他人同士が、今日はモンマルトルのカフェで友達同士のように語り合っている。

「もうお子さんは持たれないんですか？」

ピーターは言葉に気をつけながら訊いた。人の私生活は、他人にはうかがい知れないものだ。だが彼は、なぜかそこのところが聞きたかった。オリビアは悲しそうな顔で首を横に振った。

「もちろん、産もうと思えば産めるけど。でも今は、そのつもりはないわ。きっともうダメね。わたしに人を愛する力がなくなってしまったもの。それに、今わたしが生きているこの世界に、自分の子供を引き込みたくないの。政治はご免だわ。わたしの兄もわたしも、子供の時からメチャメチャにされてきたわ……でも、一番の被害者はわたしの母ね……わたしのように、政治は母の肌に合わなかったの。なのに彼女は、そのことはいっさい口にしなかった。黙って犠牲になっていたわ。一挙手一投足が監視されて、何か言うとそれがまたひとり歩きして、母は人形のようになって生きて行かなければならなかった。今アンディーがわたしに期待しているのは、そういう人生よ。でも、わたしにはできない……」

そう言ってしまってから、彼女は急にパニックの表情を浮かべた。ピーターはすぐにその意味を察した。

「ぼくのことなら心配しなくても大丈夫です、オリビア。この話を口外するようなことは絶対にしない。二人だけの話ということにしましょう。二人と、アガサ・クリスティのね」

彼がそう言ってにっこりすると、オリビアは彼の顔を探るように見ながら、果たして相手は信頼できる人間なのかどうか決めかねている様子だった。

意外にも、彼女はピーターを信用してくれた。裏切るような人ではない、と彼の雰囲気から判断したのだろう。

「今夜のことはなかったことにしましょう」

ピーターは言葉を選びながら言った。

「ホテルにも別々に戻ればいい。あなたがどこで誰と一緒だったかなんて、誰にも分からないことなんだから。お互いに、会ったことのない人間のままでいましょう」

「ありがとう、心配してくれて」

オリビアの顔から不安げな表情が消えていた。

「あなたは前に何か書いていませんでした？」

ピーターは彼女の書いた文章を思いだし、今でも何か書いているのかと興味を持った。

「ええ、書いていたわ。わたしの母もね。彼女は本当に才能のある人だった。若い日の父をモデルにした政治小説を書いてね。でも、その内容がワシントンのお歴々の機嫌を損ねて大変だったの。なんとか出版にはこぎつけたけど、父からもう絶対書くなと厳命されて、母は筆を折るしかなかった。わたしには母のような才能はないけど、いつか書いてみたいと思ってることがあるの。〝人間〟と〝欺瞞〟について、〝ごまかしの幸せ〟についてね」

「いつかではなくて、すぐ書いたらいいじゃないですか」

ピーターは心からそう言った。しかし、オリビアは笑って首を横に振った。

「わたしが書いたらどうなると思う？　メディアが大喜びするわ。アンディーは、おれの足を引っ張るなって言って怒るでしょうし。本はきっとどこかの倉庫で焼かれて、日の目を見ずに終わりよ」

彼女は、豪華なカゴの中で、言われたことしかさえずることのできないオウムだった。それがもうこらえ切れなくなってカゴを抜けだし、モンマルトルのカフェで見知らぬ男に真情を吐《と》露《ろ》している。なんとも妙な人生というしかない。よっぽど今の生活が肌に合わないのだろう。

「それで、あなたの方はどうなの？」

彼女は、深みのある褐色の目をピーターに向けた。それまでに彼から聞いたのは、家庭があるということと、三人の息子がいて、グリニッジに住み、何かのビジネスに携わっているということだけだ。それと、彼女が気づいたことが一つある。彼はとても聞き上手だった。彼に手を握られ、まっすぐ見つめられたとき、オリビアは胸の奥が騒ぐのを感じた。自分の中では死んだものと思っていた種類の感情だ。それが今、急に息を吹き返したのが分かった。

「どうしてパリにいるの、ピーター？」

ピーターはしばらく返事をためらった。その手はまだ彼女の手を握り、目は彼女の目をのぞいていた。この件はまだ誰にも話していない。しかし彼女は、ピーターを信頼してくれて、他人に言えないことまでうち明けた。今度は彼の番だ。ピーターも、今の苦しみを誰かに聞いてもらいたかった。

「実は、ぼくはある製薬会社の社長をしているんです。四年がかりで開発してきた新薬がいま最終テストを終えるところで……それが……」

ピーターは順を追ってすべてを語った。語りながら、涙が出そうになるのをこらえた。

「これから国に帰って会長に報告しなければならないんです。会長というのは、たまたまぼくの義理のおやじなんですが……これからのことを思うと、気が滅入ってどうしようもありません」

オリビアは、見直したような目つきで彼を見つめ、うなずいた。

「そんなふうに考えなくてもいいんじゃないかしら？　それで、昨日聞いたテストの結果は会長に報告したんでしょ？」

当然報告されたものと思って訊いた彼女には、ピーターが首を横に振ったのが意外だった。

「すべての報告が揃うのを待って話そうと思っているんです」

ピーターは、自分を納得させながらそう言った。彼の目をのぞいたまま、オリビアは視線をそらさなかった。

「だとしたら、あなたにとってはつらい一週間よね」

オリビアは同情して言った。彼が真剣なのは、その目の表情からも分かった。

「そのことで奥さんは何ておっしゃってるの？」

自分たちにはもうなくなってしまった夫婦間の対話だが、ほかの人たちには当然あるものと思って、オリビアは訊いた。しかし、彼が再び首を横に振るのを見て、さっきよりももっと驚いた。

「まだ話してないんです」

小さな声でそう言う彼の目を、オリビアはびっくりして見つめた。

「まだ話してないって……なぜなの？」

彼女にはその理由が分からなかった。

「いろいろ事情があるんです」

そう苦笑いする彼を見て、オリビアはますます好奇心をくすぐられた。彼の目のどこかが孤独と失望を訴えている。だが、その陰の薄さから見て、彼本人もそれに気づいていないのだろう。

「彼女は、父親と一心同体なんですよ」

言葉に気をつけながら、ピーターはゆっくりと言った。

「小さい時に母親に死なれて以来、父娘二人だけで暮らしてきたから、二人のあいだに隠し事はないんです」

オリビアの顔を見ると、彼女は分かったようだった。

「あなたが内緒で話したことでも筒抜けなのね?」

オリビアは憤慨しているようだった。

「そうなんです。内緒話もできないんです」

ピーターは苦笑いして続けた。

「父親には秘密にしておけないんです、彼女は」

ピーターは自分の言葉にグサッときた。それから、今までくすぶっていた不満が燃えだすのを感じながら、その間の事情を詳しく説明した。

「だったら、ストレスがたまらない?」

果たして彼は幸せなのか、幸せと思い込んでいるだけなのか、オリビアはピーターの目の中にその答えを探った。彼の言い方だと、妻の〝父親べったり〟は許せる範囲だし、自然なことと受け止めているようだった。しかし、その目は別の何かを訴えていた。それが、さっき彼が言った〝誰でも靴ずれはする〟の意味かなとオリビアは思った。プライバシーと夫婦間の信頼がすべてと思っているオリビアには、ピーターの〝靴〟がとても窮屈そうに見えた。彼女がそんなものを履かされたら、足がタコだらけになってしまうだろう。

「家族とはそういうものだと、もうとっくにあきらめていますから」

ピーターははっきり言った。

「二人に悪意があってしていることではないので、ぼくとしては話さなければいいだけのことです」

オリビアは、彼のために、もうこの件は切り上げた方がいいと思った。相手が妻をかばうのを非難してもしようがないし、妻の行為の過ちを指摘して彼を傷つけたくもなかった。だが彼女にとっては、その辺が彼について理解できないところだった。

「でも、テストの結果を待ちながら、誰にも悩みをうち明けられなかったなんて寂しいわね」

彼女のひと言ひと言がピーターの胸を揺さぶった。二人は、理解し合った合図としての温かい笑みを交わした。肩に重い荷を背負わされた、似た者同士の二人だった。

「話し相手がいなかったから、ぼくは一人で忙しくしていたんですよ」

彼は静かな口調で語った。

「昨日はまずブローニュの森へ行って、遊ぶ子供たちを見てから、セーヌの岸を散歩して、そのあとはルーブル美術館へ行き、ホテルへ戻って来て、ちょっと仕事を始めたところで警報が鳴ったというわけです」

彼はニコッとして続けた。

「そのあとは快調な時間が続いています」

もうすぐ新しい一日が始まろうとしていた。午前五時ちょっと前だった。二人ともあまり遅くならないうちにホテルへ戻らなければならない。それから三十分ほど話してから、後ろ髪を引かれる思いでカフェを出た二人は、手に手を取ってぶらぶら歩きながらタクシーを捜した。近所の仲良しと遊ぶ子供たちのように無邪気な二人だった。

「人生って不思議なものよね」

彼女は、幸せそうにピーターを見上げて言った。彼女の頭の中にあったのはアガサ・クリスティのことだった。自分も彼女みたいに人前から消える勇気があったら、とオリビアはいつも思っていた。しかも、再び姿を現わしたかの大作家は、失踪の理由もその間の事情もいっさい明らかにしなかった。

「独りぼっちかと思ったら、突然霧の中から友達が現われたりするんですもの」

オリビアはしみじみとした口調で言った。彼のような人間に一生出会うようなことはないだろうと信じ切っていた彼女だった。

「そうじゃなきゃ、人生なんて面白みがありませんよ。次はどうなるか分からないところが花なんです」

ピーターがにっこりしながら言った。

「でもわたしの場合は、次に来るのが大統領選挙ではないかと思うと、怖くてしょうがないの。もっとも、それより怖いものもあるわ。〝凶弾〟よ」

彼女の義兄が暗殺された時の、凄惨な場面が二人の脳裏をよぎった。彼女もかつては自分の夫を愛していたはずだ。だからこそ、決断できないまま自分を追いつめ、こんな中途半端な夫婦生活を送ることになってしまっているのだろう。ピーターはサッチャー夫妻に同情した。特にオリビアが可哀そうだと思った。ピーターが何度か見た限り、サッチャー議員の妻を無視する態度は、常識では考えられないひどさだった。まるで彼女が存在しないような、いても見えないような無視の仕方だった。そんな彼の態度が側近たちにも浸透していた。おそらく彼女の言うとおり、サッチャー議員にとっての〝妻〟は飾りものにすぎないのだろう。

「あなたの場合はどうなの？」

オリビアは関心を新たにして、ピーターに訊いた。

「もしテストの結果が思わしくなかったら、あなたの人生は悪い方へ向かってしまうの？　会社から責任を負わされるわけ？」

「足から逆さに吊るされて、ムチでこっぴどく打たれるかな」

ピーターは情けなさそうに笑ってから、急に真顔になった。

「当然、楽しいことにはなりませんよ。義父は今年中に引退すると言っていますけど、それは、ぼくの力量を買ってのことなんです。でもこの製品がダメだとなると、引退を取りやめるんじゃないかな。まあ、ぼくにとっては針のむしろの日々が続くだろうけど、なんとかやっていくしかないでしょうね」

しかし、それだけで済む問題ではなかった。愛する母や妹をガンで亡くしているからこそ、ビコテックの開発に全身全霊を捧げてきた彼だった。得べかりし利益の喪失や、これから受け止めなければならないフランク・ドノバンの反応よりも、人類に貢献できる夢が消えた方が、ピーターにとってははるかにショックだった。そのことを考えると、彼はもう生きているのも嫌になるくらいだった。

「わたしもあなたみたいに勇気があったらね」

オリビアは悲しそうに言った。そのときの彼女の目は、ピーターが最初に見たときの、あの底知れぬ悲しみの表情をたたえていた。

「人間は現実から逃げだすわけにはいかないんですよ、オリビア」

そんなことはもうとっくに知っている彼女だった。二歳の息子は彼女の腕の中で死んだ。それに耐えた以上の勇気なんて、この世にあるのだろうか。勇気について彼女に語るのはお門違いだ。

「でも、逃げださなかったら生きていけないとしたら?」

そう訊くオリビアの顔は真面目だった。ピーターは彼女の肩に腕を回した。

「よく考えた末ならしょうがないと思うけど」

彼も真面目な顔になってオリビアを見つめ返した。今この女性は、心を通わすことのできる友を必死になって求めている、とピーターは思った。そして、彼でいいなら喜んでその相手になるつもりだった。だが、二人がいったんホテルに戻ってしまえば、彼女に会うことはおろか、電話もできなくなってしまうのだろう。

「わたしはもう充分に考えたの」

彼女は小さな声で言った。

「でも、まだ実行しきれずにいるわ」

痛ましい告白だった。彼女は、帰るか帰るまいか、まだ決めかねているのだ。

「それで、どこに逃げるつもりなんですか?」

ようやくタクシーを見つけたときに、ピーターが訊いた。

「カスティリヨン通り」

ピーターはなぜか運転手に、うろ覚えの場所を告げた。ホテルに直接戻っていいのかどうか分からなかったし、だいたい、ホテルがもう入れる状態になっているのかも分からなかった。

オリビアにとっては、答えるに楽な質問だった。彼女には行き場所がちゃんとあった。どんなときにも彼女を優しく包んでくれる、この世の天国である。

「昔一年間パリで勉強したことがあるの。その時によく行った場所よ。フランスの南にある小さな漁村でね。そこを見つけて以来、週末のたびに行っていたわ。シックでもファッショナブルでもないんだけど、とっても素朴な場所で、そこに行くと必ず落ち着けて生き返った心地がするの。子供が死んだ時も、わたしはそこへ行って気を静めたわ。でも、マスコミが追いかけて来そうだったから、そんなに長くはいられなかった。あんな素晴らしい場所を汚されたくないんですもの。でもいつか、あそこへ戻りたいと思っていたの。あそこに行って、しばらく考えたいわ。頭にあることを本にできるか、よく考えてみたいし。とにかくそこは魔法の場所なの、ピーター。あなたにも見せてあげたいわ」

「うん。いつか見せてもらおうかな」

彼は単に儀礼としてそう言った。そのときピーターが彼女をぐっと引き寄せたのは、友情のジェスチャーだった。彼としては、彼女が孤独なのを幸いに近づこうなどというつもりは毛頭なかった。妻のことを想い、オリビアを敬うからこそ、そんなことはできなかった。彼にとってのオリビアは、依然として雲の上の人だった。ひと晩だけでも語り合えたのは、一生の思い出になる天からの贈り物と言えた。まるで映画の中の話みたいだった。

「どこなんですか、そこは?」

彼が訊くと、オリビアはにっこりしてその場所の名前を教えた。地名はまるで、二人の合い言葉のような響きがあった。

「〝ラ・ファビエル〟。フランスの南、〝キャプ・ベナ〟の近くにあるところ。是非あなたも行ってみるといいわ。わたしが人に教えてあげられる最高の場所よ」

オリビアは、頭を彼の肩にあずけてささやいた。残りのドライブのあいだ中、二人はずっとそのままの格好だった。彼女にはそれが必要なのだと分かっていたから、ピーターはあえて姿勢を正さなかった。彼女に伝えてやりたかった。友達として、いつでも力になるつもりであること……だから、必要な時には遠慮しないで電話してもらいたいと。だが、それをどう切りだしていいのか分からず、その代わりにただオリビアを抱き続けた。馬鹿みたいに、もうちょっとのところで〝愛している〟とまで言いそうになった。この女性が愛の言葉を最後に聞いたのは、いつのことだったろう。

「あなたは運のいい方ね」

オリビアは小さな声で言った。ちょうどタクシーが、ヴァンドーム広場のだいぶ手前のカスティリヨン通りで止まるところだった。

「ぼくがラッキーだってどうして言えるんですか?」

ピーターはそう言われる理由が本当に知りたかった。自分でいま運がいいと思える点は、パリの一夜を素敵な友達と過ごし、お互いに秘密を語り合い、魂の膿《うみ》を吐きだせたことだ。

「あなたは自分の人生に満足しているでしょ? だからよ。自分の仕事に信念を持つことができて、人間の尊厳をまだ信じることができる人でしょ? だからわたしはあなたがうらやましいの」

確かにピーターの人生は、幸運続きだった。オリビアはその正反対のような人生を送ってきた。もっとも、彼女としては、彼の結婚生活の幸せ度を疑わないわけではなかったが、それを口にはしなかった。いろいろ不満な点があっても、この人は人柄がいいから、あるいは意識的に目をつぶって、それを不幸なことだとは思わないのだろう。ワイフに無視され、義父に私生活を侵されても、この人の包容力がそれを包み込んでしまっているのだ。気づかないのも幸せであることを、オリビアは知っていた。あるいは、気づいてはいても、知らないふりをするほど頭のいい人なのかもしれない。とにかく温かみのある人だ。夜明けを迎えているのに、オリビアはまだ彼から離れたくなかった。

「帰りたくないわ」

オリビアは、彼の肩に頭をのせたまま、白いシャツに頬をすり寄せてささやいた。二人とも、長いあいだしゃべり続けて、もう疲れ切っていた。オリビアなどは、半ばうとうとし始めていた。

「ぼくもきみを離したくない」

ピーターは今の気持ちを正直に言った。ケイトのことを忘れてはいけないと自分に言い聞かせても、そのときの彼の心は、ケイトではなくオリビアの方を向いていた。

昨夜、オリビアと分かち合った魂の触れ合うような対話は、今まで誰ともしたことがなかった。彼女は思いやりと理解に溢れていた。それでいて、当人は傷つき、孤独で、人の情に飢えている。そんな彼女を今さら放りだすなんて、ピーターにはできそうもなかった。

「帰らなきゃいけないって分かっているのよ。でも、帰るべき理由が思いだせないの」

オリビアは眠たそうな目で微笑んだ。この六時間の二人の行動を目撃していたら、パパラッチたちは十年に一度のお祝いができただろうに。こんなに長いあいだ、気づかれずにすんだのは珍しいことだった。モンマルトルの幸せから自分の所属している所に戻るのは、ピーターにとってもオリビアにとっても苦痛以外の何ものでもなかった。そういえば、ピーターは、オリビアに昨夜したような話し方を、ケイトにしたことは一度もなかった。それよりも困ったことがあった。いつの間にか彼は、オリビアに恋していた。キスもしていない彼女に。

「帰らなきゃいけないよ」

ピーターは苦しそうに言った。いかにも残念そうだった。

「あなたを捜して、みんなは半狂乱になっているんじゃないかな。ぼくも、ビコテックの報告を聞かなくちゃいけない」

それさえなければ、このまま彼女と駆け落ちしたってかまわない、とピーターは思った。

「それで、そのあとはどうなるの？」

彼女はビコテックのことを指して言った。

「二人とも、別々にいやな思いをするわけね？……それよりも、ちょっと勇気出してみない？」

彼女は顔も口調もいたずらっ子のようだった。ピーターはしばらく彼女の顔を見続けた。

「あなたは強い人だ、オリビア。ぼくなんかとてもかなわない」

昨夜来、ピーターは本当にそう感じていた。だからこそ、彼女に対する尊敬の念がますます強くなっていた。

「いいえ、わたしは強くなんかないわ」

オリビアは言下に否定した。

「自分から進んで踏み込んだ道じゃないのよ、わたしの人生って。ただ流されてそうなっただけ。強さや勇気とは関係ないわ。これは運命よ」

オリビアは彼を見上げて、この男性と今すぐにでも結ばれたいと思った。だが、同時にそれがかなわないことも知っていた。

「今夜、わたしをつけてくれてありがとう……それからコーヒーも」

彼女はにっこりしてピーターの唇を指でなでた。

「どういたしまして、オリビア。コーヒーを飲みたい時は、いつでも連絡してくれたまえ。ぼくは待っているから……ニューヨークでも……ワシントンでも……パリでも……」

不器用な彼が友情を示せるのはこんなところまでがせいぜいだった。その辺はオリビアにも分かっていた。

「ビコテックの成功を祈ってるわ」

彼女はタクシーを降りながら言った。それから、ピーターを見上げてさらに言った。

「あなたが人助けをしたいというその気持ちを持ち続けていれば、必ず成功すると思うわ」

「ぼくもそう信じている」

ピーターは悲しそうな顔で言った。このまま別れるのは本当につらかった。

「それでは気をつけて、オリビア」

ピーターには伝えたいことがたくさんあった。幸せを願う言葉をかけてやりたかったし、このまま手に手を取り合って、キャプ・ベナ近くにあるという漁村へ逃げだせたら一番よかった。でも、人生は不公平にできているんだ。なぜ、もうちょっと自由にいかないのか？ アガサ・クリスティみたいに、何日間か蒸発というわけにいかないものなのか？

二人は街角にどのくらいの時間立っていただろう。ピーターは、最後に彼女の手を強く握った。オリビアは覚悟を決めたように、くるりと背を向けると、角を曲がり、スタスタと広場を横切っていった。白いTシャツとブルージーンズの華奢な後ろ姿が、だんだん遠ざかっていくのをピーターは見送った。もう会うことはないだろう。同じホテルにいても、言葉を交わすこともあるまい。ピーターもホテルに向かってそろそろと歩き始めた。彼女はホテルのドアの前でいったん立ち止まり、こちらを振り向いて手を振った。ピーターは、キスもしようとしなかった自分に半ば幻滅した。

第四章

その日、昼過ぎまで寝てしまったことに、当のピーターが驚いていた。ホテルに戻ったのは朝の六時で、部屋に入るとすぐに寝入ってしまった。目が覚めたとき、まず頭に浮かんだのはオリビアのことだった。昨夜の楽しさに比べて、彼女がそばにいない今のなんと侘《わ》びしいこと。

窓に目をやると、外は雨だった。

コーヒーをすすり、クロワッサンをかじりながら、オリビアのことを考え続けた。あのあと彼女はどうしただろう。夫は怒り狂っていなかっただろうか？　それとも、心配で夜も眠れなかったか？　あるいは、ちょっと気にしていただけか？　自分の妻に置き換えてみて、ケイトが同じことをするなどピーターには想像もできなかった。いや、彼自身だって、二日前だったらほかの女性と駆け落ちしそうになるなんて、考えも及ばないことだった。

オリビアともっと長く話していたかった。彼女は本当に素直に心を開いてくれていた。コーヒーを飲み終えてから、ピーターは、昨日彼女が自身や彼の生活について言ったことを思いだしながら考えてみた。

すると、今まで疑問を持たなかった自分たちの結婚生活が、何か急に白けて見え始めた。特に、ケイトと父親の結びつきは決して愉快なものではなかった。現にそのために、スシャールの報告結果や、パリに滞在する真の理由を妻に話せないでいるではないか。たとえ義父には話せなくても、本当は妻にだけはうち明けたいのに、それができないのがピーターの寂しいところだった。

それなのに、昨夜はまったくの赤の他人にやすやすとうち明けることができた。それを聞いたオリビアはとても同情してくれて、実験結果を待つあいだの彼がどんなに苦しいか分かってくれた。

ピーターはもう一度彼女に会いたいと思った。シャワーを浴び、着替えているあいだも、彼女の顔が目に浮かんできてどうしようもなかった。立ち去って行くときの、あの物悲しげな目……それを見送ったときの自分の胸の痛み……まるですべてが夢だったかのように、つかみどころがなくて狂おしかった。

電話が鳴って現実に引き戻されたときは、かえってほっとした。電話はケイトからだった。いま妻と話すのは、むしろ歓迎だった。妻を身近に感じ、妻に愛されているという実感が欲しかった。

「ああ、あなた」

向こうの時間は朝の七時のはずだ。それなのに、ケイトはもう時間がなくて急いでいるような口調だ。彼女の元気な声が受話器に響いた。

「どう、パリは?」

彼はなんと答えるべきか一瞬迷った。

「まあまあだ」

ピーターは急にスシャールの報告を待つ重みを全身にズシンと感じた。すると、昨夜の出来事がまるで幻想だったように思えてきた。それともそれは逆で、オリビアが現実で、ケイトの方が夢なのだろうか? 彼は昨夜の疲れからか、珍しく思考が混乱していた。

「いつ帰って来るの?」

ケイトは朝食を終えて、コーヒーをすすりながらそう訊いた。八時発ニューヨーク行きの列車に乗るため、彼女はあわてていた。

「二、三日したら帰れると思うけど」

ピーターは考えながら答えた。

「週末には間違いなく帰れるはずだ。スシャールの方で遅れているテストがあって、その結果が出るまでここで待つことにしたんだ。その方がいくらかでも早く済みそうだし」

「何かまずいことがあって遅れているの？　それとも純粋に技術的な手続きで？」

妻の言葉は、まるで義父が話しているように聞こえた。テストの結果を待つ義父の様子が目に浮かぶようだった。おそらくフランクは、前日ピーターと交わした会話の内容をそっくり娘に話して聞かせたのだろう。だからこそ、うかつなことはしゃべれないとピーターは思った。すべては義父に筒抜けなのだから。

「大したことじゃないさ。スシャールがこだわる男なのは、きみも知っているだろ？」

ピーターは素っけなく言った。

「あの人はどんなことにでもイチャモンをつけるのが好きなのよ。問題がなくても問題を見つけるんだから。スイスでの実験結果はとても良かったんですってね。お父さんから聞いたわ」

父親を引き合いに出すときの彼女はいつも誇らしげだが、今朝の口調はちょっと曇っていた。

そういえば、ここ数年の父娘の関係は微妙に流れを変えていた。ケイトは昔ほど父親に愛情を示さなくなり、ふざけているときでもなければ、あまりベタベタもしなくなっていた。そして、なぜか今朝は〝お父さん〟という言葉が軽くあしらっているように聞こえた。

「確かにジュネーブでのテスト結果は素晴らしかった」

ピーターは苦笑いして、キッチンの食卓に着いている妻の姿を想像した。しかし、目に浮かぶのはオリビアの顔だった。その妙な幻覚に、ピーターは自分の精神状態が心配になった。彼の伴侶はオリビア・サッチャーではなく、ケイトのはずだ。ピーターは目を大きく見開いて、窓の外に降る雨を見つめた。そして、自分がいま何を見ているのか、目と頭に確認させた。

「昨日はお父さんと食事したんだろ？　どうだった？」

ピーターは話題を変えようとした。ビコテックの話は、今はしたくなかった。この週末には嫌というほどしなければならないのだ。

「よかったわ。別荘での計画をいろいろ立てたの。お父さんは今年、二か月間もあそこで過ごすことにしているから」

彼女は嬉しそうだった。ピーターはオリビアが言った〝ごまかしの幸せ〟について考えないようにした。とにかく、この生活を二十年も続けてきたのだ。これからもこの繰り返しの中で生きていかなければならない。

「ああ、その件は知ってるよ。それで、みんなでまたおれを街に置き去りにするつもりなんだろ?」

そう言ってから、ピーターは顔をほころばせて、息子たちのことを訊いた。

「子供たちは元気かい?」

このひと言に父親の愛情が込められていた。

「飛び回っていて、どこに行っているのかぜんぜん分からないわ。パットは学期が終わって、ポールとマイクはあなたが出発した日に家に戻って来たのよ。だから、家の中はもう動物園みたい」

いい息子たちに恵まれた、と二人ともいつも思っている。子供たちと一緒にいるときがピーターは一番幸せだ。ケイトから息子たちの話を聞いて、彼は急にみんなに会いたくなった。

「今日は何をする予定なんだい?」

そう訊くピーターの口調にはうらめしさが滲んでいた。これから丸一日、スシャールからの報告を待たなければならないのだ。そのあいだ、部屋にこもってパソコン画面とにらめっこするしかやることがない。

「委員会の会合があるの。お昼はお父さんと食事すると思うわ。それに、別荘で使う物の買い物もしたいし、子供たちがシーツやタオルを汚しちゃったから、新しいものを買っておかないと」

彼女はあわてていて、気もそぞろの答え方だったが、父親と食事すると言った件がピーターには引っかかった。

「お父さんとは昨日の夜食事したんだろ？」

ピーターは顔をしかめながら言った。彼には思い当たることがあった。二人はきっとテストがパリで頓挫《とんざ》していることを話し合うのだろう。

「ええ、昨日もしたわ。でも今日もニューヨークへ出ると言ったら、社の重役室で軽い昼食をとることになったのよ」

ほかには何の報告なんだろう？　妻の言葉を聞きながら、ピーターはふとそう思った。

「あなたの方はどんな予定なの？」

ちょっとドキッとして、ピーターは屋根に跳ねる雨のしぶきを見つめた。雨にけむるパリもいいものだ。彼はパリのすべてが好きだ。

「部屋にこもって仕事をするつもりだ。パソコンにいろいろ資料を入れてきたから」

「つまらなそうね。少なくとも、スシャールさんと夕食でもしたら？」

スシャールと話す時は夕食など交えたくないというのが、ピーターの本音だった。それに、テストの途中で彼の気をそらせたくなかった。

「彼はいま忙しいんだよ」

ピーターはぼんやりしながら言った。

「わたしも忙しいのよ。早く行かなきゃ乗り遅れちゃう。お父さんに何か伝えておくことはある？」

ピーターは首を横に振った。もし何かあったら、自分で電話をするか、ファックスを送る。ケイト経由でフランクにメッセージを送るのは、この際したくない。

「まあ、楽しくやったらいいよ。二、三日したら帰るから」

ピーターはそう言った。昨日の夜、別の女性と魂を照らし合わせたなど、ほのめかすはずもなかった。

「働きすぎないようにね、あなた」

感情のこもらない妻の声がそう言って、電話は切れた。ピーターはそこに座ったまま、しばらくケイトのことを考え続けた。なんとなくすっきりしない会話だったが、彼女と話す時はいつもこの調子だ。ケイトは、彼の行動と会社の業績については異常なほど興味を持つが、それ以外のことになると極めて冷淡だ。だから、内面を語り合うとか、感じていることを分かち合うような会話をしたことは結婚以来一度もなかった。

彼女はもしかしたら、父親以外の人間に心を開くのを怖がっているのでは、と思えることさえる。幼くして母親を亡くしたから、孤独になることを恐れているのかもしれない。人と親しくなれば、それだけ傷つく機会も多くなる。それが怖いのではないか。ケイトにとって、父親は憧れであり、夢をかなえてくれる万能の神なのだ。

ピーターも妻には尽くしてきたつもりだが、妻の中の優先順位の筆頭は、どんな場合も父親だった。父親の、娘に対する期待もまた過剰である。彼は、ケイトの時間と興味と注意を、いつも自分の方に向けさせようとしている。だが同時に、彼女に与えるものも大きい。娘から奪う時間と愛情に見合う充分なだけの贈り物をしていることを、常に確認させておきたいのだろう。

しかし、ケイトの方にはもっと別の必要性が生じてきた。夫も必要だったし、息子たちも生まれた。だが、ピーターの見る限り、彼女が一番愛しているのは、夫でも息子たちでもなく、依然として父親だった。もっとも、そう指摘されても、彼女自身は絶対に認めまい。たとえば、父親が何かの非難にさらされている時など、彼女は父親を守るためなら牝ライオンのようになって相手に立ち向かっていく。家族のためにそうするというのなら分かるが、父親のためにというのは理解し難い。ピーターがいつも不快に思うのは、この常軌を逸した父娘関係だ。

その日の午後、ピーターはずっとパソコンを相手にして過ごした。四時になると、我慢し切れずにスシャールに電話した。しかし、電話をかけたことを、回線がつながった瞬間に後悔した。

今回のポール・ルイは研究室で受話器を取った。とても素っけない言い方で、新しいニュースは何もないと返答した。実験が終わり次第スシャールから連絡することは、二人のあいだの了解事項だった。

「うん、分かってるんだが……お邪魔して悪かった……ただ、その後どうなっているか知りたくて……」

ピーターは、待ち切れなかった自分が愚かに思えて、早々に電話を切った。しかし、それだけ彼はこの新薬に賭けてきたということだ。少しのあいだでも忘れるなど、とうてい不可能なのだ。〝ピコテック〟と〝オリビア・サッチャー〟。

ピーターは仕事を続けたが、気が散ってなかなか集中できなかった。五時には机を離れて、またプールに行ってみることにした。泳いで体をほぐしたら気が紛れるかもしれない。それに……。

エレベーターに乗るときも、スパに着いてからも、ピーターはオリビアがいないかと辺りをキョロキョロ見回した。しかし、彼女の姿はどこにもなかった。彼女は今いったいどこにいるのか？　そして、昨夜のことをどう思っているのだろう？　あれは彼女の単なる気まぐれだったのだろうか？　それとも、彼女にとってのターニングポイントなのか？　二人で語り合ったことのすべてが、ピーターの頭の中に甦って離れなかった。彼女のあのときの表情、彼女が言ったことの裏の意味、あの大きな茶色の目、無邪気な顔、耳を傾けるときの熱心さ、立ち去ったときのスリムな後ろ姿。いくら泳いでも、彼の頭からオリビアの影は消えなかった。

部屋に戻ってテレビをつけたときも、頭の中はまだもやもやしていた。何か強烈な刺激でもなければ、頭からこの二つの幻想を振り払えそうになかった。本当はよく知らないはずの女、オリビア・サッチャー。それと、スシャールのテストによって葬り去られそうな夢の新薬〝ビコテック〟。

ＣＮＮを見ていると、世界情勢は相変わらずだった。中東での紛争、日本では大地震が起きて、大都市、神戸が崩壊した。ニューヨークのエンパイアステートビルでは、爆弾が仕掛けられたとの情報で大勢の人が外に避難する騒ぎがあった。

爆弾騒ぎのニュースは、昨夜彼女を追ったことを思いださせるだけだった。だが、ニュースの続きを見ていて、ピーターは〝おやっ〟と思って自分の目を疑った。一瞬、気がふれたのかとも思った。ＣＮＮのアナウンサーが彼女の名前を口にしたあと、昨夜の光景がスチール写真で映し出されたのだ。写真の中のＴシャツの女性は、まさに彼の頭から離れないオリビア・サッチャーの後ろ姿そのものだった。そのぼやけた写真の中で、手前に写っている男性の後ろ姿は、どう見ても自分ではないか！

「昨夜、パリのホテル・リッツで起きた爆弾騒ぎの最中に、アンダーソン・サッチャー上院議員夫人が行方不明になりました。ヴァンドーム広場を早足で立ち去るのを目撃されたのが最後で、これがそのときの写真です。彼女を追っているように見えるこの男性についてはまだ詳しい調べがついていません。果たしてこの男性は、何か魂胆があって彼女を追っているのか、申し合わせてそうしているのか、それとも偶然の行動なのでしょうか？　この男性について知る者は今のところ誰も出ていません。ボディーガードでないことだけは確認されています」

これは自分の姿に間違いない、とピーターは即座に確認できた。だが、ぼやけているこの写真だけでは、他人がピーター・ハスケルと特定するのは不可能だろう。

「サッチャー夫人が姿を消したのは昨夜の真夜中頃で、それ以来、彼女についての報告はいっさいもたらされていません。夜間警備員の一人は、明け方彼女が帰って来たのを見たと証言していますが、この写真が撮られたあと自室に戻っていないのは、関係者の証言からも明らかです。何かの犯罪に巻き込まれたのか、それとも夫であるサッチャー議員の政争の緊張から逃れるための個人的な逃避なのか、今のところどちらとも言えません。ただ、時間が経過するにつれ、逃避の可能性がますます少なくなっています。今、はっきり分かっているのは、オリビア・ダグラス・サッチャーは蒸発したという事実です。ＣＮＮパリ支局からでした」

ピーターは信じられない思いで画面を見続けた。チャンネルをほかの局に変えると、彼女の別の写真が映しだされていた。そのあとで、サッチャー議員が登場して、インタビューに応じていた。

息子を亡くしてからの彼女の精神的落ち込みについてレポーターが質《ただ》すと、サッチャー議員はそれを即座に否定して付け加えた。

「妻はどこかで元気にしていると信じています。もし誘拐されたのなら、その実行犯グループから連絡があるはずです……」

サッチャー議員の話し方はとてもていねいで、その態度は極めて落ち着いていた。目つきも冷静で、不安がっている様子はまったくなかった。レポーターはそれから、警察が彼に付きっ切りであることと、彼のスタッフが八方手を尽くして夫人を捜していることを伝えた。だが、画面に映るサッチャー議員からピーターが受けた印象は、妻の行方不明よりも選挙戦の方が重要だとでも言いたげな口ぶりだった。しかし、テレビを見ながら、ピーターは急に心配になった。それでは、あの朝自分と別れたあと、オリビアは本当にどこへ行ってしまったのだ？

彼女がホテルの正面玄関で振り向いたのをはっきり覚えている。朝の六時だった。それから何が起きたというのだ？　自分の責任は軽くない、とピーターは思った。これは夫に対する狂言なのだろうか？　それとも、部屋に入るまでのあいだに誘拐されたのだろうか？　誘拐だとしたら大変なことだが、それはあり得ないとピーターは思った。

彼の頭の中で転がり続ける言葉が一つあった。〝アガサ・クリスティ〟。

何か悲劇的なことが起きたのかと思うといたたまれなくなるが、冷静に考えてみればその可能性は少ないように思えた。昨夜敢行したように、もう一度家出をし直すことだってあり得る。夫のところに戻るのが本当に嫌だったのかもしれない。昨日もそれらしいことを再三言っていた。

ピーターは自分の部屋の中を行ったり来たりし始めた。そして彼女のことを考え続けた末、ついに結論を出した。とてもやりづらいことだったが、彼女の命がかかっている以上、やらなければと思った。

すなわち、議員のところに行って、昨夜のことをありのままに話すのだ。朝、彼女をホテルに送ってきたところまで、包み隠さずに話そう。しかし、ポイントは〝ラ・ファビエル〟の地名を教えることだ。考えれば考えるほど、彼女がそこに行っているような気がした。いや、彼女が選ぶ避難場所はそこしかないと言えた。彼女のことをよく知らないピーターだからこそ、それが分かるのだ。おそらくサッチャー議員は彼女のことを知りすぎているから、〝ラ・ファビエル〟など単に知っている地名の一つとして見過ごしているかもしれない。だからピーターは、行って、彼に教えてやりたかった。警察に頼んで現地を捜索してもらうべきだと。

そして、もしそこにいないと分かったら、その時こそ本当に困ったことになっているのかもしれないのだ。

　ピーターはエレベーターを待つのももどかしく、階段を二フロア分駆け上がって、オリビアから聞いていた、議員が泊まっている階に到着した。シークレットサービスや警察官たちが部屋の周囲を固めていた。彼らはぶらぶらしているだけで、特に緊張している様子はなかった。部屋に近づいて行くピーターを、彼らは別に怪しむでもなく見送っていた。部屋を出るときジャケットは羽織ってきたから、ピーターはきちんとして見えたはずだ。だが、あわてていてネクタイを手にぶら下げたままだったので、急に自分の格好が心配になりだした。もしかすると、議員に会わせてもらえないこともあり得る。だが、議員以外の人にこの話をうち明けるつもりはなかった。それにしても、六時間もモンマルトルのカフェで一緒にコーヒーを飲んでいたとは、その夫君に対してなんとも説明しづらい話である。それでもやはり、本当のことを話さなければならない。彼女の安全のために。

　ドアの前に来て、ピーターは議員に会いたいとボディーガードに告げた。ボディーガードから議員の知り合いかと訊かれて、ピーターはそうではないと正直に答えるしかなかった。だが、重要な件だからと訪問の理由を手短に話した。

　ボディーガードがドアを開けたとき、部屋の中の様子がちらりと見えた。笑い声や話し声が聞こえ、タバコの煙でむんむんしていた。どちらかというと、パーティーのような雰囲気だった。これはオリビア捜索の騒ぎなのだろうか？　それとも、ピーターがテレビを見ながら疑ったように、選挙戦のためのにぎわいなのか？

ボディーガードは、すぐにドアの外に戻って来た。そして、申しわけないが議員は来客中で会えないと慇懃《いんぎん》に断わった。〝ハスケル氏から電話でもいただけたら、その件についてもっと詳しくおうかがいしたい。取り込み中の現在の事情を説明したら、ハスケル氏には分かってもらえる〟そう言う議員の言葉が聞こえるような、ボディーガードの受け売り説明だった。しかし、ピーターが理解できなかったのは、部屋から聞こえてきた笑い声だった。議員夫人が行方不明になっているのだ。本当なら、みんなはあわてふためいて然るべきではないか。それとも、彼女はしょっちゅうこんなことをしているのだろうか？　あるいは、ここのスタッフが鈍感なのか？　または、夫人の精神状態を思いやって、彼女に好きなように休養を取らせているつもりなのか？

夫人の行方を知っているのだ、と言葉がのどから出かかった。だが、本当に知っているわけではなかった。彼の思い込みにすぎない可能性も大いにあった。それに、落ち着いて考えてみれば、夫人とひと晩過ごしたことを説明するのはなんとも体裁が悪かった。第一、彼女のあとをつけたことをどう言いわけできる？　悪くすると、この話は大スキャンダルにもなりかねない。彼女の名誉のためにも、そんなことはしたくない。ピーターは直接来たのはやはり間違いだったと悟って、自分の部屋に引き返すことにした。

部屋に入ると、CNNのテレビ画面に映しだされたオリビアの顔が再び目に飛び込んできた。番組のレポーターは、誘拐よりも自殺の可能性を示唆していた。彼女の死んだ息子の写真が映しだされ、それから、葬儀で泣く彼女の顔が現われた。こちらをじっと見る彼女の目は、ピーターに、わたしを裏切らないで、と訴えているような気がした。その後、番組は、鬱病について専門家にインタビューした。希望を失くしたとき、人は鬱病にかかり、どんな突拍子もないことをしでかすか、息子を亡くしたオリビア・サッチャーと関連づけながら、専門家の解説が紹介された。ピーターは、インタビューを続ける連中に何か投げつけてやりたかった。彼女の生活の実態も、苦しみも悲しみも何も分かっていない連中が、なんの権利があって彼女の精神分析を試みるのだ⁉　しかも、彼女の結婚式の写真や、義兄の葬儀の折の写真まで放映するのはやりすぎではないか……。

ピーターが受話器を取り上げたとき、番組の解説者はサッチャー一族の悲劇について語り始めていた。六年前のトム・サッチャーの暗殺から始まり、サッチャー上院議員の息子の死、そして、今度のサッチャー夫人の悲劇的失踪と、一つ一つのエピソードを相互に関連づけながら説明していった。夫人の失踪をすでに〝悲劇〟と呼んでいるのがピーターには引っかかった。ちょうどそのとき、受話器に交換手の声が響いた。

「はい、交換台でございます。ミスター・ハスケル。ご用件は？」

ピーターはサッチャー上院議員の部屋の番号を言いかけたが、急に思いとどまった。まだ話さない方がいいと思った。自分で現地に行って、彼女を捜そう。そして、もしそこで見つからなかったら、その時は彼女に何かあったのだと思えばいい。上院議員に電話するのはそれからでも遅くない。むしろ、いま不用意に何か話したら、彼女の名誉を汚すことにもなりかねない。

ピーターは、ＣＮＮの解説者が、夫人の両親であるダグラス知事夫妻のコメントはまだ取れていないと説明するのを聞きながら、受話器を置いた。解説者の説明は延々と続いていた。ピーターは、クローゼットからセーターを引っ張り出した。ジーンズも持ってくればよかったと思いながら、それに頭を通した。

それから、彼はコンシエージに電話した。だが、ニース行きの飛行機は今日はもうないこと、最終列車は五分後に出発することを教えられた。やむなく、彼は車と地図を用意してもらうことにした。当然運転手付きだと思っているコンシエージに、自分でドライブするのだと説明した。運転手付きの方が速くて楽なのは分かっていたが、自分で運転した方がなにかと都合がよさそうだった。

すべての用意は一時間後にできることになった。そのときちょうど七時だったので、一時間後の八時ちょうどにピーターはロビーに下りて行った。

ホテルの玄関前に新車のルノーが用意されていた。前の座席には何枚もの地図が置いてあった。それを使ってドアマンが市内を抜ける道をていねいに教えてくれた。ピーターは身支度らしい身支度はしていなかった。持っていたのは、リンゴ一個とエビアンのボトル一本だった。歯ブラシはポケットに入っていた。

運転席に座り、ハンドルを握ると、こんなことをしても無駄ではないかと急に自信がなくなってきた。車はニースかマルセイユに乗り捨てて、帰りは飛行機で帰って来てもいい手はずになっていた。だが、それはあくまでも彼女が見つからなかった場合のことで、もし彼女がいたら、一緒にドライブして帰って来られると淡い期待を抱いて車を発進させた。道々話をしながら来れば、なにかと精神的に支えてやれるのではないかとも思った。

《太陽の自動車道》は、こんな時間でもけっこう交通量があって、空き始めたのはオルリーを過ぎてからだった。それからの二時間、かなりのスピードで走ることができた。プイイに着く頃になると、ピーターはなぜか落ち着いてきた。行く先に彼女が必ずいるような気がして、ハンドルを握る手にも迷いを感じなかった。そして何よりも、この何日間かの暗い精神状態からようやく解放された気分になれて、一人でも寂しくなかった。

暗闇の中を車で突っ走ることが脱出の実感を与えてくれた。ヘッドライトに照らされた路面を凝視する彼の脳裏に浮かぶのは、やはりオリビアの顔だった。最初に見たときのあの悲しげな目つき……黒い人魚のようにさっと消えて行ったプールでの水着姿……ヴァンドーム広場を横切って行く後ろ姿……ホテルに戻って来たときの絶望したような表情……漁村の話をしたときの穏やかな顔つき……その彼女を追って、ピーターは今フランスを縦断しようとしている。突拍子もないことだとはよく分かっていた。お互いによく知らない者同士なのに、ちょうどヴァンドーム広場であとをつけたように、理由もなく彼女のあとを追おうとしているのだ。なぜなのだ？　その答えは出なくても、今はとにかく行かなければならない。

第五章

ラ・ファビエルまでの道のりは、あまり変化がなくて、ただ長いだけだった。しかし、思い切りスピードが出せたので、思ったより早く着くことができた。おおよそ十時間のドライブだった。太陽がちょうど昇り始めた六時に、ピーターはスピードを落として町の中に入って行った。リンゴはもうとっくになくなっていた。助手席に放り投げられているエビアンのボトルもほとんどからっぽだった。ここまでの道中、二回ほど止まってコーヒーを飲んだが、食事はとらなかった。ラジオは眠気ざましのためにつけっぱなしにしてあった。ようやく目的地に着いたときは、くたくたに疲れていた。これで二晩寝ていないことになる。到着した興奮も、スピードが呼んだ全身のアドレナリンも、眠気を覚ます働きをしなくなっていた。この際、一時間でもいいから仮眠でもとらなければ、とても捜索など始められそうになかった。それに、そんなに早くから始めても手掛かりは得られないだろう。港に集まり始めた漁師以外、ラ・ファビエルの町はまだ眠っている。ピーターは車を道路の端に寄せ、シートを倒して、そこにあお向けになった。狭かったが、今の彼には睡眠がとれればそれでよかった。

目が覚めたときは九時になっていた。子供たちの騒ぐ声が車の周りでやかましかった。空からはカモメの鳴き声も聞こえていた。その他いろんな音を聞きながら、ピーターは運転席で上半身を起こした。体は死んだように重かった。ひと晩中運転しっぱなしだったのだ。それでも、オリビアが見つかるならこの苦労も報われるだろう。腕を上げて伸びをしながら、バックミラーに映る自分の顔を見て、ピーターは笑った。これでは、子供たちが怖がって騒ぐのも無理はない。ボサボサ頭でヒゲの伸び放題の彼は、浮浪者のような風体になっていた。

とりあえず、髪の毛をとかし、残ったエビアンの水で歯を磨いた。車から出たときには、いくらか見られる格好に戻っていた。

捜すといっても、どこから始めていいのやら、ピーターは途方に暮れるしかなかった。まず、空腹を満たすため、子供たちに教えてもらったベーカリーへ行ってチョコレートパンを買い、海辺へ出て水の上を見渡した。漁船はすでに港を出払い、残っているのは小さな帆船やタグボートだけだった。港のあちこちにたむろして、世の中のことについてあれこれ議論を戦わせているのは、みな老人ばかりだった。若い漁師たちは船の上でせっせと作業を続けていた。

太陽は空高い位置にまで昇っていた。ピーターは周囲を見回して、彼女の言うとおりだと思った。静かできれいで、旧友に抱かれるような温かみがあって、逃避するには最適な場所だった。港のそばには、遠くまで続く砂浜があった。

ピーターはチョコレートパンを平らげてから、砂浜をゆっくりと歩き始めた。ひと口でいいからコーヒーが飲みたかった。明るい太陽を映してまぶしい海を、彼はボーッと眺めた。自分が何をしにここに来たのか分かってはいても、どうやって行動に移せばいいのか、体も頭も機敏に動かなかった。

砂浜を歩き切ったところで岩の上に腰をおろし、水面を見つめながらオリビアのことを考えた。こんな出しゃばったことをされて、彼女は怒るだろうか？　もっとも、彼女がここにいるかどうかもまだ不明なのだ。

目を上げたとき、浜辺の向こう側から少女がやって来るのが見えた。Tシャツにショーツ姿の少女は裸足だった。小さくてスリムで、黒髪がそよ風になびいていた。少女はこちらを見てにっこりした。ピーターは少女の姿をなんとなく見続けた。まるで彼が来るのを待っていたかのように、少女はにこやかな笑みを浮かべながら砂浜の向こうからこちらに近づいて来た。

彼だと分かっての少女の笑みだった。こちらに向かってゆっくり歩いてくる少女は、紛れもなくオリビア・サッチャーだった。

「偶然だとは思えないわね」

オリビアは彼の隣りに腰をおろしながら、静かな声で言った。ピーターは信じられなくて、まだボーッとしていた。彼女の姿を目にしてから身じろぎ一つしていない。こんなに早く出会えたなんて、まるでキツネにつままれたような気分だった。

「部屋に戻るって言ったじゃないですか！」

ピーターの目は食い入るように彼女の目を見つめていた。そこには怒りも驚きもなかった。あるのは、ただ旧友を見つめる優しさだけだった。

「ええ、言ったわ。そのつもりだったもの。でも、着いたとき急に耐えられなくなったの」

オリビアは悲しそうな顔で言った。

「どうしてここが分かったの？」

彼女の口調は急に優しくなった。

「ＣＮＮで見たんだ」

彼がにっこりしてそう言うと、オリビアの表情が凍りついたように動かなくなった。

「わたしがここにいるってテレビで放映されたの？」

ピーターは笑った。

「そうじゃないさ。きみが行方不明だと伝えていただけだよ。誘拐されたんじゃないかって、きみの写真も放映されていた。ヴァンドーム広場で撮られた写真で、ぼくがきみを追っているところも写っているんだ。幸い、ぼやけていて誰だか分からないけどね」

ピーターはにこやかに話し続けた。話のすべてが突拍子もなくておかしかったが、彼女を鬱病扱いにしたテレビの解説の件だけは口にしなかった。

「どうしようかしら。そんなことぜんぜん知らなかったわ」

オリビアはいま聞いた話を頭の中で一生懸命復唱しているようだった。

「二、三日したら戻るって書き置きをしようと思ったんだけど、結局何も言わずに来ちゃったの。列車に乗って」

ピーターはうなずきながら、ここまでやって来た理由をあらためて自分に向かって問いかけていた。抗し切れない何かの力に引っ張られて彼女を追いかけたのは、これで二度目だ。なぜなのか説明しろと言われてもできないことだった。

オリビアの目は彼の視線をとらえて離さなかった。ピーターの目は、優しくなでるように彼女を見つめていた。それでも、二人はどちらからも手を伸ばそうとしなかった。

「来てくれて嬉しいわ」

オリビアは優しい声で言った。

「ぼくも来てよかった……」

海風が吹いて、ピーターの黒い髪が彼の目を隠した。オリビアの目に、ピーターはまるで少年のように映った。彼女を見つめるピーターの目は、今日の空のように青かった。

「こんなふうにお節介ばかりやいて、きみに腹を立てられるんじゃないかと、それが怖かったんだ」

オリビアにしつこい男だと嫌われやしまいかと、パリを発った時からそのことがずっと心配だった。

「わたしが？　どうして？　あなたは優しい人だったわ……わたしの話をよく聞いてくれて……わたしのことを覚えていてくれたじゃないの」

自分をここまでして見つけだしてくれた彼の勇気に、オリビアは感激していた。パリからドライブしてくるなんて、半端なことじゃできない。彼女はぴょこんと立ち上がって両手を広げた。その仕草は、今までで一番少女っぽかった。

「さあ、行きましょう。朝食をごちそうしてあげるわ。ひと晩中ドライブして来てお腹すかしているんでしょ?」

オリビアは彼の腕につかまった。それから、二人は港に向かってゆっくりと歩き始めた。裸足の彼女の細い優雅な足が、ピーターの目にまぶしかった。砂はすでに熱くなっていたが、彼女は気にしない様子だった。

「疲れてる?」

ピーターは着いた時の疲労ぶりを思いだして笑った。

「着いてから三時間ばかり寝たから大丈夫」

彼が二日間もろくに寝ていないことを彼女は知らないで言っているのだろうか。どうやら、オリビア・サッチャーとは男を退屈させない女性らしい。

「ごめんなさいね」

彼女の案内で、二人は小さなレストランに入った。二人ともオムレツとクロワッサンとコーヒーを注文した。おいしそうな匂いが漂う豪華な朝食になった。ピーターは自分の分をぺろりと平らげてから、彼女の分までつまんで食べた。オリビアはコーヒーをブラックで飲みながら、ピーターがかぶりつくのを見つめていた。

「あなたがここまで来てくれたなんて、まだ信じられない」

小さな声でそう言う彼女は、とても嬉しそうだった。が、同時に何か考えているふうだった。

夫のアンディーだったら絶対こんなことまではしない。アツアツだった昔だってしなかっただろう。彼女の頭の中にあったのはそのことだった。

「ぼくは、あなたのご主人にこの場所を教えようとしたんです」

彼が正直に言うと、オリビアは急に心配そうな顔をした。

「それで何を話したの？　わたしがどこに行ったと思うかを主人に言ったの？」

アンディーにはここに来て欲しくない、とオリビアは思った。ピーターならいい。実際来てもらって嬉しい。だが、夫と会う心の準備はまだできていない。だからこそ、ここに逃げてきたのではないか。

「結局何も話せなかったけどね」

ピーターは彼女を安心させた。

「とにかく話そうと思ってお宅のスイートにお邪魔したんだけど、体《てい》よく追っ払われてしまいました。ボディーガードやシークレットサービスが大勢いて、何かミーティングの最中のようだったけど」

「そのミーティングがわたしに関係のないことだけは確かね。あの人は直感力が鋭いの。わたしのことを本当に心配しなければならないのかどうか分かっているのよ。わたしが書き置きを残さなかったのはいけなかったと思うけど、あの人は、とにかく、わたしが無事かどうかちゃんと知っているわ。誘拐されたなんて思っているはずありません」

「お宅のお部屋にお邪魔したとき、ぼくもそんな気がしたんだ」

ピーターはゆっくりした口調で言った。彼も同感だった。あの部屋には、危険が迫っているような雰囲気はぜんぜんなかった。アンダーソン・サッチャーはまるで心配していないように見えた。彼がこうして駆けつけてきた理由もそこにあった。

「ご主人には電話するんでしょ？」

ピーターは心配して訊いた。少なくとも電話ぐらいはすべきだと彼は思った。

「そのうちするわ。でも今は何も話したくないの。帰るかどうかもまだ分からない。いずれ説明はしなきゃならないと思うけど」

しかし、何を説明すればいいというのだ。

〈もう一緒に住めないということを？　昔は愛していたけれど、それは終わったのだと説明すればいいの？　すべての希望が踏みにじられたと言えばいいの？〉

元に戻る気持ちはもう彼女には残っていなかった。それがはっきり分かったのは、あの夜モンマルトルのカフェから戻って来て、部屋のドアの鍵を差し込んだときだった。もう戻りたくない、戻れないと、あのときは体中がそう叫んでいた。アンディーから逃げられるなら、どんな犠牲を払ってもいいと思った。自分が夫にとって、もはやなんの価値もない女であることは、これまでの無視のされ方を見れば分かることだった。

「じゃあ、ご主人とは別れるつもりなのかい、オリビア？」

食事を終えながら、ピーターは優しく訊いた。これはよけいなお節介かもしれないが、十時間もかけて彼女の安全を確かめに来た彼としては、少なくともこれくらいの質問をする権利はあるような気がした。

「そうなると思うわ」

「よく考えた結果かい？　一般大衆とは違うんだから、大騒ぎになるんじゃないのかな？」

「あなたと一緒にここにいるのが見つかったら、もっと大騒ぎになると思うわ」

そう言って、彼女はケラケラと笑った。ピーターは、そんな不名誉なうわさで彼女を汚したくなかった。

オリビアは再び真顔になった。

「騒ぎなんて、わたし、へっちゃらよ。ハロウィーンの子供のおもちゃの雑音と同じ。それよりも、わたしはこれ以上、嘘や欺瞞に耐えられないの。もう政治はうんざり。あと一回選挙をやられるより、死んだ方がましよ」

「ご主人は来年の大統領選挙に出馬されるのかな？」

「多分ね。きっとそうなるでしょう」

オリビアは考えながら答えた。

「でも、もしアンディーが立候補しても、わたしは一緒にやれないわ。妻としての務めはあるかもしれないけれど、そこまでする義務はないと思うの……わたしたちのスタートは幸せだった。息子が生まれて、アンディーも嬉しかったはずよ。でも、義兄が暗殺されてすべてが変わってしまった。兄の死と同時にあの人の内側も死んでしまったんだと思う。愛も夫婦の信頼関係も政治のために売り払ってしまったのよ。わたしはいやよ。そんなことはできない。そんなことまでする必要はないもの。わたしの母みたいになって人生を終えるのはいや。彼女はアル中になって、偏頭痛を患いながら悪夢を見続けていたわ。マスコミに何か書かれるのではと、いつもビクビクして、手は震えっぱなしだった。自分の振る舞いが父の地位を危うくしないかって、そのことばかり心配して。無神経な人じゃないと、あんなプレッシャーには耐えられない。もう、私生活なんてメチャメチャだったわ。それなのに、人前に出るときは恐れを隠して常に顔を上げていなければならないの。父は講演や選挙演説のたびに、そんな母を引っ張りだしていた。もし母が正直だったら、父を憎んでいると告白できたでしょうに。でも、彼女はそんなことはいっさい口に出さなかった。母の人生は父にズタズタにされてしまったようなもの。とっくに離婚していればよかったんだわ。そうしたら、彼女は彼女で価値のある人生を送れたはずよ。選挙戦で父が敗北する原因を作りたくない、ただそれだけの理由で、彼女は父と離婚しなかったんだと思う」

ピーターは真剣な顔で彼女の話を聞いていた。オリビアは悲しそうな表情を浮かべて続けた。

「アンディーが政界に入ると分かっていたら、わたし結婚なんてしなかった。その点、わたしがもっと先を読むべきだったのかも」

「だけど、兄が暗殺されて、その弟が政界に引っ張りだされることまでは誰だって予測できないさ」

「それも言いわけにすぎないのかもしれない。わたしたちって結局ダメになる定めだったのよ。本当のことは誰にも分からないわ」

彼女はそう言って目をそらし、窓の外を見た。水平線上に点々と浮かぶ漁船は、まるでおもちゃのように可愛らしかった。

「きれいでしょ、ここ……わたし、一生ここで暮らしたい」

彼女は本気で言っているようだった。

「本当ですか？　ご主人と別れたら、ここに来て暮らすんですか？」

グリニッジの長くて寒い冬の夜にオリビアを思いだすとき、彼女がどこでどんな暮らしをしているのか、ピーターはそれを想像する足掛かりだけでも欲しかった。

「多分ね」

オリビアはいろいろなことをまだ決めかねて、そう答えた。夫と話し合うため、いやでもパリに戻らなくてはならないだろう。誘拐騒ぎになっているらしいから。彼女の帰還をうまく選挙戦に利用しようとする夫の魂胆が見えるようだ。

「昨日、ぼくは妻と話したんです」

ピーターが静かに話し始めた。オリビアは、黙って夫のことを考えているところだった。

「その前の晩にあなたと語り合ったあとだったから、とても妙な気分でした。いつもは妻の立場で物を考えられたんですが……以前は、彼女と父親の関係についても、いい気持ちはしていなかったんですが、それほど気にもしていませんでした。でもなぜか昨日は、そのことがとても胸に引っかかって……」

ピーターは彼女の前だとなんでも正直に話せた。オリビアはオープンで思慮深くて、相手を傷つけるようなことは決して口にしない人だからだ。

「その前の晩に父親と食事をしていながら、昨日も昼食を共にしたらしい。この夏には二か月間一緒に休暇を過ごすことになっているのに。そうなったら昼も夜も一緒ということですよ。彼女はぼくとじゃなくて父親と結婚したんだと思いたくなってしまう。まあ、ぼくの慰めは経済的に裕福なことと、子供たちに恵まれたこと、それに、会社で好き勝手にやらせてもらっていることぐらいかな」

今まで恵まれた身分だと信じていたのが、急にそう思えなくなってきた。

「あなたは会社で思いどおりに行動できてるの？」

オリビアは、彼が話題を持ちだしたついでに、あの夜触れなかったことをあえて尋ねてみた。二人の親密度はモンマルトルの夜よりはるかに深まっていた。

「まあ、たいがいのことはぼくの好きなようにやらせてくれているけど」

ピーターはそれ以上は言わなかった。二人の会話は危険区域に差しかかっていた。オリビアは、彼女なりの理由から夫と別れる決心を固めている。しかし、ピーターの方は、ケイトとの〝家庭号〟を座礁させるつもりはなかった。それだけは確かだった。

「それで、いま行なわれているビコテックのテストの結果が思わしくなかったら、あなたの義父はどう出るかしらね？」

「引き続き支援してくれるとぼくは思うけど。開発を打ち切るわけにはいかないさ。もっとも、莫大な投資がさらに必要になるけどね」

ピーターはそれでも控えめに言ったつもりだった。フランクが開発を断念するとはとても思えなかった。ビコテックは依然として有望であり、その目指すところはガン治療の勝利である。ＦＤＡには、準備に手間どっているからと、公聴会の延期を申し出ればいい。ビコテックのこととなるとピーターはどうしても楽観的になる。

「誰でも、なにがしかの犠牲は払わされているのね」

オリビアは独り言のように静かに言った。

「その犠牲がこらえ切れる範囲だったら、それはそれでいいのよ。それで、あなたは幸せなんでしょ？」

オリビアは大きな目を見開いて訊いた。女としてではなく、友達としての訊き方だった。

「そう思うけど」

ピーターはなぜか、自信がなさそうだった。

「いつもそう思ってきたけど。でも正直に言って、きみの話を聞いてから、何かぼくが妥協しすぎてきたように思えて……息子たちの進路のことにしろ、夏の休暇の過ごし方にしろ、それはぼくに責任があるにしても、ぼくの意思なんかぜんぜん反映されていないんだ。それに、彼女はいつも忙しくて、何かの委員会だの、子供の世話だの、父親とのつき合いだのと、ぼくと二人の時間など少しもなかったな。前からそうだったけど、息子二人が寮に入ってからは、さらにひどくなってしまってね。ぼくはぼくで忙しくて不満を言う暇もなかった。でも、結婚して十八年経った今、心を開いて話せる相手がいないことに突然気づかされてしまった。こうして、南フランスの小さな漁村できみに胸の内をぶちまけていると、ますますそう思えてくる……ぼくは妻を信頼していないんじゃないかって。これは大ごとだね」

ピーターは悲しそうな顔で続けた。

「でもやはり……」

オリビアをまっすぐ見つめていたピーターは、腕を伸ばしてテーブル越しに彼女の手を握った。

「妻と別れるつもりはない。そんなことは考えたこともないし、息子たちのいる現在の生活以外の人生なんてイメージに浮かばない……それでも、ここに来てようやく、今まで気づかなかったこと、気づこうともしなかったことを思い知ったような気がする。結局ぼくは孤独なんだって」

オリビアは黙ってうなずいた。さもありなんと、パリで最初に会った時から思っていた。彼が真っ正直な男であることはその目を見ただけで分かった。

この二日間で、ピーター自身気づいたことがもう一つあった。

「まあ、どんなに粗末に扱われても、ぼくは根性がないから、きっと妻とは別れられないと思う。ゴタゴタは面倒だし……」

妻と別れて人生をやり直すなんて、思っただけでピーターは気が滅入った。

「それは確かに難しいことよ」

オリビアは、自分の場合を考えながらしんみりと言った。二人はまだ手を握り合っていた。

「わたしだって、人生をもう一度やり直すのかと思うと、足がすくんでしまうわ」

オリビアは相手の訴えについて、友人として考えてあげたかった。

「でも、あなたの場合は、少なくとも形だけでもうまくいっているんでしょ？　たとえお父さんの方に時間をとられていても、奥さまは、あなたと話し合ったり、悩みを分け合ったりはしているんでしょ？　きっと貞淑でいいお母さんなのね。だったら、たとえ完璧じゃなくても、あなたは幸せだわ、ピーター。でも、わたしの場合なんてそんなものじゃないのよ。二人のあいだにはもう何もないの。もうずっと前からそうだったわ」

ピーターは彼女の言葉を疑わなかった。目にしたサッチャー議員の態度からもうなずける気がした。

「だったら、別れるのも、やむを得ないことかもしれないね」

ピーターは、純粋で傷つきやすそうな彼女のことを心配せずにはいられなかった。この小さな漁村に、彼女を一人残して帰ることなどできそうになかった。そして、彼女と別れたあと、こうして語り合えなくなったらどんなに寂しいだろうかと、そのことばかり考えていた。

たった二日間の知り合いなのに、ピーターの心の中で彼女はもうなくてはならない人になっていた。エレベーターの中で垣間見た伝説が、今は手を伸ばせば届く女性になっていた。

「しばらく実家に帰って、落ち着いたらここに戻って来るというのはどうなんですか？」

ピーターの方も、友人として彼女を精神的に支えてやりたかった。オリビアはにっこりと笑みを返した。二人は今、心を照らし合う友人同士になっていた。

「そんなことしたら、母を困らせることになるわ。父はどうせ反対してアンディーの味方をするでしょうし」

「ほう？　そんなことってあるんですか？」

ピーターは納得しかねるといった表情をした。

「お父さんがそんな行動に出ると思うんですか？」

「多分ね。政治家って、仲間うちで固まるものなのよ。わたしの兄だってアンディーのやることにいつも賛成しているし、父も一貫してアンディーを支持しているわ。わたしたちにはうんざりのことでも、あの人たちにとっては重要なのね。父は大統領に立候補しろと、アンディーをしきりにけしかけているわ。わたしの離婚が受け入れられるわけないのが分かるでしょ？　当選のチャンスが少なくなるし、立候補すらできないかもしれない。離婚した大統領ってあり得ないものね。その点わたしは、彼にとって決定権を持った女と言えないこともないわ。わたしはそれがまたいやなの」

ピーターはこんなことまで聞いてしまっていいのだろうかと思いながらうなずいた。風前の灯の〝ビコテック〟問題を抱えて、自分の人生も込み入っていると思っていたが、彼女の立場に比べたら、ずっと単純だということが分かった。少なくとも、彼の生活にはプライバシーがある。しかし、彼女の場合は、一挙手一投足が監視されている。ピーターの家族には、ケイトが教育委員になった以外、公職に立候補しようなどという者はいない。ところがオリビアの方は、知事に、上院議員、下院議員と揃っている。それに近い将来、大統領が加わるかもしれないのだ。まあ、彼女が家を出なければの話だが。いずれにしろ、脅威と言うしかない。

「じゃあ、ご主人が立候補を決めたら、別れないんですね?」

「今さらわたしの気持ちは変わらないわ。自分を裏切れないもの。でも、どっちに転ぶこともあり得るわね。わたしの頭がおかしくなるとか、アンディーに縛られてクローゼットに閉じ込められたりしたら、どうしようもないもの。それで彼はきっと、世間には〝妻は病気で寝ている〟で通すんだわ」

ピーターはなるほどと思ってにっこりした。

食事代はピーターが払って、二人は腕を組みながらレストランを出た。値段はびっくりするほど安かった。

「もし、ご主人からそんな目に遭わされたら、ぼくが助けに行くからね」

ピーターはにっこりして言った。二人はやがて桟橋の端に腰をおろすと、足を水面につけてポチャポチャと水をかき回した。二人の服装のコントラストが面白かった。彼は白いシャツにスーツのズボン、オリビアの方は初めから裸足だった。

「今回もそれが目的だったの？」

オリビアは、気軽に肩をすり寄せて顔をほころばせた。

「わたしを救出すること」

オリビアは自分の口から出た言葉を面白がっていた。〝救出〟なんて遠い昔にあったことで、彼女の生活ではもう死語に等しかった。

「ぼくはそのつもりだったけど……ヴァンドーム広場できみのあとをつけた白シャツの男を追ってね。誘拐犯にしろテロリストにしろ、かなりのワルに見えたから、救出は絶対命令だと自分に言い聞かせてきたんだ」

夏の太陽の下で、子供のように足で水面をパチャパチャと叩きながら、二人は笑い合った。

「その話、気に入ったわ」

オリビアは、砂浜にもう一度行って水に入らないかとピーターを誘った。

「いったんわたしのホテルに戻って、それからまた泳ぎに来ない？」

ピーターは水泳の用意などしていなかったから、笑ってごまかした。

「水着は買えばいいじゃない。こんな天気なのにもったいないわ」

ピーターは何か考えるふうにしながら彼女を見つめた。そして、もったいないのは天気だけではないなと思った。しかし、天気がよいからとはいえ、自分たちが勝手に振る舞うにも節度というものがあろう。オリビアも自分も大人なのだ。

「ぼくはパリに戻らなきゃいけないんだ。ドライブすると十時間もかかるからね」

「そんな無茶言わないで。十時間もかけてパリから来て、朝食をとっただけで帰るなんて。スシャールという人から連絡が来るのを待つだけなんでしょ？　それに、その連絡だって来るか来ないか分からないじゃないの。ホテルにメッセージを置くことだってできるし、ここからだって連絡できるのよ」

「そう言われれば確かにそうだな」

ピーターは自分の仕事中毒ぶりを笑った。

「あなたも、わたしと同じホテルに部屋を借りて一泊されたらどう？　そして、明日一緒にドライブして帰りましょうよ」

オリビアは〝明日〟を強調しながら、まるで親友に話すように気軽な口調で言った。ピーター自身そうしたいのはやまやまだったが、果たして彼女をもう一日ここに居させていいのかどうか迷った。

「ご主人に電話だけでもしておいた方がよくはありませんか？」

二人の歩む砂浜に、夏の熱い太陽が照りつけていた。顔を輝かせて隣りを歩くオリビアを見下ろしながら、ピーターは思った。自分の人生で、今ほど解放された時があったかと。

「必ずしもその必要はないわ」

オリビアに後悔している様子はまったくなかった。

「これで彼がどれだけ注目を集めたと思う？　みんなから同情されて。その熱気をここで冷やしたら彼に悪いというものよ」

「あなたも政治には詳しいようですね」

二人は声を上げて笑い、一緒に砂浜に腰をおろした。オリビアはもっと近くに座るよう彼を引き寄せた。ピーターは靴も靴下も脱ぎ、それを肩にかけて、もうすっかり〝海っ子〟気分だった。

「政治家みたいな考え方をするじゃないですか」

「それだけはないわ。わたしには腐ってもできないことよ。生涯で欲しかったただ一つのものをなくしたわたしですから。もう失うものなんてないし……」

伝説の女性の口から漏れる悲しい言葉だった。子供のことを言っているのだな、とピーターは思った。

「いつかまた子供に恵まれる日が来ますよ、オリビア」

彼がそう優しく言うと、オリビアは砂の上に寝そべり、苦悩を追い払うかのように目を閉じた。その閉じた目から涙がこぼれ落ちるのを見て、ピーターはそっと拭いてやった。

「つらかったんだね……」

ピーターは一緒に泣きたかった。彼女を抱き締めて、六年間の苦しみを慰めてやりたかった。だが実際は、じっと見つめる以外何もしてやれなかった。

「つらかったわ」

オリビアは目を閉じたまま言った。

「ありがとう、ピーター……友達になってくれて……ここまで来てくれて」

オリビアは目を開けて彼を見上げた。二人は見つめ合ったまま動かなかった。

遠いパリからこの小さな漁村にやって来て、誰にも知られずに二人きりになった男女。二人を制約するものが、一つ、また一つと取り払われて行く。

ピーターは片手で頬杖をつき、彼女を見下ろしながら、女性に対してこんな気持ちになるのは生まれて初めてだと感じていた。彼の頭の中には、もうオリビア一人しかいなかった。

「ぼくがいつもついていてあげたい……」

ピーターは彼女を見下ろしながら、彼女の顔の輪郭から唇に指を這わせていった。

「ぼくが出しゃばる筋合いではないと分かっているんだけど……それに、こんなお節介をしたのは生まれて初めてなんだ」

彼にとって、オリビアは世話の焼ける苦労の元であると同時に、心の痛みを和らげてくれる芳香剤である。彼女と一緒にいられることは、ピーターの人生で起きた最良の、しかし、最も当惑させられる出来事と言えた。

「分かっているわ」

彼がどんな人間で、自分に何をしてくれたか、オリビアは肝に銘じて分かっていた。

「あなたは、この十年間誰もしてくれなかったことをわたしにしてくれたわ。そんなあなたにつらい思いをしてもらいたくないの」

オリビアは悲しそうな顔で彼を見上げた。人生については、ある意味で彼女の方が先輩だった。少なくとも、人の痛みや悲しみは彼女の方がよく知っていた。特に、裏切りの何たるかを。

「何も言わないで……」

ピーターは指を彼女の唇に当てた。それから、身を寄せ、腕をからめてオリビアにキスした。二人を見ている者も、邪魔しようとする者も、写真を撮りたがる者もいなかった。あるのは、自分たちの良心と、お互いが持ち運ぶもろもろの制約だけだった。

寄せては返す波に洗われるゴミのように、しがらみが二人の頭の中を行ったり来たりしていた。子供たち、知り合い、思い出、生活。しかし、そのどれも、ピーターの情熱的な振る舞いの前にはかすんで消えそうだった。

長年の抑圧を吹き飛ばす、激しいキスだった。二人はそのまま長いあいだ抱き合っていた。心の飢えを満たすかのように、オリビアのキスはもっと貪欲だった。二人がどこで何をしているのか気づいたのは、それからだいぶ経ってからだった。二人は自分に言い聞かせて手を離し、お互いを見つめ合って微笑んだ。

「愛している、オリビア」

ピーターは息を弾ませて言った。それから、彼女をもう一度抱き寄せた。二人は並んで寝そべり、まぶしそうに空を見上げた。

「知り合ってからまだ二日しか経っていないのに、こんなことを言うなんてバカだと思われるかもしれないけど……ぼくはきみを愛している」

彼女を見下ろすピーターの目にはいつもと違う表情があった。オリビアは彼を見上げて微笑んだままだった。

「わたしも愛しているわ。だからって、どうなるわけじゃないわよね。でも、そのおかげでわたしはとても幸せよ。あなたと駆け落ちしたいくらい。わたしはアンディーを、あなたは〝ビコテック〟を捨ててというのはどう？」

彼女のあっさりした言い方に、二人は声を上げて笑った。この瞬間、二人の行方を知る者がこの地上に一人もいないことを思って、ピーターは何かゾクゾクするものを感じた。彼女は誘拐されたか、あるいはもっと恐ろしい犯罪に巻き込まれたのだと思われている。彼は彼で、エビアンのボトル一本とリンゴ一個と共にレンタカーで消えたことになる。誰もあとを追えないのだと思っただけでも不思議な気分になれた。

しかし、よくよく考えてみて、そんなに甘くないな、とピーターは気づいた。今この瞬間にも国際警察が動いているかもしれないのだ。

「あなたがここに来ているって、どうしてご主人には分からないのかな?」

ピーターにだって分かったくらいなのだから、夫のアンディーに推測できないはずはないと思えた。

「この場所のことは、彼には教えたことがないの。ずっと秘密にしてきたわ」

「ご主人に話していない?」

ピーターはそれを聞いて呆気にとられた。出会って最初の夜に自分に話してくれたのに、自分の夫には話していないという。ピーターは自尊心をくすぐられた。どうやら彼は最初から信頼されているようだった。しかし、それはお互いさまと言えた。彼にしても、オリビアに話せないことなんて一つもなかった。実際、思いつくことはみんな話したつもりだった。

「すると、ぼくたちはここにいるのが一番安全みたいだね。少なくとも数時間は」

それでも、ピーターは、午後にはパリに向かって発つつもりでいた。が、しかし、水着を買い、二人で波と戯れているうちに、その決心はいつのまにか薄らいでいた。リッツホテルのプールで泳いでいた時よりも、こっちの方がはるかに楽しかった。あのときは、まだお互いに知り合ってもいなくて、彼女が近くを泳ぐたびに意識過剰になっていたピーターだが、今は自由に抱き合い、戯れ合っている。

「わたし、海で泳ぐのって怖いの」

だから彼女は海でのセーリングも嫌いなのだという。海流も怖いし、どんな魚が潜んでいるのか分からないのも不気味だとオリビアは言った。でも、今日はあなたと一緒だから平気、と言ってピーターを嬉しがらせた。二人はブイにつながれている小さなボートのところまで泳いで行き、その上によじ登ってしばらく体を休めた。そのとき、実はピーターは、こんなみすぼらしい場所で彼女に迫ったりしないよう、自分を抑えるのに懸命だった。しかし二人の心は、その時が来るのをすでに認め合っていた。にもかかわらず、ピーターはそんなことがあったら、せっかくのいい関係が崩れてしまうと、自分に言い聞かせ続けていた。そんなことになったら、二人とも自責の念で苦しむだろうし、たとえ一夜の花を咲かせたとしても、それを未来に引きずれない今の自分たちの立場なのだ。

愚かなことに走って大切なものをなくすほど二人は子供ではなかった。もし彼女がここでピーターと結ばれたとしたら、アンディーとの話し合いが複雑になるだけだろう。

こうまで分かっていても、二人の関係をキスやプラトニックのままにしておくのはとても難しそうだった。砂浜に戻ったとき、二人はそのことを率直に話し合った。その結果、愚かな行動はとるまいと確認し合ったが、それは決してたやすいことではなさそうだった。

二人は濡れた体のままで寝そべりながらお互いのことを語り合った。彼女はワシントンでの子供時代のことを、彼はウィスコンシン時代のことを語った。酪農が嫌いで、都会に出てビジネスをしたかったことや、ケイトに出会えてラッキーだったことを話した。

家族について訊かれたので、ピーターは両親や妹のこと、母親と妹をガンで亡くしたこと、だからこそ〝ビコテック〟の開発が自分にとってどれほど深い意味を持つかを語った。

「あの時こんな薬があったら、二人の病状も変わっていたと思うんだ」

ピーターは残念そうに言った。

「そうかもしれないわね」

とは言ったものの、オリビアは迎合しなかった。

「でも、どんな特効薬が使えても、病気に勝てない時ってあるものよ」

あの時、医師団は、全力を尽くしても二歳の息子を救えなかった。そのことを思いだしながら、彼女はピーターに顔を向けた。

「あなたの妹さんにお子さんはいらっしゃったの？」

ピーターはうなずいた。遠くを見つめる彼の目に、うっすらと涙が滲んだ。

「お子さんたちは時々遊びに来るの？」

答えながらピーターは恥ずかしかった。オリビアの目をのぞき込んでいるうちにだんだん分かってきた。自分がしてきたことは人の道にはずれていたのだと。こうしてオリビアと一緒にいると、いろいろ物の考え方が変わるのが不思議だった。

彼は甥や姪たちと会わなくなってしまった事情をオリビアに話した。

「ケイトと妹はうまくいったためしがなくてね。妹が農場を相続したときも、ケイトはすごく憤慨していたんだ。ぼくはあんな農場はいらなかったし、妹に遺したおやじの考えはよく理解できたんだけどね」

ピーターはオリビアの目をもう一度のぞき込んだ。ケイトのご機嫌をとるため考えないようにしてきたことが、良心のしこりとなって痛み始めた。

「あの子たちをぼくの親戚から除外したのは間違いだった。たまには自分から引っ越し先のモンタナに飛んで行って会うべきだった」

それが愛する妹に対しての、兄としてとるべき当然の道だったのではないか。面倒だからとか、ケイトの言うことを聞いていた方が楽だからとかで、惰性に流されるまま今日のようになってしまった。

「今からでもできるじゃないの」

オリビアが諭すように言った。

「そうだね。住所が分かったら、さっそく行ってやろう」

「探せば必ず見つかるわ。そうしてやりなさいよ」

ピーターにはどうすればいいか分かっていたから、オリビアの助言にうなずいた。だが、いきなりこう訊かれてびっくりした。

「もし奥さんと結婚していなかったら、どうなっていたと思う？」

オリビアは彼を質問攻めにしながら、答えられないでいる彼を見て楽しんでいるようだった。

「結婚しなかったら、今の地位はなかっただろうね」

彼があっさりそう認めると、オリビアは即座に首を横に振った。

「そう思うのは間違いだわ。あなたの問題点はそこなのよ」

彼女は躊躇することなくそう断言した。

「今あるものすべて、仕事も成功も地位も、グリニッジの自宅まで奥さんのおかげだと思っているようだけど、それはおかしいわ。あなたは何をしても成功する人よ。彼女のおかげなんかじゃなくて、あなたは自分の力でやってきたのよ。きっと、ウィスコンシンにとどまっていても何かやっていたと思うわ。あなたはそういう人よ。人が築いた財産をもらい受けて楽する夕イプじゃない。ビコテックだってそうでしょ？　自分が産み落とした子供だってあなたが言ってたじゃないの」

「まだ完成したわけじゃないから」

彼は控えめに言った。

「でもいずれ完成するわ。スシャールという人がなんと言おうと、これから一年かかろうと、二年、いや十年かかろうと、あなたならやり遂げられる」

彼女は確信に満ちた口調で言った。

「そして、もしそれがダメでも、ほかのことで成功するでしょう。誰と結婚したから成功するとかしないとかの問題じゃないわ」

彼女の言うとおりだ、とピーターは思った。ただ今まで気づかなかっただけなのだ。

「義理のお父さんがあなたに機会を与えたのは否定しないわ。でも、機会を与えられた人たちはほかにも大勢いたんでしょ？　その中で、あなたは業績をあげてそれに報いたはずよ。それなのに、あなたは与えられたことばかり気にして、自分の功績に気づかないんだわ」

彼女の物の見方は俗な人間と違っていた。ピーターは彼女のひと言ひと言に勇気づけられた。思っていたとおり、オリビアはただ者ではなかった。どんな女性も与え得なかったものを、自然な会話の中でピーターに与えていた。その点、ケイトとは大違いだった。一方で、ピーターがオリビアに与えたものもあった。人の温かみと、心配してやる気持ちと、優しさである。どれも彼女が渇望していたものだ。その意味で、二人はまれに見るいい組み合わせだった。オリビアも、それを肌で感じることができて嬉しかった。

ホテルに戻ったときは夕方になっていた。二人はサラダニソワーズとパンとチーズをルームサービスで注文した。食事が運ばれてくると、部屋のテラスにテーブルを出してもらってそこで食べた。

ピーターは時計に目を落とした。六時になっていた。パリに戻らなければならない時間だ。でも、肌を焼きながら一日泳いだあとで、それも、彼女への想いがもやもやしたままで、なかなか体を動かす元気が出なかった。まして、これから十時間もドライブするなんてとてもイメージできなかった。

「よしなさいよ、そんな」

心配そうにそう言うオリビアは、日焼けしてとても若々しかった。一緒にいられるなら、永久にここにいてもいいとピーターは思った。

「あなた、二日間もちゃんと寝ていないんでしょ？　今すぐ出発したとしても、パリに着くのは朝の四時よ」

「それもそうだな」

ピーターはけだるそうだった。

「ぼくも気が進まないんだけど、でもやはり帰るべきだと思って」

メッセージが届いていないことは、リッツホテルに電話して確かめてあった。ケイトからも義父からも電話はなかったと聞いて、ほっとしてもいた。それでもやはり、パリに戻ってスシャールからの連絡を待つべきだろう。

「一泊して、明日の朝発ったらいいんじゃない？」

オリビアが気を利かせてそう言ってやると、ピーターは彼女の顔をのぞき込んで条件をつけた。

「じゃあ、もしぼくが明日出発したら、一緒にパリへ戻るかい？」

「分からないけど、多分ね」

彼女はぷいと海の方に顔を向けて、急に表情を硬くした。

「そうした方がいいと思うんだ。ちゃんと約束してくれるかい？」

とは言ったものの、ピーターの本音は少々違っていた。彼女の魅力を少しばかり味わわされたあとだったから、体がうずうずしてなかなか離れられなかった。一方のオリビアも、長いあいだ眠っていた情熱が呼び覚まされて今にも燃えだしそうだった。

「分かった、分かった」

ピーターはとうとう降参した。これから徹夜でドライブするというのは確かにきつかったし、ひと晩ぐっすり寝てからの方が気が利いていそうだった。

二人が空き部屋を係に問い合わせてみると、さっきまで一つだけあった空き部屋がたった今塞がってしまったのだという。小さなホテルで、部屋は全部で四つしかなかった。そのうち、一番いい部屋を彼女が使っていた。海の見えるダブルベッドの部屋だった。二人はどうしようかと、しばらく顔を見合わせた。

「じゃ、仕方ないから、あなたは床《ゆか》で寝たら？」

オリビアはいたずらっぽい笑いを目に浮かべて言った。お互いにあとで後悔するようなことはしまいと、大人同士の約束を促す笑みでもあった。だが、その約束はいつまで守れるだろう。

「それじゃ、ちょっとずうずうしすぎるな」

ピーターはにこっとして言った。

「でも、こんな好条件を提示されるのは生まれて初めてだから、いただきましょう」

「じゃあ、お互いに了解ね。わたしもいい子にしていますから。誓うわ」

そう言って、彼女は二本指を上に立てた。それを見て、ピーターはわざとがっかりしたふりをした。

「それはドライブより厳しそうだ」

二人は声を上げて笑った。それから腕を組んで街に買い出しに行った。彼の着替え用のTシャツと、かみそりに、ブルージーンズ。それらを全部一つの店で間に合わせることができた。Tシャツのロゴは〝ファンタ〟だった。ブルージーンズはぴったりフィットした。

夕食に出かける前に、彼女の部屋のバスルームでヒゲを剃らせてもらい、髪をとかした。バスルームから出てきたときのピーターはシャキッとして、彼らしい爽やかな好男子に戻っていた。彼女の方は、白いコットンレースのスカートに、背中のはだけたホルダートップを着て、足元は、パリから逃げてくる途中で買った布のサンダルで決めていた。つやのある黒髪と、日焼けした肌がマッチして、とても可愛らしく見えた。何度も記事で読んだ伝説の女性。長いあいだ注目せずにはいられなかった雲上人。彼女がその本人だとは、ピーターはいまだに信じられなかった。だから、まるで別人のようにも思えた。

ここにいる彼女は、今は彼の親友であり、恋人である。二人がお互いに抱く感情は純粋で、その振る舞いも昔風で、ロマンチックで、とても遠慮がちだった。

二人は手をつなぎ、お互いの頬にキスしてから、夜中の海岸に散歩に出かけた。暗い砂浜で抱き合いながら、遠くから聞こえてくる音楽に合わせて踊った。そして、ピーターがオリビアにキスした。

「パリに戻ったあと、ぼくたちはどうなるんだろう?」

砂浜に並んで腰をおろしながら、ピーターは訊いた。遠くの音楽はまだ聞こえていた。

「きみがいなくなって、ぼくはどうすればいいんだい？」

この何時間かずっと自問してきた問いだった。

「いつもの生活に戻るのよ」

オリビアは静かに言った。彼の結婚生活を壊したり、その気にさせたりするつもりはなかった。夫との関係がどうあれ、それを他人の家庭生活に及ぼす権利は誰にもない。それに、たとえどんなに楽しい一日を過ごした仲とはいえ、二人はお互いにまだよく知り合っていないのだ。

「いつもの生活って言われたって、いったいぼくは何をしていたんだっけ？」

ピーターは急に不満そうな口調になって言った。

「どうしてなのか……ぼくはすべてを忘れそうだ。今までやってきたことがみんな夢のような気がして。自分が幸せだったのかどうかも分からなくなってきた」

しかも、ピーターの頭の中は、口に出した言葉以上に怪しくなっていた。幸せよりも、自分の不幸に気づき始めていた。

「そんなこと気にしないで、今までどおりやっていくのよ」

ピーターが子供っぽくなっているのに対し、彼女の方はひと回りもふた回りも大人だった。

「わたしたちの今のこの時間を大切にしましょう……今日の思い出はわたしたちの一生の宝物

よ」

彼女は悲しそうにそう言って、ピーターを見上げた。言葉にこそ出さなかったが、彼女には、ピーターの生活の実態がどんなものか推測がついていた。ピーター本人も気づき始めていた。彼は知らないうちに自分の魂を売り渡していたのだ。家事からビジネスまでを実際に動かしていたのは、ケイトと義父のコンビだった。その一つ一つに、彼は自分に言いわけをして目をつぶってきた。そして、年月を経るにつれ拡大してきた結果がこうなったのだ。

オリビアの目を見ながら、ピーターがいま考えさせられているのは、今までそれに気づかなかった自分の鈍感さについてだった。もっとも、こういうことは、見ない方が、気づかない方が楽なものなのだ。

「きみがいなくなったら、ぼくはどうすればいいんだ?」

ピーターは彼女を抱き寄せながら、すがるような口調で言った。彼女ともう語り合うこともできないなんて、ピーターは想像するのも嫌だった。今まで四十四年間、別にオリビアなんて知らなくてもなんの支障もなく生きてきたのに、今、突然彼の中に大変化が起きて、彼女のいない人生なんて片時も考えられなくなっていた。

「それは考えないことにしましょう」

そう言って、今度は彼女の方からキスを求めた。二人は抱き合った手を離すのに、意志の限りを尽くさなければならなかった。それから、お互いの背に腕を回したまま、そろそろとホテルへ向かった。

彼女の小さな部屋に入ると、ピーターはにっこりしてささやいた。

「お願いだ。眠らないで、ぼくにずっと冷たい言葉を浴びせ続けてくれないか」

ピーターは、できるなら魔法の杖を振って、二人だけの夢の世界を出現させたかった。だが、それは許されないことだと二人とも自覚していた。目前の快楽に耽るのは簡単なことだった。ただ手を伸ばしてつかめば、それでよかった。しかし、そんな状況だからこそ、お互いの人格が試される場合でもあった。

「分かりました。そうします」

オリビアもにっこりして注文に応じた。彼女はまだ夫に電話していなかった。目下のところ、そのつもりもなさそうだった。ピーターもその件はもう持ちださなかった。電話する、しない、は彼女の自由意志だ。しかし、その態度を変えない頑固さにピーターは感心した。もしかして夫を懲らしめているのだろうか、とも思えた。それとも、夫を怖がっているのか？

部屋の中でのオリビアは、彼女の言葉どおり、完璧な淑女だった。枕全部と毛布一枚をベッドからはがしてピーターに渡してくれた。ピーターはそれを使って、ベッドの横のじゅうたんの上に不細工な寝床を作った。ジーンズをはいたまま、Tシャツを着たまま、しかし靴と靴下は脱いで寝ることにした。オリビアはバスルームでナイトガウンに着替えた。

二人はそれぞれベッドの上と下で横になり、真っ暗な中で手を握り合ったまま何時間も話し続けた。そのあいだ、ピーターは彼女にキスするような真似はしなかった。

オリビアが話すのをやめ、うとうとし始めたのは四時近くになってからだった。ピーターはそっと立ち上がり、スヤスヤと寝入る少女のような顔を見下ろした。そして、身をかがめて優しくキスした。それから床の臨時ベッドにもう一度横になり、朝が来るまでオリビアのことを考えつづけた。

第六章

次の朝二人が目を覚ましたときは、十時近くになっていた。カーテンの隙間からは明るい光が差し込んでいた。最初に目を覚ましたのはオリビアだった。ベッドからピーターの寝姿を見下ろしていると、それに気づいたかのように彼が目を開けた。目が合った瞬間にオリビアはにっこりした。

「おはよう」

オリビアが明るい声でささやくと、ピーターはうめき声を上げて寝返りを打った。じゅうたんと毛布一枚では、やはり床は硬すぎた。寝入ったのは七時頃だったが、よく眠れたとは言い難かった。

「背中が痛かった？　もんであげましょうか？」

つらそうな彼の顔を見てオリビアは言った。二人とも意志を貫けたことが誇らしかった。

「それはありがたい。お願いしようかな」

ピーターはにっこりすると、再びうめき声を上げて腹這いになった。その様子がおかしくて、オリビアは笑った。彼女の方もベッドに腹這いになっていたから、そのまま手を伸ばして彼の背中を優しくなで始めた。ピーターは目を閉じて、気持ちよさそうだった。

「よく寝られました？」

オリビアは彼の肩から首にかけてさすっていた。まるで赤ちゃんのようにスベスベした肌だった。

「ひと晩中きみのことを考えていた」

ピーターは正直に言った。

「やはりぼくはジェントルマンなのかなあ。悪さをしなかったからね。それともこれは老化現象かな」

ピーターはあお向けになると彼女の手を取った。それから、あっという間に上半身を起こし、何も言わずにオリビアにキスした。

「わたしは眠っているとき、あなたの夢を見たわ」

彼女の顔は、床の上に座り込んだピーターの顔のすぐ横にあった。ピーターは彼女の黒髪をなでながら何度もキスを繰り返した。別れの時間が迫っていた。

「それで、どんな夢だったんだい?」

ピーターはそうささやいて彼女の首にキスした。彼の誓いは少しずつ薄らいでいた。

「わたしが海で泳いでいたとき、溺れそうになったの……でもあなたが来て助けてくれたわ。現実を象徴しているみたいね。初めてあなたに会ったとき、わたし本当は溺れていたの」

オリビアは彼の目をまっすぐ見て言った。ピーターに、もう遠慮はなかった。腕を広げて彼女を抱くと、貪るように唇にキスした。彼はまだ床にひざをつき、彼女はベッドに横になったままだった。ピーターはナイトガウンの下に手を滑り込ませ、彼女の乳房をさすり始めた。オリビアはかすかにあえいだ。そして、お互いの約束を彼に思いださせなければと思った次の瞬間、彼女もすべてを忘れていた。やがて、両腕を広げてピーターを自分の方に抱き寄せた。

二人のキスはますます大胆になっていた。そのすぐあとだった。二つの体が重なり合い、絡み合った。彼女はナイトガウンを着ていたし、ピーターの方はジーンズをはいたままだった。

二人はそのままの格好で長いあいだキスし合った。探り合わないはずだったお互いを、今は我を忘れて求め合っていた。ピーターは、彼女のすべてをのみ込むほどに燃えていた。

「ピーター……」

オリビアが彼の名をささやいた。ピーターは彼女を抱く手に力を入れてもう一度キスした。オリビアは欲望もあらわに彼の求めに応じた。

「オリビア……きみを後悔させるようなことはしたくない……」

ピーターはケイトに対する自分の責任よりもオリビアの立場を思いやった。しかし、燃え上がった炎はすでに消せなくなっていた。何も言わずに、オリビアが彼のジーンズを引き下ろした。Tシャツはもうとっくに脱げていた。ピーターは彼女のナイトガウンを引きはがし、それを空中高く放り投げた。ナイトガウンが床のどこかに落ちる前に二人は結ばれていた。

昼近くになって、二人はようやく我に返った。二人とも情熱のすべてを使い果たしてお互いの腕の中で横になり、これ以上の幸せはないといった表情を浮かべていた。オリビアは抱かれたまま彼を見上げてにっこりした。彼女のしなやかな両足が、ピーターの足にぴったり絡んでいた。

「ピーター……愛しているわ……」

「そう言われて安心した」

ピーターはあまりに彼女を強く抱き締めていたので、二人はまるで一つの体のようだった。

「ぼくはやはりジェントルマンじゃなかった。でもこんなに誰かを愛したのは生まれて初めてだ」

ピーターはいくらか後ろめたそうだったが、起きてしまったことにはとても喜んでいた。オリビアは眠たそうに微笑んだ。

「あなたが紳士じゃなくてよかった」

オリビアはそう言って、彼の胸の中に顔をうずめた。

二人は、分かち合った喜びを噛み締めるように、抱き合ったまましばらく何も言わなかった。そして、やがてやって来る別れに急き立てられるように、もう一度愛し合った。

ベッドから起き上がったとき、オリビアは彼にしがみついて泣いた。どんなに一緒にいたくても、別れなければならない二人だった。オリビアは彼と一緒にパリに戻ろうと決心を固めていた。

午後四時にホテルを出るときの二人は、まるでエデンの園を追放される恋人同士のようだった。

二人は車を止めてサンドイッチとワインを買い、砂浜に腰をおろして海を見ながらそれを食べた。ワインは一つのグラスに注いで二人で代わりばんこに飲んだ。

「ここへ来たら、いつでもきみのことが思いだせそうだ」

彼女を見つめながらピーターが悲しそうに言った。このまま二人でどこかに逃げられたら、どんなに幸せだろう。

「わたしに会いに来てくれる?」

オリビアはにっこりしながら訊いた。寝そべったときについた砂の粒が彼女の髪の毛にぶら下がっていた。

ピーターは、しばらく彼女の問いに答えなかった。どう言ったらいいか分からなかったからだ。ここで空約束はしたくなかった。彼には依然としてケイトとの家庭生活があった。つい一時間前には、オリビアもそれを理解していると言った。もちろん、彼女としては、ピーターにいくらかでも犠牲を強いるつもりはなかった。オリビアの望みは、この二日間の喜びをいつまでも大切に仕まっておくことだった。誰かの一生分よりも充実した二日間だった。

「努力はするけど」

ピーターは約束をする前から、それを破る羽目になるのが怖くて、ようやくそれだけ言えた。

再会が難しいことは二人とも分かっていた。実際、この関係を続けることはできないと、二人はちょっと前に確認し合ったばかりだ。この愛は、記憶の中でしか繰り返せない。二人とも背負っている人間関係が複雑すぎる。オリビアの方は、いったん家に戻ったら、彼女を追いかけるパパラッチたちに監視されて生きなければならない。こんなことは二度と再び起こり得ないだろう。二人がここで分かち合えたものは奇跡であり、奇跡は二度は起きないものだ。

「わたしはここへ戻って来て家を借りるつもりなの」

オリビアは重々しい口調で言った。

「そして書きものをするつもり」

「ぜひそうしたらいい」

ピーターはそう言って彼女にキスした。

二人は食べ残しをごみ箱に捨ててから、砂浜にしばらくたたずみ、手を取り合って海を眺めた。

「いつか戻って来られたらいいね。二人一緒にという意味だけど」

ピーターは、約束らしきものはしてはいけないと自分に言い聞かせながらも、遠い先の夢を捨て切れなかった。いや、そんな先のことではなく、帰るのをもう一日引き延ばしてまた別の思い出を作ったらどうだろう。

「そうね、いつかまた二人で来られるかもね」

オリビアが小さな声で言った。

「もし、わたしたちに縁があったら、そうなるでしょうね」

しかし、それには障害が多すぎる。いくつものハードルを跳び越え、燃え盛る炎の輪をくぐり抜けなければならない。彼にはビコテックがあり、それがどんな形に行き着くにしろ、それと共に歩き続けるのが彼の役目である。相変わらず、義父のご機嫌も取らなければならないだろうし、コネチカットの家ではケイトが彼の帰りを待っている。オリビアの方も、パリに戻ったら、アンディーとひと悶着あるだろう。

二人はそろそろと車に戻った。オリビアは道中用に買ってきた食べ物をうしろの座席に置きながら、彼に見られないよう涙をそっとぬぐった。しかし、ピーターは見なくても分かった。オリビアの涙を心で感じることができた。彼も一緒に泣いていた。泣く理由は彼女と同じだった。すべてを捨て、すべての制約から逃れられたら……しかし、それができないのが今の二人だった。

ピーターは車に乗り込む前にもう一度彼女を抱き寄せ、耳元でささやいた。

「ぼくはきみのことをこんなに愛している」

オリビアも同じ言葉を返した。二人は熱いキスを交わしてから車に乗り込んだ。いよいよパリに向けてのロングドライブの始まりだ。

二人はしばらくのあいだほとんど口もきけなかった。しかし、しだいにリラックスし始め、口数も多くなった。二人は、それぞれに起きたことを自分の胸におさめようとしていた。

郵便はがき

料金受取人払

渋谷局承認

5384

差出有効期間
2002年6月9
日まで

切手は
いりません

150-8790

083

アカデミー出版 行

東京都渋谷区渋谷郵便局
私書箱第１３７号
（受取人）

ご住所《ふりがな》 〒

お名前《ふりがな》

「5日間のパリ」いかがでしたか? 今後の企画、編集の指針にしたいと存じますので、読後のご感想をおきかせ下さい。

この本をお求めになった動機は次のどれですか?

Ⓐ新聞広告をみた Ⓑ車内吊り広告をみた Ⓒ書店で知った Ⓓ評判を聞いた Ⓔ前から知っていた

「これからなにかとつらいわ」

車がラ・ヴィエレリイを過ぎる頃、彼女はにっこりして、しかし涙を浮かべながらそう言った。

「あなたがすぐそこにいると分かっていても会えないんですもの」

「分かってる」

ピーターもこみ上げてきて、のどが痛んだ。

「ホテルを出るとき、ぼくも同じことを考えていたんだ。きみに会えないなんて頭がおかしくなりそうだ。ぼくは誰と話せばいいって言うんだい？」

オリビアと結ばれた今、彼女は自分のものだという意識がピーターの頭のどこかに芽生えていた。

「たまに電話できると思うわ」

オリビアは楽観して言った。

「わたしの行き先をあなたに教えておくから」

とはいえ、彼が妻帯者であることに変わりはないのだ。

「それじゃ、きみに不利だよ」

不利といえば、すべてが二人にとって不利だった。二人のしたことは、オリビアに途方もない危険を背負わせることになる。いや、何もしなくても、結果は同じだったかもしれない。しかし、結ばれたからこそ、少なくとも持ち帰るものができたとも言える。

「半年したらどこかで会おうじゃないか。お互いの近況を報告し合うのも楽しそうだ」

オリビアは同じ話の映画を思いだして、顔をしかめた。ケーリー・グラントとデボラ・カーが主演した彼女の大好きな映画である。若い時に何度も見て、そのたびに泣かされたものだ。

「じゃあ、エンパイア・ステート・ビルの上で会うのね？」

オリビアは映画の筋書きに合わせて、半ば冗談で言った。ピーターは即座に首を横に振った。

「それはダメだよ。それじゃ、きみはついに現われず、ぼくは半狂乱になり、結局きみは車椅子の人生で終わるんだ。そんなのではなく、別の映画にしようよ」

彼がにっこりすると、オリビアはおかしそうに笑った。

「いったい、どうしたらいいのかしらね？」

オリビアはうらめしそうに窓の外の景色に目をやった。

「帰ったら、強く生きるんだ。今までどおりの生活を続けるんだよ。その点、きみよりもぼくの方が楽かもしれない。ぼくは鈍いから自分の不幸に気がつかなかったけど、これからもその鈍さのままで行けばいいまでのことさ。家に帰ってから、パリでいろいろあって目が覚めたなんて言えないしね。でも、きみの方は、やらなきゃならないことがいっぱいあるね」

ビコテックのテスト結果が良くなかったら、彼の立場がどんなにおかしなものになるのだろうかと、オリビアはそのことを心配した。結果はまだ出ていない。ピーターの不安が時間の経過と共に大きくなっているのが彼女にも分かった。

「じゃあ、ぼくに手紙をくれないか、オリビア」

ピーターは最後の切り札としてそう言った。

「少なくとも、きみがどこにいるのか教えてくれ。じゃないと、ぼくは頭がおかしくなってしまう。約束してくれるかい？」

「もちろん」

オリビアはうなずいた。二人はおしゃべりしながら、深夜のドライブを続けた。そして、四時ちょっと前にパリに着いた。疲れていたが、ホテルのかなり手前で車を止めた。

「ちょっとコーヒーでも飲みませんか？」

ピーターは、コンコルド広場で声をかけた時と同じことを言って、オリビアを笑わせた。しかし、オリビアの笑みは悲しげだった。

「ええ。あなたからなら、なんでも遠慮なくいただくわ、ピーター・ハスケル」

「ではまず、お金では買えないものをきみに捧げる」

彼は、オリビアに会ってからずっと抱き続けていた自分の気持ちを指してそう言った。

「きみを愛している。おそらく、ぼくが生きている限り、この気持ちは変わらない。きみみたいな人は二人といない。今までもいなかったし、これからも現われないだろう。そのことを忘れないで欲しい。きみがどこにいても、ぼくはきみを愛している」

そう言って、ピーターは彼女にキスした。長くて激しいキスだった。そして、二人は溺れる者同士のようにお互いにしがみついた。

「わたしも愛しているわ、ピーター。ああ、あなたにどこかへ連れて行かれてしまいたい」

「ぼくもそうしたい」

ピーターは分かっていた。二人とも、この二日間の出来事と今朝の別れを一生忘れないだろうと。

ヴァンドーム広場の奥まで行ってから、ピーターは彼女を車から降ろした。オリビアはバッグ類をいっさい持っていなかった。コットンのスカートをはき、ジーンズとTシャツは丸めて抱えていた。車の中にも何も残していなかった。彼女は、これが最後のつもりで彼の顔をのぞき込んだ。ピーターはもう一度彼女にキスした。やがて、オリビアは駆けだして、広場を横切って行った。彼女の頬には涙がとめどなく流れていた。

ピーターはそこに座ったまま、彼女が消えて行ったホテルの入口をボーッと眺めていた。もう部屋に着いた頃だ。オリビアは、今度は途中で逃げたりしないでちゃんと戻ると彼に約束していった。彼女が自分の生活に戻ってから、あらためて連絡してきて欲しい、とピーターは思った。少なくとも居場所ぐらいは知っていたかった。フランスの田舎をさまようようなことはもうしないで欲しかった。彼女の夫と違って、ピーターはオリビアのことを本当に心配していた。そして、心配の種はつきなかった。自分たちのしたことが夫に知れないだろうか。帰ってから彼女はどうなるのだろう。また利用されて、無視され続けるのだろうか。それとも、彼女は今日を限りに別れ話を持ちだすのだろうか。

ピーターの心配はもう一つあった。コネチカットに戻ったとき、彼の内側の変化をケイトに感づかれないかということだった。

自分の内側は本当に変わったのか？　自分の力でなしえた成功だとオリビアは気づかせてくれたが、ピーターの本音としては、ケイトのおかげも相当あるとまだ思っていた。とにかく、今ケイトにショックを与えたくなかった。

だから、これまでどおり何ごともなかったように過ごすのだ。オリビアとのあいだにあったことは、過去になったわけではないが、現在でも未来でもない。それは一瞬であり、夢であり、二人が砂浜で見つけたきらめくダイヤモンドなのだ。

しかし、二人には優先すべき義務がある。彼の過去であり現在であり未来であるべきは、あくまでもケイトである。その場合の唯一の問題は、彼の内面的苦しみということになる。

リッツに向かってぶらぶらと歩きながら、ピーターはオリビアを想って胸が痛んだ。もう会えないのだろうか？　今この瞬間、彼女はどこにいるのだろう？　彼女に会えない人生なんて考えられない。そうではあっても、それが彼に突きつけられた現実だった。

自室のドアを開けると、小さな封書が目に留まった。〝ハスケル氏になるべく早く電話をもらいたい〟との、ポール・ルイ・スシャール博士からの伝言だった。

ピーターは現実に引き戻された。彼の生活を構成するもろもろの中に再び立たされた。妻に、息子たちに、ビジネス。そして、偶然見つけた本当の愛は遠い霧の中に消えてしまうのだ。生涯に一度の出会い。魂が燃えた愛。真心を捧げられる女性！

オリビアのことを考えながら、ピーターはバルコニーに立って日の出を眺めた。すべてが夢のような気がした。本当に夢だったのかもしれない。あの一つ一つが現実ではなく、単なる記憶にすぎないのだ。コンコルド広場……モンマルトルのカフェ……ラ・ファビエルの砂浜……そのすべてが夢だったのだ。ピーターは分かっていた。彼女に対する愛がどんなに深かろうと、思い出がどんなに甘美でも、彼女のことは忘れなければならないのだと。

第七章

八時にモーニングコールで起こされたとき、ピーターはまるで死人のように反応が鈍かった。受話器を置いて初めて、それがなぜなのか分かった。

彼は、鉛のような重い胸で、オリビアがいなくなったことを思いだしていた。夢は終わったのだ。スシャールに電話しなければならない。そして、ニューヨークに飛んで現実と向かい合うのだ。ケイトとフランクに。オリビアは夫のもとに帰ってしまった。

ピーターはシャワーを浴びながら、自分の惨めさを噛み締めた。愛する女の面影を頭から払いのけ、スシャールとの気の重い話し合いに臨まなければならない。

スシャールには九時ちょうどに電話した。スシャールは、結果について電話でコメントするのを控えると言った。とにかく研究所の方に直接来てくれとのことだった。彼が話したのは、実験がすべて終了したことと、一時間あれば説明できるということだった。ニューヨーク行きの二時の便にも充分間に合いますよ、と余計なことまで言ってくれた。彼が結論だけでも電話で話さなかったことにピーターは当惑したが、とりあえず十時半に研究所を訪問することに同意した。

コーヒーとクロワッサンを注文したものの、どちらにも手をつけずに、十時にホテルを出た。研究所に着いたのは約束した時間より十分早かった。

スシャールは陰気な顔で彼を迎えた。

最終的に、結果の内容はピーターが恐れていたほどは悪くなかった。前回のミーティングでスシャールが予見したほど悲観的ではなかった。ビコテックに含まれる主要化合物の一つが危険なのであって、その代替物《だいたいぶつ》を見つけるのは可能と思われた。それならば、ビコテックの開発を放棄する必要はなさそうだった。

〝始めからのやり直し〟をスシャールは示唆した。さらに長期間の研究が必要とのことだった。その期間を問われると、スシャールは、半年から一年、奇跡が起きればもっと短縮されるだろうが、それは疑問だと言った。常識的には二年と考えるのが妥当のようだった。最初の話し合いのあとでピーターが見積もった期間も、だいたいそんなところだった。特別研究チームをいくつも編成すれば、それが一年に短縮されることは可能だろう。

実験結果は、確かに失望すべきものではあったが、決してこの世の終わりではなかった。しかし、自分たちが製品化をもくろんだ現存する物質は、事実上の毒薬だということがはっきりした。

それをこれから良薬に変えなければならない。それに関しての提案がスシャールからいくつか出された。だが、ピーターには予測できた。義父はこの結果を決していいニュースとは受け止めないだろう。延期とか追加の出費とか、研究の延長の嫌いな男なのだ。とりあえずは人体治験の許可を得る見込みもなくなったし、〝緊急承認扱い〟のために九月に予定したＦＤＡでの公聴会もなくなった。

義父フランクの望みは、もちろんビコテックの一日も早い発売である。それによって見込まれる巨額の収入が彼の狙いだ。しかし、ピーターの新薬に対する期待は、もうちょっと別の方向にあった。まあ、二人の目指すところがどう違うにしろ、このままゴールできないことだけははっきりしてしまった。

ピーターはねぎらいの言葉を残してスシャールと別れた。ホテルに戻る車の中で、義父に対してどういう言葉で説明したらいいのか、そのことを考え続けた。スシャールの言った言葉が頭の中にこだまして不快だった。

〈〝現在のビコテックの位置づけは、あくまでも毒薬です〟〉

毒薬を開発するつもりなど、あろうはずはない。母親と妹の悲惨な死を念頭に置いて研究を進めてきたのだ。

別の意味で気がかりなのは、義父も、そしておそらくケイトも、この結果をありのままに受け止めないだろうと懸念されることだった。彼女はどんなことにおいても父親側なのだ。だが、今回だけは、彼女にもこの結果を尊重してもらわなければならない。ゆめゆめ薬害の悲劇を世にもたらしてはならない。そんなことは誰にも許されない。

ホテルをチェックアウトする時が来た。ピーターはブリーフケースのふたを閉め、部屋を去る前の十分間、ニュースを見るつもりでテレビをつけた。オリビアの顔がそこにあった。案の定だった。オリビアが見つかったことが大ニュースとして報じられていた。伝えられた話の内容はできすぎていて嘘くさかったが、実際に嘘だった。キャスターの読む原稿によれば、オリビア・ダグラス・サッチャーは、友達に会いに外出した際、ちょっとした交通事故に遭い、三日間軽い記憶喪失に陥っていたのだという。彼女が入れられていた小さな病院では、彼女が誰だか最後まで知らずに、昨日になって彼女を退院させ、オリビアは現在夫のもとに戻って幸せである、とキャスターは締めくくった。

「またデタラメを報道しやがって！」

ピーターは首を横に振りながら一人で毒づいた。番組はさらに、彼女のおなじみの顔写真を映しだし、脳に損傷がないかを調べた医師とのインタビューを放映した。そしてキャスターは、サッチャー夫人の速やかな全快を祈るとまで言い添えた。

「アーメン」

ピーターはそう言ってテレビを消した。それから、最後にもう一度部屋の中を見回し、ブリーフケースを持ち上げた。ほかの荷物はすでに下に運ばれていて、忘れ物は何もなかった。

今日に限って、ホテルの部屋を出るのに妙なノスタルジーを感じた。今回の旅行ではいろいろなことがあった。

〈このまま階段を駆け上がろうか〉

ピーターは衝動と闘った。せめて彼女の顔だけでも見ていきたい。上院議員のスイートのドアをノックして「昔の友達だけど覚えてるかい」とでも言ったらどうだろう……アンディー・

サッチャーは、おそらく彼のことを頭のおかしな男とでも思うだろう。彼女の三日間について、サッチャー議員はなんらかの疑念を抱いているのではないか？　それとも、彼にとってそんなことはどうでもいいのか？　議員の内面はうかがい知れないが、彼が報道機関に語った作り話は薄っぺらで嘘丸出しだった。誰があんな馬鹿な作り話を考えたのかと、ピーターは首を傾げたかった。

下におりると、ロビーではいつもどおりの人の出入りが続いていた。アラブ人の宿泊客に日本人の宿泊客。カールッド王は爆弾騒ぎのあとすぐロンドンに発ってしまっていた。ピーターが受付の横を通ったとき、一団の到着客たちがチェックインをしていた。

トランシーバーを持ち、耳にイヤホンを差し込んだスーツ姿の男のグループが回転ドアから入って来るのが見えた。

ピーターが遠くに彼女の姿を見たのはそのときだった。オリビアはリムジンに乗ろうとしていた。夫の方は、ほかの二人と一緒にすでにリムジンに乗り込んでいた。ピーターがそばにいるのに感づいたのか、オリビアが肩越しにこちらを振り向いた。まるで催眠術にでもかかったように、彼女はボーッとピーターの方を見続けた。二人は視線を合わせたまま、しばらく目をそらさなかった。誰かに気づかれはしまいかと、ピーターはそのことが気がかりだった。彼女に向かってかすかにうなずくと、オリビアは、再び自分を彼から引きちぎるようにリムジンに乗り込み、ドアを閉めた。ピーターは歩道に立ってリムジンの様子を見守った。しかし、リムジンの窓は黒く目隠しされていたので、中は見えなかった。

「車がお待ちですよ、ムッシュー」

ドアマンは丁重に言ったが、車を早く出させたいのが本音だった。撮影に急がなくてはならない二人のモデルの車が、ピーターのリムジンに邪魔されて動けないでいたからだ。モデルたちは、ヒステリックになって彼の車を追いやる仕草をしていた。

「ソーリー」

ピーターはそう言って、ドアマンにチップをやってから車に乗り込んだ。もうオリビアの方は見ようとしなかった。まっすぐ前を見たまま、空港へ向かうよう運転手に言った。

リムジンの行き先はアメリカ大使館だった。議員は、妻同伴で大使及び来仏中の二人の下院議員と会うことになっていた。一週間前から決めていた会合で、オリビアにも出席するよう申し渡してあった。だから行方不明騒ぎが起きたときは妻に激怒した議員だったが、彼女が戻ったと分かると、一時間もしないうちに、行方不明騒ぎをプラスに変える筋書きを作り上げていた。彼女が行方不明のあいだに、腹心たちと協議して、メディアの同情を集めるための種はすでにまいてあった。

サッチャー議員のかねてからの目論《もくろ》みは、妻を二人目のジャッキー・ケネディに仕立て上げることだった。彼女はそのためのあらゆる要素を備えていた。やせた体躯と、生まれながらの気品、逆境に立ち向かう勇気などなど、どれをとっても申し分なかった。彼のブレーンたちも同意見だった。だから、これからは、イメージ作りの担当者も彼女にもう少し注意を向けて、それらしい夫婦像を作り上げることになっていた。ただ、彼女の方がそれに従いそうにないのが頭の痛いところだった。

行方不明騒ぎだけはやめさせなければならなかった。子供が死んで間もない頃は、彼女の行方不明騒ぎはしょっちゅうあった。数時間行方不明だとか、ひと晩帰って来なかったとか、そんな類いだった。そんな時、彼女はたいがい兄か両親のところへ行っていた。今回の行方不明は、今までで一番長かったが、妻に危険が迫っているとは、サッチャー議員は一度も思わなかった。いずれ戻って来ることは分かっていた。ただ、新聞種になるようなことだけはしてくれるなと心の中で思っていた。

大使館に出かける前にサッチャーはそのことを妻に話し、今日の会合での彼女の役割を説明した。最初、彼女は一緒に行かないと言い張り、彼がメディアに語った作り話に激しく抗議した。

「それじゃ、まるでわたしがバカみたいじゃないの」

オリビアは憤まんやる方なかった。

「わたしの頭がおかしくなってるってことでしょ、それじゃ」

「話を作るのにも、あの状況では限度がある。きみはどんな説明をして欲しかったんだ？　どこかの三流ホテルで三日間酔いつぶれていたとでも言わせたいのか？　それとも本当のことを言えというのか？　ところで真相はどうなんだ？　訊かない方がいいのかな？」

「つまんない話よ。あなたの作り話と同じ。ちょっと一人になりたかっただけ」

「まあそんなところだろうな」

アンディー・サッチャーはあきれたような顔をした。が、実は彼自身、妻の目を盗んだ彼なりの〝行方不明〟をしょっちゅう実践していたのだ。

「この次いなくなるときは、書き置きをするか、誰かに言っておいてくれ」

「そうしようかと思ったんだけど」

オリビアは初めて当惑した表情を見せた。

「残しておいても、あなたに気づいてもらえないかと思って」

「わたしの目が節穴だとでも思っているのか」

彼は不機嫌そうに言った。

「そうなんでしょ？　少なくともわたしのことには関心がないんでしょ？」

そう言ってから、オリビアは勇気を振り絞って自分の計画の第一歩を踏みだした。

「大使館から戻ってからでも、あなたにお話があるの」

「ダメだね。ぼくは昼食会の予定があるから」

妻の話とやらに、アンディー・サッチャーは何の興味も示さなかった。彼女は無事に戻った。マスコミに対する説明もうまくいった。彼の地位もこれで安泰だ。大使館から戻ったら用事がいろいろ控えている。

「今日中ならいつでもいいのよ」

オリビアも素っけなく答えた。おまえに使う時間などないと夫は言いたいのだろう。顔にそう書いてあった。いつもと同じ表情だ。

「どうかしたのか？」

アンディー・サッチャーは、妻の口調と目の動きが気にかかった。

「わたしが火種を消せて、きみは本当にラッキーだったんだぞ、オリビア！　わたしならあんなガキっぽいことはしない。家出をして笑われないと思ったら大間違いだ。新聞記者連中に嗅ぎつけられたら、火あぶりにされてしまうぞ。もうこの話は終わりにしなさい」

こういう綱渡りが政治家の地位を危うくすることを、サッチャーはよく知っていた。

「ごめんなさい」

オリビアは暗い表情で言った。

「あなたに迷惑をかけるつもりはなかったわ」

彼女を心配するような言葉や、行方不明のあいだの妻の身を案じたような話は、ついに夫の口からは聞けなかった。実際に、アンディー・サッチャーはそんな心配はまったくしていなかった。またいつものようにどこかに隠れているのだろうと高をくくっていたのだ。

「それでは、あなたが約束から帰って来てからででもお話しましょう。それまで待っていますから」

口調は穏やかだったが、オリビアの内側は荒れていた。彼女をないがしろにする夫の態度は今日も変わっていない。何年も前から同じだ。ピーターとは比べようがない。

やはり、彼女はピーターの面影を頭から消せなかった。ホテルの前で彼を見たときは胸が張り裂けそうだった。だが、見つめ合うこと以外は何もできなかった。新聞記者たちに見張られていたから、変な行動に出たら、これを見てくださいと言うようなものだった。

大使館にいるあいだ中、オリビアは自分の思いに耽った。夫はそのあとの昼食までは誘わなかった。

昼食から戻ってきたアンディー・サッチャーを待っていたのは寝耳に水の話だった。それまで、オリビアは窓の外を眺めながら、夫の帰りを静かに待っていた。

ピーターはもうニューヨークに向かって飛んでいる頃だ。彼は、自分をあまり尊重してくれない家族のもとに帰って行く。オリビアの方も、妻を飾り物としてしか扱わない夫のもとへ舞い戻っている。しかし、この状態は今度こそ長続きしないはずだ。

「いったい何の話なんだい？」

入ってくるなり、アンディーがそう訊いた。二人の秘書が一緒だったが、妻のいつになく深刻そうな顔を見て、彼はすぐ秘書たちを退席させた。妻がこういう顔をしたことは今まで一、二度しかなかった。彼の兄が暗殺されたときと、自分たちの幼い息子が死んだときだった。それ以外のときの彼女は、ただ心を閉ざして、政治の世界とかかわらないようにしているだけだ。

「聞いていただきたいことがあるの」

オリビアは静かに切りだした。どこから話していいのか分からなかったが、話さないわけにはいかないことだけははっきりしていた。

「だから、何なんだい？」

夫がまれに見る恵まれたルックスの持ち主であることは、オリビアも認めないわけにはいかない。大きな青い目と金髪の組み合わせが、彼をボーイッシュに見せている。肩幅が広く腰の引き締まったスタイルも絵になる。

そのアンディー・サッチャーがひじかけ椅子に腰をおろして長い足を組んだ。だが、オリビアにもう迷いはなかった。未練のひとかけらもなかった。夫は利己主義の塊であり、権力亡者である。妻に対する思いやりなどこれっぽっちもないのだ。

「わたしは出て行きます」

オリビアはひと言そう言っただけだった。これですべてが終わるのだ。

「どこを出て行くんだ？」

アンディー・サッチャーはきょとんとしていた。妻の言ったことをぜんぜん理解していなかった。そんな夫を見て、オリビアは口をゆがめて微笑むしかなかった。夫は何も分かっていないのだ。

「あなたと別れるのよ」

オリビアは自分の言葉を解説してやった。

「帰国次第、別れましょう。わたしはもう続けられません。二、三日いなくなったのも、そのことを考えるためだったの。でも、今はもう迷いはないわ」

こんなことを言うのは残念だと思いたかったが、オリビアはそんな気すら起きなかった。アンディーの方にも残念がっている様子はまるでなかった。ただ、びっくりはしていた。

「タイミングがなあ」

アンディーは何ごとか考えるふうにしながらそう言ったが、彼女に別れる理由は訊かなかった。

「こういうことに、いいタイミングなんてないと思うわ。病気と同じよ。都合のいいときにかかるわけにはいかないもの」

彼女の頭の中にあったのは息子のことだった。アンディー・サッチャーはうなずいた。息子の死が、妻にとってどんなに打撃だったか、彼は身近にいてよく知っている。二年経った今でも、彼女はそのショックから抜け切れていない。元に戻らなかった点では、二人の結婚生活も同じだった。

「何か特別な事情でもあるのかね？　特にいやなことでも？」

夫は、妻の陰に誰かいるのかとまでは訊かなかった。いるはずはないと読んでいた。妻のことは何でも知っているつもりだった。

「いやなことはいっぱいあるわ、アンディー。分かっているでしょ？」

二人は長いあいだ見つめ合った。他人同士になってしまったお互いを確認し合う視線の交換だった。

「政治家の妻になるつもりは初めからなかったわ。結婚する時にそう言ったはずよ」

「しょうがないじゃないか、オリビア。事情が変わったんだ。トムが暗殺されるなんて思ってもいなかったよ。そうだろ？　新しい事態に直面したら、それに最善を尽くすしかないんだ」

「わたしは最善を尽くしてきたつもりよ。あなたの求めに応じて、いつだって選挙戦に協力してきたわ。でも、夫婦としては他人同士だったわね。分かっているでしょ？　もう何年もこんな状態が続いているのよ。最近は、あなたが誰だか分からなくなり始めているわ」

「その点は悪かった」

アンディーの声は落ち着いていて、親身がこもっていた。だが、今後改めるというような言葉はなかった。

「でも、タイミングが悪すぎる。わたしの立場も考えてくれ」

アンディーはそう言って、妻をキッととにらんだ。そのとき彼の頭にあることをもしオリビアが知ったら、身震いしていたかもしれない。アンディー・サッチャーは、何がなんでも妻を必要としていた。どんなことをしてでも、彼女を自分のもとに縛りつけておくつもりだった。

「前からきみと相談したかったんだ。つい先週のことだ、最終的に決断したのは」

決断の中身が何であれ、オリビアがそれに乗らないことだけははっきりしていた。

「わたしのこの決心を、まず最初にきみにも知ってもらいたいと思ってね」

〝きみにも〟とは変な言い方だ。〝きみに〟と言うべきではないか。だが、この表現が今の二人のおかしな関係を象徴していた。

「来年の大統領選に出馬することにしたんだ。わたしにとっては命がけの勝負になる。勝つためには、ぜひきみの助力が必要なんだ」

オリビアは、そこに座ったまま夫の顔を見続けた。もし夫に野球のバットで殴られても、これほどの打撃は感じなかったろう。寝耳に水の話では決してないが、出馬の話は常に可能性だけにとどまっていた。ところが、それがいきなり現実になってしまったのだ。しかも、手のひらの上で爆弾を破裂させるようなアンディーの話の切りだし方だった。オリビアに反論の用意はできていなかった。

「きみにまた苦労をかけると分かっていたから、わたしもそのことでずいぶん思い悩んだんだ。でもね、〝ファーストレディー〟になるというのも悪くないんじゃないかね」

妻の気を誘うように、彼はにっこりしてそう言った。だが、オリビアは笑みを返さなかった。その代わりに、顔を引きつらせて恐怖の表情を浮かべた。〝ファーストレディー〟こそ、彼女が一番なりたくない存在だった。

「なりたいとは思わないわ」

オリビアは首を横に振りながら言った。

「はっきり言って、わたしは大統領になりたい」

アンディー・サッチャーはぶっきらぼうに言った。大統領になるのは彼の究極の夢だった。妻よりも結婚生活よりも、大統領の椅子の方が大切に決まっていた。

「きみがいなければ、わたしの目的は達せられない。妻と別居中の大統領なんて、国民が選ぶわけないからね。ましてや、離婚した大統領なんてあり得ないんだ。こういうことは、きみの方が詳しいはずだが」

妻の様子を観察しているうちに、アンディーは代案を思いついた。ここで計画を頓挫させるわけにはいかないのだ。船はなんとしてでも浮かばせなければならない。かといって〝きみをまだ愛している〟と情で迫るつもりもなかった。そんなことでだませる妻でないのはよく分かっていた。実際、このカードはすでに使い果たしていたし、夫婦のあいだはもう修復できない状態になっていた。

「一つ提案がある」

アンディー・サッチャーは何か考える様子で言った。

「現実的なアイデアなんだけど、これならきみにも受け入れてもらえると思うんだ。わたしにはきみが必要だ。具体的に言うと、少なくとも五年間は一緒にいてもらいたい。選挙戦の一年間と大統領を一期務めるための四年間だ。そのあとのことはその時点で話し合おうじゃないか。

その時になったら、国民もわれわれの事情を理解してくれるかもしれない。大統領も人間であることを、そろそろみんなも分かっていい時期だ。チャールズ皇太子とダイアナ妃の例だってあるじゃないか」

頭の中で、彼はすでに大統領になっていた。妻が実践したように、国民も彼の都合に合わせてくれるのが当然と思い込んでいるようだった。

「そんなにうまくいくかしら」

オリビアは皮肉っぽく言った。大統領に当選するかどうかも分からないじゃないの、と言いたかったのだが、アンディーにはその意味が分からないらしかった。

「とにかく」

彼は妻の話を無視して、彼女が興味を持てるよう話の組み立てに意識を集中した。

「五年でいいんだよ。きみはまだ若い。ここで誰にも得られない〝ハク〟をつけても決して無駄にはならない。きみを憐れむ人間なんていないさ。その逆だろう。みんなはきみを憧れの対象としてあがめるに違いない。わたしと参謀たちで夢を実現させてみせる」

オリビアは話を聞きながら、吐き気すら感じていた。だが、彼に話を続けさせた。

「税引きで年間五十万ドルをきみの口座に移すことにする。五年貯めれば二百五十万ドルになるぞ」

アンディー・サッチャーは、手のひらを前に向けて妻の反論を制した。

「きみを金銭で買えないことは知っている。でも、その後きみが自立するつもりなら、家を買う資金も必要だろう。それと、もう一つ、もし子供ができたら」

ここでアンディーはにっこりするのを忘れなかった。

「もう百万ドル追加する。子供をつくる件は、最近参謀たちとも話し合ったんだ。わたしたちはゲイじゃないからね。きみだって、ずっと落ち込んでいてもしょうがない。みんなにあれこれ言われないよう、そろそろ子供をつくる時期でもあると思う」

オリビアは自分の耳を疑った。〝子供をつくる件を最近参謀たちと話し合った〟ということは、夫婦の秘事まで選挙用の実弾として計算しているのだ。なんという人たちなのだろう。

「だったら赤ちゃんを借りればいいじゃないの」

オリビアは冷たく言い返した。

「誰にもバレないわよ。選挙キャンペーンのときだけ連れ歩いて、終わったら返せばいいんだから。その方が楽だわ。赤ちゃんって、手間がかかって、本当に大変なのよ」

そう言ったときの妻の目つきが、アンディーは気に入らなかった。

「よけいなことを言わなくていい」

低い声でそう言う彼は、絵に描いたようなエリートである。最高の進学校で学んだ金持ちの息子。お決まりコースのハーバード大学を卒業したあとは、法律学校で弁護士の資格を得ている。それに加えて、家の財産はほとんど無尽蔵だ。だから彼は、お金で買えないものはない、その気で欲しがれば手に入らないものはないと信じている。この際もそれでいくつもりなのだ。

だが、オリビアの方に彼の子を宿すつもりはまるでなかった。彼が子供のことなど何も考えていないのは、息子のときの経験ではっきり分かった。小児ガンで死に瀕しているときでさえ、見舞いにも来なかった。そんな夫の薄情さを見せつけられて、オリビアは子供の死をよけい悲しんだ。アンディー・サッチャーの方はその逆で、子供をあまり見ていなかったから、息子の死のショックはそれほど長引かなかった。

「なんていう提案なの！　最悪だわ！」

彼女は怒りをあらわにして言った。

「わたしの人生を、五年分切り売りしろというわけね。それで、選挙に当選しやすいよう、赤ちゃんも産ませたいわけ？　あなたの話を聞いていると、吐き気がしてくるわ」

提案に対する怒りとやり切れなさが彼女の顔に表われていた。

「きみはいつも子供を欲しがっていたじゃないか。何が問題なのか、わたしには理解できないな」

「あなたのことが嫌いになったのよ、アンディー。理由はだいたいそういうこと。そんなことも分からないの？　いつからあなたはそんなに鈍感になったの！」

目に涙がこみ上げてきたが、オリビアは夫のために泣くのはご免だった。

「子供は好きよ。今でもその気持ちは変わらないわ。でも、わたしを愛してもいない男性の子を、選挙のために産むつもりはないわ。それとも、人工受精で産めと言うの？」

二人はもう久しく夫婦関係を持っていない。彼が忙しいのは確かだが、本当の理由は、彼に愛人がいたからだ。オリビアも夫に興味をなくしていたから、その行動を詮索するつもりもなかった。

「思うに、きみは過剰反応しているよ」

アンディーは素っけなく言ったが、妻に痛いところをつかれて少々面食らっていた。だが、彼としてはここで引き下がるわけにはいかなかった。なんとしてでも彼女を説得しないことには先の見通しが立たなかった。もっとも、子供をつくる件では、彼女もやすやすとは応じないだろうと選挙参謀には話してあった。

「分かった。だから、きみの方も提案を検討してみてくれ。こうしよう。一年に百万ドル出そう。五年で五百万ドルだ。それで子供ができたら二百万ドルを追加する」

彼は真面目だった。オリビアは笑うしかなかった。

「だったら、一年に二百万ドル、子供一人につき三百万ではどう？」

オリビアは考えるような素振りを見せた。

「ということは……双子が生まれたら六百万ドルね……三つ子なら九百万かしら。排卵誘発剤を打てば……四つ子も……」

オリビアは顔を上げ、傷ついた目で夫を見つめた。わたしが一度は信じたことのあるこの男性は、いったい何者なのだろう？　どうして最初から気づかなかったのか？　話を聞いていると、彼が人間だとも思えなくなる。だが、心の奥底で彼女は知っていた。昔はそんな彼ではなかったと。だからこそ、その記憶に免じて、オリビアは彼の話に耳を傾けていた。そして言った。

「まあ、それはないと思うけど、もしわたしがあなたの提案を受け入れることがあったら、それはゆがんだ忠誠心からでも、金銭欲からでもなくて、あなたがどんなにわたしを必要としているか分かっているからです」

その時は、それが夫への最後の贈り物になるだろう。

〈そのあとで別れるなら、良心も痛まなくてすむでしょう〉

「ぼくの望みはそれだけなんだ、オリビア」

熱意を込めてそう言うアンディーの顔は青ざめていた。

〈彼は必死なんだわ〉

今の夫の言葉には偽りがないとオリビアは感じた。

「考えておきます」

オリビアは静かに言った。だが、本当はどうしていいか分からなくなり始めていた。つい今朝までは、今週中にラ・ファビエルに舞い戻るつもりでいたのに、はやばやと〝ファーストレディー〟になる道に追い込まれてしまった。悪夢には違いなかったが、冷静に考えてみれば、妻である以上、夫に対してなんらかの義務は負っているのだと思えてきた。彼は、なんといっても正式な夫であり、死んだ子供の父親なのだ。そして、今の自分は、夫の望みに応えて途方もない贈り物をしてやれる特別な立場にいる。彼女しか与えられないもの、彼女なしではアンディーにも決して得られないもの。それが分かればこそ、オリビアは、目をつぶらざるを得ないのかと感じていた。

「二日後に声明を発表するつもりなんだ。だから、明日はワシントンに帰る」

「今日はわたしにも教えてくれたのね。どうもありがとう」

「きみがふらふら外出なんかしていなければ、予定なんて自然に耳に入ることさ」

アンディーは素っけなく言った。妻の最終的な態度が気になるところだったが、彼女に無理強いは禁物なことを彼はよく知っていた。

こうなってくると、やはり一番怖いのは、妻に反旗をひるがえされることだった。

長くて苦しい夜になった。オリビアはまた夜の街を歩きたい衝動に駆られた。そして、一人でじっくり考えたかった。だが、今度はボディーガードたちも目を光らせているだろう。彼女が一番したかったのは、ピーターに相談することだった。夫へのこの最後の贈り物の話をしたら、ピーターはどんな反応を示すだろう。見上げた妻だと褒めるだろうか、それとも馬鹿なことだと笑うだろうか？　五年は永遠のように長く思えた。もし夫が選挙に勝ったら、よけい長く感じることだろう。

オリビアは朝までに決心を固め、その話をするため、夫と朝食を共にした。アンディーはそわそわして顔色も冴えなかった。彼女と別れる羽目になるのが嫌だったからではない。妻の反旗で選挙戦に敗北するのが怖かったのだ。

「ちょっと考えごとをしたんだけど、そのことを話すわね」

オリビアはコーヒーとクロワッサンの朝食をとりながら言った。部屋は事前に人払いをしてあった。彼と二人きりになるなんて、寝室以外ではめったにないことだった。だが、この二日間でこれが二度目だった。断わられると覚悟してか、アンディーは顔をゆがめて、こちらを見つめていた。

「わたしたち、考えて話すことなんてあまりなかったわね。どうしてこうなったのか、初めから考えてみたの。あの頃は、あなたもわたしのことを愛してくれていたわ。でも、頭の中でいくらリールを巻き戻して考え直しても、どこからこうなったのか、思い当たるものが見つからないの。あなたには心当たりある？」

オリビアは悲しそうに言った。

「いや、わたしだって同じだ」

アンディーは受け身になっていた。妻の返事は聞かなくても分かった。でもまさか、ここまで妻に恨まれていたとは、彼も今まで気がつかなかった。浮気その他、妻の嫌がることは結構してきたが、そこまで彼女を傷つけていたとは知らなかった。

「やはり兄が暗殺されたのが大きかった。あの時のわたしの気持ちは、きみには分かってもらえないだろう。兄に対する期待が全部わたしの上にのしかかってきたんだ。自分が兄と違うなんて、もう言っていられなくなってしまったんだ。その混乱の中で、お互いを見失ったんだと思う」

「その時点でわたしに話してくれるべきだったわ」

そしたら、子供も産まなかったかもしれないし、早い時期に別れていたかもしれない。でも、子供を育てたあの二年間は、何にも侵されない愛の真実だった。だからといって、もう一人産もうという気にはとてもなれない。夫の顔を見つめながら、子供のことは無関係にした方がいいとオリビアは思った。

アンディーはすでに腹をくくっていた。とにかく妻の話を聞いて、あとは敗北の対策を練るだけだった。

オリビアは早く済ませてあげようと思った。

「とりあえず五年間、あなたの妻でいることにしました。そして、一年につき百万ドルいただきます。そのお金をどうするかはまだ決めていません。チャリティーに寄付するか、スイスにお城でも買うか、息子の名前で何か記念事業でもするか、それはあとになってから考えます。一年につき百万ドルというのはあなたからの提案ですから、それを受けるまでです。でも、わたしの方にも条件があります。あなたが再選してもしなくても、五年後は自由にしてもらえる保証です。もし、今回当選しなかったら、すべての条件を反古《ほご》にしましょう。わたしは選挙の翌日に出て行きます。選挙まではあなたのどんな求めにも応じて、人前にも出るし、カメラの前でどんなポーズでも取ります。でも、もう夫婦でないことはお互いに確認しましょう。ほかの人には分からないようにして、わたしたちだけの取り決めにします。どこへ出かけるときでも、わたしは別の寝室をいただきます。子供を産むのはお断わりです」

飾りのない、簡潔ではっきりした意思表示だった。これは、五年間の奉仕を交換条件にした、彼女の一風変わった離婚請求である。

「寝室を別にするのはスタッフに説明しづらいな」

最初こそ困った顔をしていたアンディーだったが、すぐに嬉しそうな表情に戻った。子供をつくる件を除けば、ほぼ自分の希望がかなったわけである。もっとも、子供をつくったらどうかというのは、そもそも選挙参謀が言いだしたことだった。

「わたしが不眠症だとでも言いわけしてください」

オリビアは彼のぼやきに答えた。

「それとも、〝悪夢でうなされる〟の方が本当に近いかしら」

言いわけとしては、実際いいアイデアだった。だが、もっと適当なものをあとでゆっくり考えればいい。今は差し迫ったスケジュールで手いっぱいだ。とにかく、大統領選に出ようというのだから。

「養子をもらうというのはどうだね？」

アンディーはぎりぎりまで取引を試みた。しかし、オリビアは、この件では譲る気配を見せなかった。

「やめてください、その話は。政治のために子供を買うつもりはありません。いたいけな子供にそんな残酷なことができますか。そんな家庭で育てられたら子供が不幸です」

オリビアとしては、相手が誰かは別にして、いつかもう一人自分の子供を産みたかった。もしそれがかなわなかったら養子でもいいと思っていた。だが、彼とのあいだで、愛のない商取引のような育児をするつもりはなかった。

「それで、この取り決めをちゃんとした契約の形にして残しておきたいの。あなたは弁護士なんだから、書類は簡単に作れるでしょ？　誰にも見られない、わたしたちだけの契約にすればいいわ」

「契約には第三者の立ち会いが必要なんだよ」

アンディーはまだ当惑から抜け切れていなかった。昨夜の彼女の様子からして、断わってくるものとてっきり思い込んでいたから、今日の彼女の大きく出た態度にすっかり圧倒されていた。

「だったら、信頼できる人を誰か見つけておいてちょうだい」

彼女の口調は穏やかだったが、言っていることは無理難題だった。アンディーの住む政治の世界は、誰がいつ裏切り者になってもおかしくないのだ。

「しかし、それはどうかな」

アンディーの動揺は続いていた。

「でも、そうしてもらうしかないわ、アンディー」

夫は家庭生活を捨てて、一気に頂点を目指そうとしている。そのあいだ彼女は利用され、ついには使い捨てにされるのが見え見えである。二人のあいだには思いやりもないし、友情すら残っていない。彼女にとっては、やり切れない五年間になるだろう。むしろ、大統領なんかに当選してもらわない方がいいくらいなのだ。

「なんでまた、そうすることに決めたんだい？」

アンディーは一転ほっとした顔になって訊いた。口調は優しかった。

「夫に対する妻としての義務のような気がしたの。あなたがそれほど望んでいるものをわたしが取り上げるのは間違いだと思って。あなたも、わたしには好き放題にやらせてくれていたわ。離婚以外はね。わたしの本当の希望は、何か書きながら人生を送ることなの。でも、それは先延ばしにできるわ」

そう言って夫の顔をのぞき込む彼女を見て、アンディーは初めてオリビアという女が分かったような気がした。

「ありがとう、オリビア」

彼は静かに言って立ち上がった。

「それでは頑張ってね」

オリビアにそう言われて、彼はうなずき、部屋を出て行った。うしろを振り返りもしなかった。やはりキスもしてくれなかったわね、と思いながら、オリビアは夫の後ろ姿を見送った。

第八章

ピーターの乗った飛行機がケネディ空港に着くと、機内から手配したリムジンが待機していた。彼の帰りを、義父はさぞかし首を長くして待っているだろう。ピーターが持ち帰った報告は、当初案じていたほど悪くはない。だが、初耳のフランクにはあれやこれやと説明しなければならない。ピーターがジュネーブを発った五日前は、あれほど希望に満ちていたのに。

街に向かう金曜の夜の交通事情は最悪だった。蒸し暑い六月のラッシュアワーにぶつかって、どこまで進んでも渋滞が消えなかった。

ようやくウィルソン―ドノバン社に着いたときは、午後六時を回っていた。ピーターは疲れてぐったりしていた。機中では、一時オリビアのことを忘れるほど、スシャールの報告書の整理に没頭した。そのとき彼が考えていたのは、義父とビコテックと、これからのことだった。義父にとっての最悪のニュースは、FDAの公聴会をキャンセルしなければならない件だろう。これは事務手続きだけで済むのだが、義父ががっかりするのは目に見えていた。

義父は、ウィルソン―ドノバン本社四十五階の会長室で彼を待ちかまえていた。ウィルソン―ドノバン社がこのビルに越して来て以来三十年間彼が使用している、広くて豪勢なコーナースイートだ。秘書の机が部屋の外にあるのも、三十年前と変わりない。

ピーターが部屋に入ると、義父はまず、飲み物は何にするかと訊いた。ピーターは水を一杯もらった。

「やったな！」

ふさふさした白髪の義父はピンストライプのダークスーツに身を固め、いつになくバイタリティーに溢れて上機嫌だった。銀のバケツにフランス産のシャンパンが冷やされているのが、ピーターの目の端に留まった。

「わしにも漏らさないきみの完璧な秘密主義は、まるでスパイ映画だな！」

二人は握手をした。ピーターは義父の健康を尋ねたが、彼の様子を見れば野暮《やぼ》な質問だった。義父は開口一番にパリでの様子を尋ねた。結果を早く話せという命令にほかならなかった。

「スシャールとは今日話したばかりなんですが」

ピーターは腰をおろしながら切りだした。機中からでも少しは警告しておくべきだったと後悔しながら話を続けた。

「テストにはずいぶん時間がかかりまして、いつ終わるのかと、ぼくも相当いらいらさせられました。でも、それなりの価値はあったと思います」

ピーターのひざは子供のようにガクガクと震えていた。まだ開けられていないシャンパンが、彼を責めるようにやけに目についた。ピーターはこの場から一刻も早く逃げだしたかった。

「どういう意味だね、それは？　健康診断書は異常なしだったわけだな？」

義父は目を細めて娘婿を見つめた。ピーターは首を横に振って義父を見据えた。

「そうではないんです。パリでの最初のテストの結果、構成化合物の一つが有害と判明しまして、果たしてそのとおりかどうか、それともテストの過程にミスがあったのか、再試験をするまでスシャールはその結果についての予測をいっさい示さなかったんです」

「どの薬のことを言っているんだい？」

二人の表情が急に深刻になった。

「ビコテックですよ、残念ながら。構成化合物を一種類だけ変える必要があります。それさえできれば、無事帰還です。ですが、今のままのビコテックは、スシャールに言わせれば毒薬です」

そこまで言ってしまうと、ピーターにはもう怖いものはなかった。義父は信じられないといったふうに首を振り、椅子に反り返って考える仕草をした。

「そんなバカな！　きみもわしも、この件はよく知っているはずじゃないか。ベルリンの結果を見たまえ！　ジュネーブの結果だって同じだ。両研究所とも何か月も費やして試験したんだぞ。その結果はいつも〝クリーン〟だったじゃないか」

「それに加えて、パリでも試験したわけです。その結果を無視することはできません。悪いのは新薬を構成する一物質にすぎませんから、スシャールも代替物質を探すのは容易だと判断しています」

ピーターはとにかく、スシャールを引き合いに出して説明を進めた。

「容易だって？　それはどの程度のことを言っているんだ？」

義父はピーターをにらみつけた。彼が求めているのは説明ではなく、解答だった。

「スシャールの考えでは、運がよければ半年、ダメでも二年ということでした。今までのように緊急チームを編成すれば、それを丸一年に短縮することは可能だと思います。でも、それより早くというのは無理のような気がします」

この開発延長期間については、彼がラップトップのパソコンを使って機内で計算しつくした結論だった。

「おかしいじゃないか！　ＦＤＡには三か月後の人体治験の許可を申請しているんだぞ。三か月後に試薬品ができる予定だからそうしたんじゃないか。きみの責任で、それまでになんとかしたまえ。必要なら、そのフランスのバカ者もこっちへ呼び寄せろ！」

「三か月で製品化するのはとても無理です」

ピーターは義父の言葉に震え上がっていた。

「それは物理的に不可能です。この際はＦＤＡへの申請は取り下げ、公聴会も延期してもらうしかありません」

「わしはそうはしない！」

義父は吠えた。

「そんなことをしたら、とたんに怪しまれるぞ！　そのバカ者を除外すればいいんだろ？　三か月以内にその辻つま合わせをするんだ！」

「もし、申請を取り下げずに人体治験が許可されたら、死人が出ることになります。スシャールが毒薬だと言った件はお話したはずです。これを製品化したいと思っているのは、誰よりもこのわたしなんです。だからといって、犠牲者が出ると分かっていながら、治験を進めるわけにはいきません」

「これはわしからの命令だ！」

義父は歯ぎしりをしながら言った。

「公聴会が始まる前の三か月以内になんとかするんだ！」

「危険な品物を抱えてＦＤＡの公聴会に行くつもりはありません。わたしの言うことがお分かりいただけないのでしょうか？」

ピーターも声を張り上げた。義父に向かってこんな口のきき方をするのは初めてだった。だが、今日の彼は長旅のあとで疲れていたし、この何日間かの寝不足もこたえていた。

ところが、義父の方は狂ったようになって、予定どおり人体治験の許可を得るのだと息巻いている。

「お分かりいただけないんでしょうか？」

ピーターは同じ言葉を繰り返した。老人は無言の怒りを込めて、首を横に振った。

「いや、わしには分からん。それよりも、きみこそわしの望みが分かっているのかね？　分かっているのなら、実行したまえ。もうこれ以上、開発費をむしり取られるのはご免だ。ビコテックが羽ばたいて空を飛べるのか、木から落ちるのか、ここで決めてもらおうじゃないか。分かったか⁉」

「はい、よく分かりました」

ピーターは静かに答えた。彼は完全に落ち着きを取り戻していた。

「でしたら、ビコテックは飛び立ちません。さらに研究費を投下するかどうかは、会長のあなた次第です」

ピーターはていねいに言ったつもりだったが、義父はなおも怒りのボルテージを上げてピーターをにらみつけた。

「三か月以内になんとかするんだ！　それ以外はない」

「それは無理というものですよ、フランク。よくご存知じゃないですか」

「細かいことはどうだっていい。九月の公聴会までに品物を用意するんだ」

義父は錯乱状態だった。ピーターはそれをたしなめたかったが、あえて何も口にしなかった。会社に危険をもたらすようなおかしな決定は、決してしないはずの男だった。その彼がこんなに取り乱すのを見るのは、ピーターも初めてだった。彼の言う命令に従ったら、会社はどうなってしまうのだ。

明日になったら義父も正気を取り戻して、今の自分のように冷静になってくれるだろうと願うしかなかった。もっとも、落胆している点ではピーターの方が上かもしれなかった。

ピーターは静かに言った。

「いい知らせができなくて申しわけありません」

義父はいつものようにピーターのリムジンに同乗して帰宅したがっているのだろうか。だとしたら、気まずいドライブになるだろう。だがピーターは、求められれば喜んでそうするつもりだった。

「スシャールは頭がおかしいに違いない」

義父は腹立たしげにそう言うと、大股で部屋を横切り、入口のドアを引き開けた。ピーターに出て行けという合図である。

「この件では、ぼくも大いに不満です」

ピーターは正直に言った。だが、義父のように心は乱れていなかった。

今の義父は、自分の言っていることの重大さが分かっていないらしい。このままいったら、会社はとんでもない方向に進んでしまう。危険と分かっている薬の人体治験や臨床試験はやってはいけないのだ。ましてや、早期の発売など願うべくもない。

情理を尽くして説明しているのに、義父が分かろうとしないのがピーターには理解できなかった。

「一週間もパリにいたのは、この話を聞くためだったのか?」

義父の怒りはおさまりそうになかった。決してピーターが悪いわけではないのに、今の彼は、いわば、貧乏くじを引いた男だった。

「ええ、そうです。わたしがあそこで待っていれば、それだけ急がせられると思いまして」

「あんなヤツに試験などさせなければよかったんだ！」

ピーターは耳を疑った。

「視点を変えてレポートを読まれたら、また違った見方もできると思うんですが」

ピーターはブリーフケースから書類を取り出して、義父に渡そうとした。

「研究班に読ませろ！」

義父はいらいらした様子で書類を突き返した。

「わしはこんなくだらない作り話は読まない。こいつらは、ただイチャモンをつけて、人の邪魔をしたいだけなんだ。スシャールのやりそうなことだ。あの役立たずの老いぼれめ！」

「彼は名のある科学者ですよ」

ピーターはスシャールの見解を尊重する姿勢を一貫して崩さなかった。義父との協議は最初から最後まで悪夢だった。ピーターの方こそ、早く切り上げて帰りたかった。

「月曜日にもう一度ゆっくり説明して、ご理解をいただこうと思います」

「理解することなんてないし、話を聞き直すつもりもない。スシャールの報告なんて、過剰反応の思い込みだ。わしはそんなものは考慮に入れない。もしきみが気になるなら、勝手にやりなさい」

義父は目を細くして、ピーターの目の前に人差し指を突きつけた。

「この件はいっさい口外するんじゃない。研究スタッフにも口を慎むよう徹底させろ！　こういううわさが飛び交うと、ＦＤＡはすぐに許可を取り消すからな」

ピーターはシュールリアリズムの映画の中にいるような気分だった。こういう決定を下すようでは、確かに義父は引退すべき時期に来ているのかもしれない。内容がどうあれ、とにかく形さえ整えばいいといった態度だ。製薬会社のトップが考えることではない。しかし、義父はさらに不機嫌そうな顔で次の用件を切りだした。

「きみの留守中に連邦議会から招請状が届いた」

義父は吠えるような口調で言った。

「最近の薬価が高い理由を、秋の委員会の前で説明しろというんだ。薬をもっと安い値段で、街角でも自由に手に入るようにさせるのが連中の狙いだ。安価で病院や第三世界に流すようにな。冗談じゃない。われわれは慈善団体じゃなくて私企業なんだ。今度のビコテックにだって、それ相応の値段を付けなかったら、製品化の意味はない」

ピーターは義父の話を聞きながらうなじに鳥肌がたった。言うことがまるで逆ではないか。

薬たるもの、大衆の手に届いてこそ、どんな片田舎の住民にも、経済的な理由で適切な治療を受けられない者にも、使用できてこそ意味をなすのではないか……彼の母親や妹の場合のように。もし、会社がビコテックに途方もない値段を付けたら、ピーターが目指してきた開発の目的が覆《くつがえ》されることになる。ピーターは押し寄せてくる不安の波と闘った。

「値段をどの辺りまで抑えるかということは、重要な意味を持つと思われるのですが」

静かにそう言うピーターに向かって、義父のフランクは吠え続けた。

「議会の連中もきみと同じ考えだ。だから、今われわれがここで変に妥協すると、ビコテックの発売時期と重なって思った値段が付けられなくなる」

「しかし、われわれとしては低姿勢で臨んだ方がいいと思いますが」

ピーターは気を滅入らせながら言った。義父の言葉のすべてが気に入らなかった。初めから終わりまで金儲けの話ばかりだ。いま開発しているのは奇跡の薬であり、フランク・ドノバンはその奇跡を蓄財の最大のチャンスと心得ている。

「わしは招請を受けると返事をしておいた。九月になったらきみに行ってもらう。ＦＤＡの公聴会のついでに出席すればいい。同じワシントン市内なんだからな」

「さあ、それはどうなりますかね」

ピーターは妥協しなかった。話し合いの結論は、たとえ先延ばしにしても、正しい方向に持っていかなければならない。いずれにしても、ピーターはもうくたくただった。

「グリニッジには一緒に帰られますか？」

ピーターは丁重に尋ねた。話題を変えるのが目的だった。それにしても今日の義父はどうしてしまったのだろう。理屈もへったくれもない頑迷さだ。

「わしはまだ帰らない。夕食の約束があるんだ」

義父は素っけなく言った。

「じゃあ週末にな」

義父と週末に会うことにした覚えはないから、ケイトが何かアレンジしたに違いない。家に戻れば分かることだ。

会長室を出てからも、ピーターの頭から離れないのは今日の義父のおかしな様子だった。老いぼれたのかもしれない。権威ある科学者が毒だと判定した薬を、早く商品化したいからFDAの公聴会に出席しろとは、正気の沙汰ではない。ピーターの見方からすれば、これは法律に違反するとか、信用をなくすとかの問題以前に、モラルと社会的責任の問題である。もし、ビコテックが審査を通って商品化されたとしよう。必ず誰かが死ぬことになる。その責任を負うべきは薬ではなく、フランクかピーター自身である。それに疑問をさしはさむ余地はない。

帰りの車中で、ピーターはずっと不愉快だった。グリニッジに着く頃になってようやく気を取り直すことができた。家に着くと、ケイトと三人の息子たちがキッチンでわいわいやっていた。妻は、子供たちに手伝わせてバーベキューの準備をしているところだった。しかし、長男のマイクは、電話にへばりついてその夜のデートの約束をしていた。次男のポールも何か用事があると言っていた。ピーターは情けなさそうに妻を見てから、ジャケットを脱ぎ、エプロンをつけた。パリから今日戻ったばかりの彼にとっては、今は夜中の二時で、眠くてたまらなかったが、しばらく家を空けていたので罪滅ぼしの気持ちもあった。

エプロンを着てから妻に〝ハロー〟のキスをしようとしたが、妻の反応の冷たさにピーターは思わずひるんでしまった。さては、パリでのことがばれたのかと不安にもなった。女の直感の鋭さには何度も驚かされてきた彼だ。十八年間妻を裏切ったことはなかったが、たった一度の今回の件が、すでに知られているような気がしてならなかった。

息子たちはそれぞれの約束に向かってすぐいなくなってしまった。ケイトは食事のあいだ中つんつんしていた。ようやく口をきいたのは、子供たちがいなくなってからだった。妻の言葉を聞いて、ピーターは愕然となった。

「あなた、今日お父さんに無礼なことを言ったんですってね」

ケイトの口調は穏やかだったが、目は射ぬくように夫をにらんでいた。

「それはあんまりじゃない。あなたがパリにいるあいだ、お父さんはずっとビコテックの打ち上げを楽しみにしていたのよ。それなのに、それが急にダメになったなんて」

　妻が不機嫌だったのは、彼の行動を疑ったからではなかった。彼女は事情も知らずに父親の代弁を始めた。これはいつものことだ。

「ぼくがダメにしたわけじゃないさ。スシャールの判断なんだ」

　ピーターは疲れてくたくただった。反論する元気も出なかった。仕事のことで妻にいちいち言いわけしなければならないのも情けなかった。

「フランスの研究所がビコテックの欠陥に気づいてね……それでビコテックを構成する物質を替えなければならなくなったんだ」

　ピーターは静かに分かりやすく話したが、妻は聞きながら疑わしそうな目で夫を見つめていた。

「お父さんの話だと、あなたは公聴会に薬を持って行きたがらないんですってね」

　彼女の声はキッチン中に響いて悲しそうに聞こえた。

「もちろん断わるつもりだ。欠陥のある薬を早く売らせてくれなんて、ぼくがＦＤＡに頼むわけないじゃないか。消費者はなんの疑いもなしに使ってしまうんだよ。バカなことを言うもんじゃない。むしろきみのお父さんがなぜあんな判断をするのか、それがぼくには理解できない。でも、報告書を読んでもらえば、フランクにも分かってもらえると思うんだ」

「あなたがだだっ子だってお父さんは言っていたわよ。報告書はヒステリカルで、怖がる必要は何もないって」

妻の容赦ない攻撃にピーターは顔をこわばらせた。ピーターはその件でこれ以上妻と言い合うつもりはなかった。

「今は話し合ってもしょうがない。フランクが立腹しているのは分かるけど、ぼくだってこの結果についてはやり切れない思いをしているんだ。ただ、決して見込みがなくなったわけじゃなくて――」

「あなたの言うことを聞いていると、お父さんが愚か者に聞こえるわね」

ケイトが腹立たしげに言うと、今度ばかりはピーターも反撃した。

「実際に愚かな判断を下しているんだ。きみだってフランクの保護者じゃあるまいし、もう少し公正な判断力を持ちなさい。これは人の命にかかわる公の問題であり、会社の将来を左右する重大問題なんだ。きみがつべこべ口出しして解決することではない」

腹立たしいのは、あのあと義父が、ピーターの立ち去ったあと、さっそく娘に連絡していたことだ。オリビアの言葉が思いだされた。彼女の言っていたとおりだ。彼の人生は妻と義父の手で適当に切り盛りされている。そんなことに今まで気づかなかった自分がピーターは情けなかった。

「薬価についての委員会にも出たがらないんですって？」

それで傷ついているようなケイトの言い方だった。ピーターはため息をついた。もうお手あげだった。

「ぼくはそんな言い方はしていない。低姿勢で臨むべきだと言っただけだ。議会に出席する件については、まだ何も決めていない。だいたいその話はさっき聞いたばかりで、詳しいことは何も知らないんだ」

しかし、その件をケイトはよく知っていた。父親からすべてを聞かされていた。これもいつもどおりだ。

「あなたって、どうしてそんな分からず屋になってしまったの？」

食事の後片付けを手伝おうと、汚れた食器を皿洗い機に入れているピーターをつかまえて、ケイトはなおも迫った。ピーターは疲れていたし、時差ぼけで頭が鈍っていた。

「これはきみの仕事じゃないぞ、ケイト。ウィルソン－ドノバン社の経営はきみのお父さんに任せなさい。どうなろうと結果は彼の責任なんだから」

いちいち娘にこぼす親も親だ……ピーターの顔は青ざめていた。

「その言葉をそっくりあなたにお返しするわ」

ケイトは勝ち誇ったように言った。夫が久しぶりに帰ってきたのを喜ぶでもなく、父親の弁護に一生懸命で、夫がどんなに疲れているかや、ビコテックの結果が分かってどれほど残念がっているかなどにはまるでおかまいなしだった。彼女の頭の中は父親のことでいっぱいなのだ。それが、今、ピーターにもはっきりと見えてきた。彼は妻の目を見ているだけで気分が悪くなった。

「お父さんの言うとおりにしたら？　ＦＤＡに行けと言われたら断わる理由はないじゃないの。議会に出席してお父さんが喜ぶなら、そうしてやったらいいじゃないの……」

ピーターは怒鳴り返してやりたかった。

「議会に出席するかどうかは、ここで決めることではない。それに、危険な薬の使用許可をＦＤＡに求めるのは自殺行為だ。会社の全従業員にとってもそうだし、何も知らずにその薬を使う患者たちにとってもそうだ。きみは危険な薬だと分かっているのにサリドマイドを服用するかね？　ビコテックの場合も同じだ。危険性が分かっていながら、それを市場に出すのは狂気の沙汰だ。このまま事を進めたら、国中が大騒ぎになるぞ」

「わたしはお父さんの言うことが正しいと思うわ。あなたが臆病なのよ」

ケイトは乱暴な言葉で彼を非難した。

「信じられない！」

ピーターは、妻を見つめながらつぶやくように言った。

「フランクがそう言ったのか？」

ケイトはうなずいた。

「フランクは少しおかしいんじゃないのか？　ぼくは二週間の出張から帰ってきたばかりなんだ。きみのお父さんについて、今、とやかく言いたくない」

「だったら彼をいじめるのはよしなさい。お父さんは、今日のあなたの態度に憤慨しているわよ。あなたもずいぶん変わったわね。世話になった人に対して傲慢《ごうまん》よ。もっと優しくしたらどうなの？」

「きみの指示が必要なときはちゃんと伺いを立てるから、それまでは、この件はフランクとわたしに任せなさい。フランクは大人なんだから、きみが後ろ盾になる必要はない」

「そうとは限らないわ。お父さんはあなたの二倍も歳を取っているんですからね。あなたが意地悪く追い出しにかかったら、たちまち早死にしちゃうわ！」

ケイトは涙を浮かべながら夫を叱責した。ピーターは腰をおろして、ネクタイをはずした。あまりにも馬鹿ばかしくて、言われていることが信じられなかった。

「頼むからやめてくれ。フランクは大人だし、権力を持った会長なんだ。きみが彼の代弁をするなんておかしいぞ。それよりも、いいかげんにしてくれないと、ぼくの方が早死にしそうだ。テスト結果が気になって、この一週間ろくすっぽ寝てないんだ」

オリビアと語り合った三日間はまるで遠い昔の夢のようで、本当にあったことだとも思えなくなっていた。帰国早々、ケイトの戦術核兵器の発射で、〝ピーター弾〟はいつもの現実世界にぶち込まれていた。

「あなたがお父さんになぜそんなにつらく当たるのか、わたしには分からない」

彼女は鼻をかみながらそう言った。

ピーターはそんな妻を見つめながら、この父娘は本当に頭がおかしいのでは、と思った。自分たちが取り組んでいるのは新薬の開発だ。その途上で欠陥が見つかったからといって、誰かを憎むとか憎まないとかいう問題ではない。FDAに行かないのは、決してフランクに敵対するからではない。ましてや、テスト結果の率直な報告がケイトを侮辱することになどなり得ない。二人ともどうしてしまったのだ？　もしかしたら、今までずっとこうだったのか？　それとも、ここへ来ておかしくなったのか？　疲労こんぱいしていたピーターは、はっきり考える元気もなくしていた。泣いているケイトを見て、もう我慢できなかった。ピーターは立ち上がり、妻の肩に腕を回した。

「別に、ぼくは意地悪なんかしてないさ。本当だ。信じてくれ、ケイト……きっと、彼は何か嫌なことでもあったんだろう。ぼくだって同じだ。頼むよ。もう寝よう……ぼくは疲れていて死にそうだ」

オリビアを失ったから、こんなふうに元気が出ないのだろうか？　ピーターは何がなんだか分からなくなっていた。

ケイトはしぶしぶ彼と一緒に寝室に引き下がった。だが、父親に対する彼の態度については、まだぶつくさ言うのをやめなかった。あまりにも馬鹿らしかったので、ピーターはいちいち答えるのもやめてしまった。

五分後には夢の世界に入っていた……若い女性が海岸でにこにこしながら、彼を手招きしていた。ピーターはオリビアだと思って女性のもとに走って行くと、彼女はケイトだった。ケイトは怒って彼に罵詈雑言《ばりぞうごん》を浴びせてきた。オリビアの姿も見えたが、彼女はゆっくりと遠ざかって行った。

次の朝目を覚ますと、相変わらず全身がけだるかった。大きな岩で押さえつけられたように体が重かった。どうしてこんなに調子が悪いのか分からなかったが、目を開けて周囲を見回すと、そこは見慣れた我が家の寝室だった。反射的に、ピーターは別の部屋で過ごした別の女性を思いだした。あれがつい二日前のことだったとはとても信じられなかった。まるで一生涯分を生きたような三日間だった。オリビアのことを考えながら横になったままでいると、ケイトが部屋に入って来て、今日の午後は二人一緒に父親とゴルフの約束だから、と告げた。

夢は消された。オリビアも消えてしまった。ピーターは、今まで送ってきた生活の現実に引き戻された。だが、慣れているはずのこの生活に、彼はいま突然違和感を覚え始めていた。

第九章

やがて、家庭内のぎくしゃくした状態もおさまり、ケイトの機嫌も直った。父親をいたいけな子供のように弁護することもしなくなった。夫婦揃って父親と顔を合わせる機会も何度かあった。ピーターが帰国してから数日すると、義父もケイトもいつもの快活さを取り戻していた。息子たちの存在がピーターには救いだった。

もっとも、最近の彼らはますます家にいる時間が少なくなっている。免許を取ったばかりのマイクは、ポールを誘ってドライブ三昧だ。末っ子のパトリックまでなかなか家に戻ってこない。彼は隣家の娘に恋をしていて、暇さえあれば彼女の家に入りびたっている。

「いったい子供たちはどうなっちゃってるんだ?」

朝食をとりながら、ピーターは妻にこぼした。

「息子たちの顔がぜんぜん見えないじゃないか。寄宿舎から戻ってきたときぐらい、親といるのが本当じゃないのか。それなのに、出かけてばかりいる」

ピーターは、子供たちがいなくて寂しかった。ケイトと心が通わなくなった昨今、ピーターにとって息子たちは仲間であり、家庭の存在の証しだった。

「今年の夏はヴィンヤードでみんな一緒よ」

ケイトは静かに言った。彼女は子供たちの出たり入ったりには慣れっこになっていた。そして、彼らがいなくても夫ほどには寂しく感じなかった。事実、子供たちと一緒にいても、夫のようには楽しめなかった。ピーターの方は、子供たちが赤ん坊の時から熱烈な育児パパだった。

「子供たちと一緒に過ごすには予約が必要のようだな。八月まであと五週間しかないんだ。また寂しい思いをさせられるのか。ぼくは一か月しか一緒にいられないからな」

ピーターの冗談まじりのぼやきを聞いて、ケイトは苦笑いした。

「みんな、もう一人前なのよ」

ケイトは当然のように言った。

「ということは、ぼくはもうお役ご免ということか？」

ピーターは純粋に驚いていた。息子たちがそれぞれ十八歳、十六歳、十四歳になって、もう両親が不要とは！

「まあ、そういうことかもしれないわね。週末はお父さんとゴルフでもしたらどう？」

彼女が、父親と過ごす時間よりも息子たちと過ごす時間の方が少ないのは皮肉と言うしかなかった。そう思ったが、ピーターは口には出さなかった。息子たちの外出が普通じゃないと言いたかったが、それも言わなかった。

ピーターと義父のあいだの緊張は、まだそのままだった。その週、フランクはビコテック開発のための巨額の追加予算をしぶしぶ承認した。緊急チームがいくつも編成され、開発は昼夜兼行で続けられることになった。だが、義父はＦＤＡ公聴会への出席は頑として取り消させなかった。一方ピーターは、ケイトと父親を喜ばせるために、薬価についての議会の諮問には、やむを得ず出席することにした。

ピーターとしては、もちろん出席などしたくなかった。信念に反する抗弁になるだろう。だが、企業のトップが議会に呼ばれるということは、会社のランクを世に示すことになり、一般大衆にはプラスと判断されるようだった。ピーター自身は、常々高すぎると感じている薬価を、業界のために弁護するのは気乗りしなかった。その点、義父の考えははっきりしていた。会社は、あくまでも利益を追求することが目的の私企業であると。しかしピーターは、少なくともビコテックだけは特別扱いにしたかった。桁《けた》の大きな数字の値段を付けるよりも、薄利多売で利益を上げるよう義父を説得するつもりでいた。

だが、目下のところ、フランクはその話をしたがらない。ピーターに対しては、九月の公聴会に間に合わせろの一点張りだ。まるで何かに取り憑かれたような義父のこだわり方である。何がなんでも、どんな犠牲を払っても、ビコテックを市場に出すのだ、と事あるごとに周囲を鼓舞している。

フランクとしては、莫大な利益と同時に、革命的新薬の開発者として名を残したいらしかった。

時間は充分ある、と義父のフランクは言い続けた。〝九月までにならなんとかなる〟が彼の口癖だった。ピーターも反論するのをやめ、いざとなったら、ぎりぎりにでも出席を取り消せばいいと思うようになっていた。それでも、九月までに準備が整う可能性はまずなかった。スシャールも同意見だった。義父の目指すゴールは極めて非現実的だ、とピーターは思わざるを得なかった。

「スシャールを呼び寄せたらどうです？　開発をいくらかでも早められるかもしれません」

ピーターの提案に、フランクは興味を示さなかった。そこで、ピーターが義父と直接話し合うようスシャールに電話してみたところ、スシャール博士は休暇を取っています、と彼の不在を告げられた。この緊急時に休暇とは妙だった。だが、パリ研究所の者たちは、彼がどこへ行ったかを誰も知らなかった。したがって、ピーターには追跡の方法がなかった。

六月末になると、てんやわんやも少しおさまり、義父とケイトと三人の息子たちがヴィンヤードへ出かける時期がやって来た。ピーターは、七月四日の独立記念日の週末だけみんなと一緒にいて、そのあとは通常の勤務に戻ることになっていた。そのあいだ彼は、ニューヨークの市街にある会社の役員用宿舎に寝泊まりして、週末だけヴィンヤードへ行き、月曜から金曜までの毎日、開発チームの指揮に当たるつもりだった。子供たちのいないグリニッジにいるよりも、街なかの宿舎にいた方が寂しくないだろうし、仕事もはかどるだろう。

その頃、ピーターの頭の中に仕事以外のことが入り込んできた。

アンディー・サッチャーの大統領立候補宣言をテレビで見たのは二週間前だった。最初は予備選挙への立候補で、それに勝ったら、一年四か月後の全米選挙に臨むというものだった。最初の記者会見にオリビアが同席しているのを見て、ピーターは意外な感じがした。その後の記者会見でもオリビアは必ず夫の横におさまっていた。テレビ画面を通じてだが、彼女のこの突然の出現に、ピーターは大いに心を乱された。別れると言っていた彼女の計画はどうなったのだろう？　彼女に電話をしてみたい衝動にも駆られたが、お互いに連絡をし合わないという約束があったので、それはしなかった。おそらく、気を変えて、よりを戻したのだと判断するしかなかった。多分、サッチャー議員の手回しでそうなったのだろう。自分が聞いた話からして、彼女の愛情からよりが戻ったとは考えづらかった。義務感からそうすることはあっても、愛ゆえではないとピーターは思いたかった。

フランスでのあの鮮烈な三日間のあと、二人がまるで無関係な人生を送っているのは、考えてみるととても妙だった。あれ以後、自分同様に、彼女の人生観も変わったのだろうか？　ピーターは考えずにはいられなかった。自分の生活は何も変わっていないではないかと思おうとしても、それは無理だった。今までは平気だったことが、急に我慢できなくなり始めていた。ケイトの言うことなすことに義父の影がちらついて、それが気になって不快だった。仕事も今までになく難しくなっていた。ビコテックの研究にいまだ進展が見られず、義父はますます分からず屋になりつつあった。息子たちにも必要とされず、ピーターは身の置き場がなかった。最悪なのは、生活の中に喜びも、望みも、ロマンスも感じられなくなっていたことだ。オリビアとフランスで分かち合ったあの喜びのひとかけらも、今のピーターの生活にはなかった。

つらいのは、それを相談できる人間もいないことだった。ケイトと自分のあいだにこんなにも深い溝ができていたとは、ピーターは今の今まで気づかなかった。

彼女は、会合だの、友達との約束だのと、ほとんど家に落ち着いていることがない。まるで、ピーターにいなくてもいいと言っているようなものである。父親がいればそれでいいらしいのだ。

ピコテックの失望から、自分は考えすぎて、傷つきやすくなっているのだろうか？　しかし、ピーターはそうは思わなかった。

予定どおり、七月四日の独立記念日を家族と一緒に過ごしたが、何かすべてがしっくりこなくて、いらいらするばかりだった。友達と会っても楽しめず、妻とも考えがすれ違い、ここでも子供たちは外出ばかりしていた。まるで気づかないうちに世界が変わり、ケイトとの結婚生活も終わりになったような気さえしてきた。自分の生活がこんなふうに壊れていくなんて、信じられなかった。自分のしたことを正当化するために、妻の反応を一方的にこじつけているのだろうかと思ったりもした。しかし同時に、こんな結婚生活だから〝ああいうこと〟にもなるのだ、と思った方が自分でも理解しやすかった。もし、愛のある家庭で〝そういうこと〟になったら、さぞ良心が痛んだであろうに。

新聞を見るときは、無意識にオリビアの写真を探していた。独立記念日当日、ケープ・コッドでのアンディー・サッチャーの遊説の様子がテレビで放映されていた。港に係留された豪華自家用ヨットを背に、サッチャー議員がインタビューに応えていた。オリビアもどこかにいるはずだとピーターは画面に目を凝らしたが、彼女の姿はどこにも見当たらなかった。

「昼間からテレビなんか見て、どうしたの？」

ケイトが突然部屋に入って来た。彼女の手入れの行き届いたボディーラインが、いやでも目についた。ケイトは明るいブルーの水着を着て、彼がパリで買ってきたハート形のペンダントを首にぶら下げていた。世間の常識で言えば、金髪の美女だ。だが、ピーターは妻を見るたびに、オリビアと比較して失望してしまう。そんなときは決まって良心の呵責に苦しむ。

夫の浮かぬ表情を見て、ケイトは意外そうな顔をした。

「どうかしたの、あなた？」

ここのところ、夫婦のあいだのぎくしゃくが目立っている。ピーターはどことなくいじけていて、今までの彼らしくない。彼がこんなに変わったのは、今度のヨーロッパ旅行以来だ。

「いや、別になんでもない。ちょっとニュースが見たかっただけだ」

ピーターは彼女から目をそらし、ポカンとした表情でリモコンのボタンを押した。

「外に出て、少し泳がない？」

ケイトは機嫌がよかった。ここへ来ると、彼女はいつも明るくなる。気候はいいし、グリニッジの家と違って、手入れの手間もかからない。子供たちや友達に囲まれて、彼女はとても幸せそうだ。

ピーターにとっても、今までは理想の場所だった。だが、この夏に限って、すべてがちょっと違って感じられた。一つには、ビコテックを九月までに完成させなければならないというプレッシャーがあった。しかし、それよりも大きな何かが別荘でのピーターを心ここにあらずにしていた。

それから丸二週間して、ピーターはパリ研究所での真実を知ることになった。受話器を置いてから、彼はしばらく空《くう》をにらんだ。聞いたことが信じられなかった。これだけは談判しなければと、マーサズ・ヴィンヤードへ車を飛ばした。

「クビにしたんだそうですね？　どうしてなんですか？　どうしてそんなことができるんですか？」

ピーターは詰め寄った。フランクは悪いニュースの主を〝クビ〟という手段で除外していた。長い目で見れば、会社は彼のおかげで救われるのだということを、義父はまだ理解していなかった。

「あいつはバカ者だ。暗闇で幽霊を見たとかぬかすもうろくババアと同じだ。あんなのを雇っておく理由はない」

十八年間一緒にいて、ピーターは初めて、義父は少しおかしいのではと疑い始めた。

「彼はフランスでも有数の科学者なんですよ、フランク。まだ四十九歳で、もうろくなんかしていません。クビにするなんて間違っています。むしろ、こっちに呼べば、開発がスピードアップするはずでした」

「研究はうまくいっているよ。昨日も研究班の責任者たちと話し合ったんだ。レイバー・デーまでにはなんとかできるだろうと、わしは聞いた。そのときには、欠陥も危険もないビコテックができ上がっている」

ピーターは義父の言葉を信じなかった。

「その話は確かですか？　何か根拠があって、連中はそんなことを言うんですか？　スシャールは一年かかると見積もったんですよ」

「わしの言うことを信じたまえ。あいつは自分の言っていることが分かっていないんだ」

ピーターは義父の行動が怖くなってきた。ニューヨークに戻ると、さっそく会社の記録を使ってスシャールの居場所を突き止めた。そして、すぐに電話をかけて、いきさつについて謝った。それから現在のビコテックの開発状況を説明した。

「死人が出ますよ」

例のフランスなまりの強い英語でスシャールが言った。ピーターから電話をもらって、彼は感激していた。自分をクビにしたのは初めはピーターだと思っていたが、あとから会長の独断と知って、ピーターに対しては恨みがましい気持ちはぜんぜん持っていなかった。

「今の段階では、賭けにもなりませんよ」

スシャールは同じことを繰り返して言った。

「テストに手抜きがあってはいけません。緊急チームが昼夜兼行で開発しても、何か月かででできるような簡単なことではありません。未完成のまま市場に出すようなことだけはして欲しくないですね」

「それはしません。約束します。あなたの貢献には心から感謝しています。こういうことになって申しわけないと思っています」

彼は本当にそう思って言った。

「ぼくのことはいいですよ」

フランス人科学者は、笑いながら肩をすぼめた。彼はすでに、ドイツの有力製薬会社から誘いを受けていた。

「いずれ、開発がうまくいって、素晴らしい新薬ができることを期待しています」

しばらく雑談したあと、スシャールは連絡を絶やさないと約束した。次の週、ピーターは研究成果を詳しく検討してみた。スシャールの言うことが正しければ、製品化に良心的な青信号を出すまでには、まだまだいろいろなハードルがあるはずだった。

七月末の時点で、研究はかなり進んでいるように見えた。ピーターも意を強くしてマーサズ・ヴィンヤードの夏休みに出発することができた。開発部は、毎日欠かさずその日の進展をファックスで知らせるとピーターに約束した。

別荘にいてもピーターはリラックスできなかった。ファックスとへその緒でつながったように、研究成果をハラハラしながらフォローしなければならなかった。

「今年はあなたもあまり楽しめないわね」

ケイトはそう言ったが、本当に彼に同情しているとは思えなかった。ここでも彼女の毎日は忙しそうだった。友達づき合いは仕方ないにしろ、相変わらず父親の家にいる時間が長く、父親のコテージの改修や、キッチンの模様替えの手伝いなどをしていた。それだけでなく、父親の家の接客や、パーティーの用意も彼女の役目だった。ピーターの口からつい文句がこぼれた。

「家に落ち着いていたためしがないんだな、きみは。いつも〝お父さんのところ〟だ」

「いったいどうしたの、あなた？　お父さんに嫉妬したことなんて、今までなかったのに」

ケイトはそう言って困った顔をした。今まで父娘の関係に口をはさんだことのない夫なのに、ここのところ文句ばかり言っている。父親の方もビコテックの件以来、ピーターを疎《うと》んじている。

せっかくの夏休みだったが、二人の男のあいだの緊張はいっこうに解けなかった。ピーターは、仕事を理由にニューヨークへ戻ろうかと思っていた。彼としては、もううんざりだった。息子たちは逆らうわ、妻はいつになく難しいわ、義父の家で夕食をとるのが死ぬほど嫌だわで、別荘に居続ける理由がなかった。おまけに、天候が最悪だった。悪天候が一週間も続き、バミューダ方面からハリケーンが襲って来る恐れまで出てきた。

ピーターは皆を映画に送りだしたあとで、テラスの家具が風で飛ばされないよう結わえつけ、シャッターが閉まっていることを確認してから、家の中に戻った。何時間かして、テレビの前に座って一人で昼食を食べ始めた。放映されていた野球の試合の合間に、ハリケーン〝アンガス〟の様子を知ろうと、チャンネルをニュース番組に切り替えた。

ピーターはびっくりして、画面に目を凝らした。見慣れた大型ヨットのあとに、アンディー・サッチャー上院議員の顔写真が映しだされた。ニュースはちょうど終わるところで、キャスターが締めくくりの原稿を読んでいた。

「……悲劇が起こったのはつい昨夜のことでした。行方不明者の生存は絶望視されています。上院議員のコメントも、今のところまだ得られていません」

「大変だ！」

ピーターはわれ知らず、立ち上がって声を上げていた。サンドイッチは、食べかけのままうしろのテーブルに置いた。彼女に何があったのだ？　絶望視されている行方不明者というのは彼女のことなのか？　画面を見つめる彼の目に涙がこみ上げてきた。それから、ピーターは狂ったようにチャンネルを回し始めた。

「ハイ、ダード。どっち勝ってる？」

いつの間にか映画から戻ったマイクが、部屋に入って来た。ピーターは物音を聞かなかったから、息子が一瞬幽霊に見えた。

「いや、点は入っていない……0対0のままだ。まあプロ野球なんかどっちだっていいじゃないか」

マイクが出て行くのを待って、ピーターは再びニュース番組を探した。ちょうど第二チャンネルがそのニュースを伝えるところだった。

今度は初めから見ることができた。悲劇はハリケーンで荒れるグロスター沖の危険水域で起きた。安全を誇る百十フィートの大型ヨットも、嵐に翻弄されて座礁した結果、船は十分足らずで沈んだのだという。十二、三人の人間が乗船していたが、近代装置を完備した船だったので、操縦に携わっていたのはサッチャー議員と水夫が一人、それに二、三の友人たちだけだった。現在のところ数名が行方不明のままで、サッチャー議員自身は助かったという。乗船客の中にはサッチャー議員夫人のほかに、夫人の兄の若き下院議員、エドウィン・ダグラス一家も混じっていた。悲しいことに、下院議員の妻と二人の子供たちは波にのまれて行方不明になり、夫人の遺体だけは今朝早く回収されたという。キャスターはひと息ついてから続けた。

「……上院議員夫人のオリビア・ダグラス・サッチャーさんは、ライフベストを着けて波に流されているところを、昨夜遅く沿岸警備艇に救出されましたが、意識不明の重体で、現在アディソン・ギルバート病院に収容されています」

「オー　マイ　ゴッド……！　オー　マイ　ゴッド……！」

あんなに海を怖がっていたオリビアが！　波に翻弄されるオリビアを思い浮かべながら、ピーターは、すぐ見舞いに行かなければと思った。だが、どう言って説明したらいいのだろう？彼の病院訪問を、ニュースはなんと報道するだろう？

〈どこの誰だか分からないビジネスマンがサッチャー夫人に会わせろと病院でわめき立て、拘束服を着せられて妻のもとに送り返された〉

せいぜいそんなところか？

両方の家庭に波風を立てずに見舞う方法はないだろうか？　ピーターはあれこれ考えたが、いいアイデアは浮かばなかった。そして、テレビを見続けているうちに、彼女が意識不明の今、見舞う方法はないと結論するに至った。別のチャンネルでは、彼女がまだ意識を回復しないことと、すでに危篤状態に陥っているらしいことを伝えていた。それから、彼女のスチール写真を映し、彼女が遭遇したこれまでの悲劇を数え上げて紹介していた。ボストンにある彼女の実家の外にたむろする取材陣の様子も放映された。妻と子供たちを同時に亡くした下院議員の打ちひしがれた姿も映しだされた。その様子は、言葉では言い表わせないほど痛ましかった。ピーターは画面を見ながら、熱い涙が頬に伝わるのが分かった。

「どうかしたの、ダード？」

そのとき部屋に入って来たマイクが、父親の様子を見て心配した。

「いや、別に……なんでもない……友達が事故に遭ったんだ。恐ろしい事故だ。サッチャー議員のヨットが昨日嵐で沈んだんだそうだ。何人かが行方不明になったらしい。怪我人も出ている」

そして、オリビアは危篤状態だという。どうしてこんなことになるんだ！　彼女が死んだらどうする？　考えただけでも、ピーターは胸が押しつぶされそうだった。

「あなたの知り合い？」

部屋をのぞいたケイトもびっくりしていた。

「今朝の新聞にもその事故のことが載っていたわ」

「パリで会った人たちだよ」

彼のこわばった口調から、何か感づかれまいか。ピーターは怖くて、それ以上は言えなかった。涙をこぼしているところなど妻に見られたら大変だ！

「その夫人って、ちょっとおかしいんですってね？　議員の方は大統領に立候補するんでしょ？」

ケイトがキッチンのドアの向こうから話しかけてきた。ピーターは答えなかった。それよりも、急いで二階へ行き、寝室の電話を使って病院に電話してみた。

だが、サッチャー家と親しい友人だと自己紹介したうえでアディソン・ギルバート病院の看護婦から聞きだせたのは、テレビで聞いた話以上のものではなかった。集中治療室に入れられているオリビアは、まだ意識を回復していないという。彼女の昏睡状態はいつまで続くのだろう？　脳は大丈夫なのか？　これで死んでしまうのか？　そして、もう会えないのだろうか？

ピーターは心配で、いても立ってもいられなくなった。だがやはり、自分のベッドに横になり、彼女の思い出に耽るしか、彼にできることはなさそうだった。

「あなた、大丈夫なの？」

ケイトが何かを探しに二階へ上がって来て、夫がベッドに横になっているのを見てびっくりしていた。この何日かの夫の行動は、彼女の目には妙としか映らなかった。いや、最近だけでなく、それは夏の初めから続いていた。そういえば、父親の行動もおかしかった。彼女の見たところ、二人の不和の原因がビコテックにあるのは明らかだった。あんな薬に手を出さなければばよかったのに、とケイトは思った。そんなものの成功よりも、彼女にとっては家族仲むつまじいことの方がよっぽど大切だった。ケイトがベッドを見下ろすと、夫の目が濡れているのに気がついた。その原因が何なのか、彼女には知る由もなかった。

「あなた、具合でも悪いの？」

ケイトはそう言いながら、夫の額に手を置いた。特に熱はなかった。

「ぼくは大丈夫さ」

ピーターは、妻を前にして良心が痛んだ。しかし、オリビアのことで気が動転していて、どうしてもしゃんとできなかった。たとえ会えない彼女でも、この世にいるといないとでは大違いだとピーターは思った。彼女のベルベットのような茶色い瞳がまぶたにちらついて、ほかのことは何も考えられなかった。行って、自分がキスしてやったら、その目が開いて彼女の意識が戻るような気さえした。テレビ画面に現われたサッチャー議員を見たときは、なぜ彼女のそばにいてやらないのだと、議員のことを絞め殺してやりたかった。ハリケーンの襲来が予想以上に早かったことを挙げ、子供たちを救えなかったのは残念だったと、サッチャー議員は事故の様子を詳しく話していた。だが、彼の言葉の端々から感じられたのは、何人もが命をなくしたにもかかわらず、荒波を泳ぎ切ってきた自分はヒーローだとでも言わんばかりの、言い回しの巧みさとそのエゴイストぶりである。

その夜、ピーターはいつになく口数が少なかった。襲って来るはずだったハリケーンは、進路を変えて通り過ぎて行った。ピーターはもう一度病院に電話してみた。オリビアの容体に変化はないと聞かされた。彼にとっても、病院で待機しているダグラス家にとっても、悪夢のような週末になった。

土曜日の夜、ケイトが寝入ってから、ピーターは再度病院に電話を入れた。これで四度目だった。そして、看護婦の言葉を聞いたとき、ピーターは足がガクガクと震えた。

「夫人は意識を取り戻されました」

ピーターはのどが涙で詰まった。

「これから順調に回復されると思います」

看護婦の言葉を胸の中で確認してから、ピーターは受話器を置いた。それから両手に顔をうずめると、クックッと泣き始めた。声を上げられない、孤独な号泣だった。この二日間、彼はほかのことは何も考えられなかった。彼女にメッセージの一つも送れないのがくやしかった。祈りと彼の善意のすべてを神に託して届けるしか道はなかった。

日曜日の朝になると、ピーターは一人で教会へ行って来ると言いだして、ケイトを驚かせた。

「あの人、どうなっちゃったのかしら?」

その夜、ケイトは電話で父親に訴えた。

「例のビコテックのために違いないわ。あの薬のおかげで彼はあんなふうに落ち込むし、わたしもおかしくなりそうよ」

「そのうち元に戻るよ」

父親は娘を慰めた。

「発売にこぎつければ、みんなハッピーになれる」

しかし、ケイトの不安は消えなかった。父親と夫のいがみ合いは、見ていて痛ましいほどだった。

次の朝、ピーターはもう一度病院に電話してみた。しかし、彼女には取り次いでもらえなかった。これまでも、電話をするたびに偽名を使ってきたが、今回もボストンに住むいとこだと嘘をついて、彼女の状態についてあれこれ質問した。二人だけが分かるような伝言を託してもいいのだが、途中で誰の目に触れるとも分からないので、やはりそれはできなかった。

次の日の朝、サッチャー上院議員が記者団の前で、自分たちはとても幸運だった、彼女は二、三日したら退院できると述べた。インタビューのあと、議員自身は選挙遊説のため、西海岸へ向けて発ってしまった。

議員は二日後、義兄の妻と子供たちの葬儀に出席するため、西海岸から戻って来た。あらゆるチャンネルが葬儀の模様を特別番組で伝えていた。ピーターはテレビ画面から目が離せなかった。オリビアの姿がどこにも見られなかったのが救いだった。彼女の性格を少しは知るようになったピーターにはその理由がよく分かった。おそらくオリビアは、この場に耐えられないのだ。彼女がいない分、喪主席の両親の姿にカメラの焦点が当てられていた。そのすぐそばに、悲嘆に暮れるエドウィンの姿があった。サッチャー議員は、エドウィンの肩を終始抱きかかえていた。両家は、連邦議会内で政治勢力の中核をなす盟友同士なのだ。あらゆる新聞、テレビが、葬儀の様子を遠巻きにして見守っていた。

個室のテレビでその様子を見ていたオリビアは、涙が涸れるほど泣いた。看護婦たちはテレビを彼女に見させせないようにしたかったのだが、オリビア自身が見たいと言い張った。自分の家族に起きた悲劇なのだ。出席できないことにも胸が痛んでいた。テレビのインタビューに応じた夫が、義兄一家の勇気を称えながら、自分を英雄化しようとする言葉運びに、オリビアは殺してやりたいと思うほど夫を嫌悪した。

それればかりか、アンディー・サッチャーは、葬儀が済んでからも、妻に電話して義兄の様子を伝えるようなことはしなかった。

オリビアが実家に電話してみると、父親はかなり酔っぱらっている様子だった。母親は鎮静剤を飲まされたのだという。一家にとっては耐え難い試練だった。オリビアは、死んだ子供たちに代われるものなら本当に代わってやりたかった。あんなに幼くして命を絶たれてしまうなんて。しかも、義姉のお腹には三人目の赤ちゃんが宿っていた。

死んでもいいのは自分だ、とオリビアは思った。今の彼女の人生には、エゴイストの操り人形としての価値しかない。もし今わたしが死んでも、悲しむのは両親だけだろう。オリビアはピーターのことを思いだした。そして、なんとか連絡できないものかと思った。だが、彼女の中でピーターはすでに過去の人になっていた。現在や未来に呼び戻してはいけない人間なのだ。

オリビアは、テレビを消してからも泣き続けた。人生とはなんとむなしいものなのだろう。甥も姪もその母親も死んでしまった……彼女自身の息子同様に……。アンディーの兄のトムもそうだ。なぜ罪のない善良な人たちばかりが天に召されていくのか。その不公平さが、オリビアには理解できなかった。

「具合はいかがですか、奥さま?」

看護婦の一人が、泣いているオリビアに優しく声をかけた。病院のスタッフたちは皆、彼女の身内に起きた不幸に同情していた。家族全員が葬儀に出ていたため、彼女を見舞う客もいなかった。心配した看護婦は、電話の問い合わせの件を思いだした。

「奥さまが入院されて以来、電話で容体を尋ねてくる人がいるんですよ。男性です。旧友だとおっしゃっていました」

看護婦はにっこりして話を続けた。

「今朝は奥さまのいとこだという方が電話してきましたが、声からすると同じ男性だと思います。名前は言いませんでしたが、奥さまのことをとても心配している様子でした」

オリビアは直感で分かった。ピーターに違いなかった。名前を明かさずに電話するなんて、ほかに誰の可能性があろう。彼に間違いない。オリビアは悲しそうな目で、横に立つ看護婦を見上げた。

「今度電話があったら、わたしに取り次いでちょうだい」

彼女はまるで、暴力で虐待された子供のようだった。ヨットが難破した際に受けた打撲傷が顔や体のあちこちに残っていた。悪夢としか言いようのない悲劇だった。おそらく、オリビアは海にはこの先一生近づけないのだろう。

「では、今度電話があったら、奥さまにつなぎます」

看護婦はそう約束して、病室を出て行った。次の朝さっそく電話があったが、オリビアが就寝中だったので、看護婦は電話を取り次がなかった。そのあとは、勤務交替で別の看護婦が当番に当たった。

オリビアはそれからずっとピーターのことを考え続けた。あれから彼はどうしているのだろう？　ビコテックとＦＤＡの公聴会はうまくいっているのだろうか。彼の近況を聞く方法はない。お互い連絡し合わないのが、別れるときにした約束である。病院にいる今、彼と連絡をつけるのはさらに難しそうだ。考えなければならないことがたくさんありすぎる。嫌なことばかりだが、それが現在の彼女の人生なのだ。

求めに応じてそばにいると夫には約束したが、その負担は予想以上に重かった。人生とは、なんと短くて、予測がつかないものなのだろう。オリビアは、その貴重さに初めて気づき始めていた。魂を五年間分売り払ってしまったが、いま思うと軽率だった。五年間が永遠のように長く思える。オリビアとしては、夫が当選しないことを祈るのみだった。当選したら、とてもやっていけそうになかった。大統領夫人ともなれば、簡単に家出もできなくなる。これから五年間、彼女は立ち続け、狂騒劇を目の前で見続けなければならない。

それから四日間、集中治療室で過ごしたあと、肺がきれいになった時点でオリビアは別の病室に移された。ヴァージニアから戻ったアンディーが、ようやく見舞いに訪れた。

アンディーの到着と同時に、病院中がレポーターたちやカメラクルーだらけになった。オリビアの病室に侵入してきたカメラマンもいた。オリビアはあわててシーツの中にもぐり、看護婦がカメラマンを廊下に押し出した。

血に飢えたサメのようにアンディーを追いかけるレポーターたち。さしずめオリビアは、彼らの餌に供される小魚というわけか。

サッチャー議員にいいアイデアがひらめいた。彼はさっそく記者会見を手配した。開くのは次の日で、場所は彼女の病室の前と決めた。ヘアドレッサーもメークアップマンも来ることになった。手配は済み、オリビアには車椅子の上から話させる予定だった。その説明を聞いたオリビアは、胸がドキドキしてひっくり返りそうだった。

「わたし、そんなことしたくないわ！」

息子に死なれ、そのあと記者たちからしつこく追いかけられたことが思いだされた。今度は、甥や姪の死についてああだこうだと訊かれるのだろう。子供たちが死んで自分が生き残ったことをどう思うかとか、波に流されていたとき何を考えていたとか、愚にもつかない質問を浴びせてくるに決まっている。その光景を想像しただけで息が詰まりそうだった。夫の前で彼女はパニックになって首を振ることしかできなかった。

「わたし、できないわ、アンディー……ごめんなさい……」

オリビアは顔をそむけ、ピーターが早く電話してきてくれればいいのにと思った。取り次いでくれるよう頼んだ看護婦は、あれ以来見かけていない。電話がきたかどうかも、誰も話してくれない。誰なのか分からない男性から電話があったかどうかなど、彼女の方からは訊けない。

「いいか、オリビア。記者会見はやらなければならないんだ。じゃないと、連中は、きみが何か隠していると解釈するからね。きみは四日間昏睡状態だったから、脳が損傷を受けているのではと考えている連中もいる。国中からそんなふうに誤解されたら、たまらないじゃないか」

彼こそ、そう誤解しているような口調だった。今の彼女の頭の中にあるのは、つい今朝、涙ながらに兄と交わした会話の内容だった。一家を亡くした兄の悲しみがどれほどのものか、幼い長男に死なれたオリビアには痛いほどよく分かった。それを、夫は今、車椅子に乗って話せと言う。

「みんながなんと考えようと、わたしは平気よ。自分が分かっていればいいんでしょ？」

オリビアは強い調子で言った。

「いや、やってもらう」

アンディーはピシャリと言った。

「契約があるじゃないか」

「あなたにはもううんざり」

オリビアはそう言って、再びそっぽを向いた。

次の日、彼女は頑として夫の要求を拒んだ。ヘアドレッサーが来てもメークアップマンが来ても、自分に触らせなかったし、車椅子に乗って記者団の前に現われることもしなかった。最初、記者たちは夫妻がわざと気をもませているのだろうと思っていたが、サッチャー議員が妻抜きで記者会見を始めるのを見て、そうでもないことが分かった。

サッチャー議員は、自分だけが生き残った苦悩と良心の痛みについて、妻に代わって説明した。自分の心境も同じだと言ったが、それは嘘くさかった。今の彼は大統領の椅子に取り憑かれた男である。他人の痛みなど、心のすみにも引っかからないだろう。

妻が病床にあるこの機会を、アンディーはどうしても逃したくなかった。だから、次の日、三人の記者を呼んで、自ら彼女の病室に案内した。

記者たちがいつの間にかそこにいるのを見て、オリビアはびっくりした。見るからに弱々しい彼女は、やがてシクシクと泣きだした。看護婦と職員二人が飛んで来て、記者たちを廊下に押し戻したが、彼らはその前に彼女の写真を一ダースも撮っていた。そのあと記者たちは、サッチャー議員とおしゃべりしながら廊下を引きあげて行った。

記者たちを帰してから、夫は病室に戻って来た。オリビアはその姿を見るなりベッドからむっくりと起き上がり、腕を振り上げて夫に向かった。

「どうしてあんなことができるの⁉　エドウィンの家族が死んだばかりだというのに！　わたしだってまだ全快していないのよ！」

オリビアはもう何がなんだか分からなくなって、ただ泣きじゃくりながら夫の胸をぶち続けた。

頭のおかしくなった妻を隠しているのではないかとの疑いが世間に広まる気配がある今、議員としては、妻が元気でいるところを記者たちに見せる必要があったのだとアンディーは説明した。オリビアは自分の尊厳を失いたくなかったので記者会見に応じなかったのだが、アンディーには、そんなことよりも自分の政治生命の維持の方が大切だった。

その夜、ピーターはテレビのニュースで彼女の写真を目にした。胸がつぶれる思いだった。ベッドの上のオリビアは弱々しそうで、目は涙で濡れていた。見てくれをかまわない彼女の様子に、ピーターはこみ上げてきて、まるで石が詰まったようにのどが痛んだ。患者用のナイトガウンを着せられた彼女の両腕には、点滴注射のチューブが刺さっていた。オリビアは依然として肺炎に苦しんでいるとレポーターは解説していた。

ドラマチックなスクープ写真だった。これなら、サッチャー大統領候補に同情が集まってもおかしくない。おそらく彼の狙いどおりなのだろう。テレビを消したあとも、ピーターは胸騒ぎがして彼女のイメージを頭から消すことができなかった。

週末には退院できると病院から言われたとき、オリビアはこう言ってアンディーを驚かせた。

「わたし、家には帰りませんから」

その件で彼女はすでに母親と話し合っていて、とりあえずは実家に戻ることにしていた。両親も彼女を必要としていた。

「何を言いだすんだ、オリビア」

電話でその話を聞いて、アンディーはあわてていた。

「きみは子供じゃないんだぞ。きみの家はボストンのダグラス家ではなくて、ヴァージニアのサッチャー家なんだ。それよりも何よりも、わたしたちは夫婦じゃないか。一緒にいなきゃおかしい」

「あら、どうして?」

オリビアがぶっきらぼうに訊き返した。

「その方が、新聞記者たちを毎日わたしの部屋に入れるのに都合がいいから? わたしの家族は今、悪夢の真っただ中にいるのよ。だから、わたしは一緒にいてあげたいの」

オリビアは夫に対して非難がましいことはいっさい口にしなかった。ハリケーンの迷走は彼の責任ではないのだ。だが、そのあとの彼の事故の扱い方がいかにも下品だ。しゃあしゃあとして死んだ者に対する憐れみも慎みもない。この件で、オリビアは夫をますます見損なってしまった。

とにかく人を食い物にして自分を売り込むのがうまい夫だが、またまたやってくれた。というのは、アディソン・ギルバート病院をオリビアが退院する日、ロビーにカメラマンの放列が敷かれていたのだ。彼女の退院時刻を正確に知っていたのは夫だけだったから、記者たちに情報を流したのも夫に違いなかった。

カメラマンたちは、実家の前にも待ち構えていた。しかし、これには父親も腹を立て記者たちをたしなめた。

「プライバシーは侵さないでもらいたい」

知事のひと声はさすがに有効だった。彼は記者代表たちを集めて、今は家族全員が落ち着いて話せる状態ではないと説明した。

「皆さんにも分かっていただけると思うが？」

彼はそう言うと、優雅にポーズをとって自分の写真を一枚だけ撮らせた。サッチャー夫人の帰省については、母親や兄の傍らにいたいから、とだけ言ってそれ以上の説明はしなかった。彼女の兄のエドウィン・ダグラス下院議員も、妻や子供たちのいなくなってしまった自宅にとどまっていられず、実家に戻っていた。

「サッチャー夫妻が、海難事故以来仲たがいしているというのは本当ですか？」

一人の記者が声を張り上げて質問を投げると、ダグラス知事は純粋に驚いた表情を見せた。そんなことは彼にとっても初耳だった。それで、その夜さっそく、真相はどうなのだと妻に質した。

「さあ、わたしは知りませんけど、そんなことはないんじゃないんですか」

ダグラス夫人のジャネットは顔をしかめてそう言った。

「オリビアからは何も聞いていませんけど」

口の重い娘であることを夫妻はよく知っている。最近のいろいろな出来事の際にも、彼女は自分の中で問題を解決してきた。

だが、その質問を伝え聞いたアンディー・サッチャーは妻を責めるのに素早かった。

「だから自宅に戻っていなさいとわたしは言うんだ。こんなうわさが広まったら、本当に離婚させられてしまうぞ」

「元気になったら戻ります」

オリビアは冷たく言い返した。

「それで、いつ元気になるんだい？」

二週間するとカリフォルニア遊説が始まるから、サッチャー議員はそれに妻を同行させたかった。

実は、彼女は二、三日したらヴァージニアに戻るつもりでいたのだが、夫が強引に戻らせようとするのに嫌気がさして、結局一週間しても実家にいたままだった。心配して母親が尋ねた。

「どうしたの？　何かあったの？」

寝室にやって来た娘をつかまえて、母親のジャネットはそう言って切りだした。母親は偏頭痛に苦しんでいて、今日もアイスパックでその箇所を冷やしていた。

「あなた、アンディーとはうまくいっているの？」

「〝うまく〟という言葉の定義にもよるわね」

オリビアはクールだった。

「いつもと同じよ。わたしが新聞記事の餌になり切らないものだから、それであの人はへそを曲げているのよ。でもあと二、三日してごらんなさい。今度はタブロイド紙の手配ができているから」

「政界に入ると、男性っておかしな動きをするものなのよ」

政治家の裏側と、その代償を払わされる家族の苦しみをよく知っている母親は、そう言って娘に知恵を授けた。州知事の妻ともなると、プライバシーなどないも同然だった。彼女が乳房切除の手術を受けたときは、その解説図付きで報道されたりもした。ジャネットは人生のほとんどを大衆に監視されながら送ってきたようなものである。そのために彼女が払った犠牲は計り知れない。今また、娘が同じ目に遭おうとしている。選挙戦を戦うには途方もない代価を支払わなければならない。勝つ場合でも負ける場合でも。

本当のことを話したらこの人はどう反応するだろう、と思いながらオリビアは母親の顔を見つめた。実は話すべきかどうか、この二、三日ずっと悩んでいたところだった。でも今はありのままに話そうという気になっていた。

「あの人とは別れるつもりなの、お母さん。わたしはやはりこんなことに耐えられないわ。この六月にも、一度別れようとしたんだけど、あの人がどうしても大統領になりたがっていたから、わたしは約束したの。選挙戦に協力して、もし大統領に当選したら、最初の四年間だけ一緒にいるって」

オリビアは不満そうな顔を母親に向けた。あんな約束をした自分の軽率さが腹立たしかった。

「その代わり、一年間につき百万ドルもらうことになったわ。でも、わたしはお金なんてどうでもいいのよ。それは本当。わたしがそうするって決めたのは、かつてはあの人のことを愛していたから。でも今思うと、初めからわたしたちの愛ってすれ違っていたような気がする。とにかく政治からは早く足を洗いたいと思っているわ」

たとえここで気を変えたとしても、オリビアは夫に対してなんの負い目も感じないだろう。

「だったらよしなさい」

ジャネット・ダグラスはあっさりと言った。

「一年間に百万ドルもらったって合うものじゃありません。一千万ドルだって同じです。人生は売り物じゃありませんから。巻き込まれて手遅れにならないうちにけじめをつけておくべきよ、オリビア。母さんだってとっくの昔に決断していればよかったのかもね。でも、うじうじしているうちにアル中になってしまって、健康も結婚生活も台なしにしてしまった。だから、あなたにだけは間違って欲しくないの。もしその気がないなら、やめられるうちにやめておきなさい。勇気を出すのよ」

母親は目にいっぱい涙を溜めて娘の手を握った。

「必ずそうしなさい。お父さんがなんて言って反対しようと、わたしは百パーセントあなたの味方ですからね」

そう言ってから、ジャネットはさらに深刻そうな顔をして娘を見つめた。政界と縁を切るのはいいにしても、まだ生きている結婚生活をなげうつのは考えものだ。

「彼とはどうなの？　アンディーとはうまくいっているの？」

「もうずっと前に終わっているわ」

ジャネットはうなずいた。娘の言葉は決して意外ではなかった。

「うすうす感じてはいたんだけど」

母親はにっこりして続けた。

「あなたのお父さんに、嘘つきだと思われそうだわ。ついこのあいだ訊かれたのよ。あなたとアンディーの関係がおかしいのかって。わたしはそのとき、何もないはずよって答えておいたから」

「いろいろ心配してくれてありがとう、お母さん」

オリビアは母親の肩に両腕を回した。

「愛しているわ」

母親の真心のこもった助言は、娘の旅立ちへの最高の祝福だった。

「わたしも愛していますよ、スイート　ハート」

ジャネットは娘を抱き返した。

「自分の進みたい道に行きなさい。お父さんになんて言われようと、気にしないで。彼の方はなんとかなるから大丈夫。お父さんもアンディーも、しばらくはあれこれ言ってうるさいでしょうけど、そのうちおさまります。アンディーはまだ若いんだし、再婚してから挑戦すればいいんだわ。ワシントンもそれで彼を見捨てたりはしないでしょう。もし、あなたにその気がないなら、迷っちゃダメ」

母親は娘に、自由で生き生きした人生を送って欲しかった。だから、彼女がオリビアに期待したのは、今はどこか遠く離れたところへ行って英気を養うことだった。

「あの人のところに戻りたいなんてこれっぽっちも思わないわ。もうずっと前に別れていればよかったのにね……子供など産む前に、少なくともあの子が死んだ時に……」

「あなたもまだ若いんだから、これからでもやり直しがききます。そうしたら、自分の思ったとおりに生きなさい」

自分の好きなことが一度もできなかったジャネット。仕事も友達も夢も捨てて、何から何まで政治家としての夫の成功に捧げてきた。だからこそ、娘にだけは好きな道を歩ませてやりたかった。

「それで、これからどうするつもり？」

「わたし、何か書こうと思っているの」

オリビアが恥ずかしそうに微笑むと、母親は笑った。

「振り出しに戻るわけね。じゃあ、やったらいいわ。でも、やるからには、やり抜かなきゃダメよ」

二人はキッチンで一緒に昼食を作りながら、これからのことについて話し合った。オリビアはピーターのことも告白しそうになったが、結局それは言わなかった。その代わり、フランスに戻って自分の好きな小さな漁村に行くと言った。そこなら、落ち着いて書くことに没頭できそうだし、隠れ場所としても最適だった。しかし、母親はそのことでも彼女に忠告した。

「隠れるのはいいけど、いつまでも隠れてはいられませんからね」

「そうかしら？」

オリビアはにっこりしたが、悲しそうな笑みだった。隠れること以外に、今の彼女に何ができよう。ただし、今度の家出は、気休めではなく正式なものになるだろう。これを最後に、マスコミや大衆の好奇な目とは縁を切るのだ。

その夜の夕食には兄も加わった。彼は悲しみに打ちひしがれて、ほとんど口もきかなかった。だが、ワシントンとは電話やファックスでつながり、日々の仕事はなんとかこなしているらしかった。こんな悲しみの中でも仕事に頭を使えるのが、オリビアには信じられなかった。兄もどうやら父親と同じで、政治が好きな人間らしかった。

アンディーの場合もそうだ。政治には、男にすべてを捨てさせる魔力でも潜んでいるのだろうか。

その夜遅くオリビアは夫に電話を入れ、自分の最終的な決意を伝えた。

「もう、あなたのところへは戻りません」

彼女はきっぱりと言った。

「またそんなことを言いだす！」

余裕のありそうな口をききながら、今日のアンディーは本当にあわてている様子だった。

「契約があるのを忘れたのか⁉」

「わたしがあなたと一緒にいなければならないという条文はありません。大統領に当選してわたしが協力したら、一年につき百万ドルを払ってもらうと書いてあるだけです。わたしが戻らなかったら、大金が節約できていいんじゃない？」

「そんなことはさせないぞ！」

アンディーがいきなり怒りだした。彼がこんなに言葉を荒らげるのは初めてだった。自分の望みが絶たれるわけだから無理もなかった。

「いいえ、わたしの決心は変わりません。明日、ヨーロッパへ発ちますから」

実際の出発は四、五日後と決めていたが、夫に終わったことを分からせるためそう言っただけだった。

アンディーは次の日ボストンに駆けつけて来た。すると、母親が予言したとおり、父親がアンディーを加勢する側に回った。だがオリビアは三十四歳の分別盛りで、もう子供ではないのだ。自分のことは自分で決められる。誰になんと言われようと、彼女の決心が変わるはずはなかった。

「自分の行動の重大さが分かっているのか？　失うものの大きさが分かっているのか？」

部屋のドア口に立って父親が怒鳴った。一緒にいたアンディーは、我が意を得たりといった顔つきでその様子を眺めていた。その表情は、まるでリンチを楽しむ野次馬だった。

「ええ、分かっています」

オリビアは落ち着いた声でそう言い、二人をまっすぐ見つめ返した。

「わたしが失うのは〝失望〟と〝嘘っぱち〟です。その二つにはもうずいぶん長いあいだ苦しめられてきました。そんなものを失くしてもわたしはなんとかやっていけます。ああ、失うものがもう一つあったわ。これからは〝搾取〟されなくて済むことね」

「屁理屈を言うんじゃない」

父親は憎々しげに言った。古い政治プロの彼は、アンディーのような頂点に立つ政治家を理屈抜きで尊敬していた。

「これから素晴らしい人生が送れるんだぞ。こんな機会はやたらな人間には持てないんだ。おまえだって分かっているはずじゃないか」

「お父さんにとってはそうなんでしょうね」

オリビアは憐れみの目で父親を見つめた。

「でも普通の人たちにとっては、孤独と失意の人生だわ。選挙戦のたびに一緒に空約束をさせられて、わたしはもううんざり。わたしは普通の男性と一緒に普通の生活がしたいの。もしそれがかなわないなら、一人で生きていくことになってもかまわないわ。そんなこと、もうどうでもいいの。とにかく政治とは縁を切りたいんです。〝政治家〟などという言葉を聞くのもいや」

そう言ってオリビアが横目で母親を見ると、彼女は嬉しそうに頬をゆるませていた。

「おまえはバカだ！」

父親の怒りはおさまらなかった。

その夜アンディーがダグラス家を去ると、父親は陰にこもって娘を脅し始めた。

「こんなことをして、ただでは済まないぞ！」

父親の言葉は嘘ではなかった。それから三日後、彼女がフランスに発つ日、ボストンの新聞におかしな記事が掲載された。ネタの提供者は夫以外の者ではあり得なかった。記事にいわく、

〝……三人の親族を亡くした最近の海難事故のあと、サッチャー夫人は極度のストレスに悩まされ、最近病院から精神分裂と診断されるに至った……〟

記事は、さらに、サッチャー議員が妻を案じている様子を伝え、はっきりとそうとは書かないまでも、伴侶が精神分裂では離別もやむを得まいとほのめかし、サッチャー議員に同情する言葉で終始していた。

妻を狂人扱いにする実に巧妙な手段だった。これなら離別も理解されるだろう。第一ラウン

ドはアンディーの勝ちだ……それとも、これは第二ラウンドか……もしかしたら最終ラウンドなのか？　彼女はこれでノックアウトされたのだろうか。それとも、自由を求めた脱出は成功したと考えていいのだろうか。オリビアの自信はぐらつき始めていた。

記事はピーターの目にも留まった。何度も読み直してみて、この記事には裏があるとピーターはにらんだ。たとえ知り合った期間は短くても、記事に書かれていることと彼が知っているオリビアとはどうしても結びつかなかった。真相は霧の中だ。そう思えば思うほど、ピーターは心配でいたたまれなかった。

夫に電話で話してから三日後の木曜日、母親が空港まで送ってくれた。

八月末のちょうどそのとき、ピーターはヴィンヤードで家族と一緒に過ごしていた。

ジャネット・ダグラスは娘の乗った飛行機が飛び立つまでそこに立って見送っていた。彼女は、娘の無事と、不幸からの脱出を祈った。だから、飛行機が飛び立つのを見たときはほっと胸をなで下ろした。

「元気でね、オリビア」

娘が当分戻って来ないことを祈りながら、母親はつぶやいた。米国でのオリビアの人生は呪われっぱなしだった。悪い出来事が多すぎた。周りの男たちは、彼女を利用することしか考えなかった。

母親は、娘の旅立ちを確認できて幸せだった。飛行機が見えなくなると、ジャネットはボディーガードたちに合図をして、その場からゆっくり立ち去って行った。

第十章

送られてくるファックスがビコテックの研究結果を刻々と伝えていた。八月も終わりに近づくにつれ、義父とピーターの確執はますます激しくなっていた。〝レイバー・デー〟の週末頃には、子供たちまでが二人のあいだの緊張を意識し始めていた。

「お父さんとおじいちゃんのあいだに何があったんだい？」

次男のポールが土曜の午後、心配してそう訊いた。ケイトは顔をしかめながら答えた。

「あなたのお父さんが気難しくなっているのよ」

静かにそう言う母親の言葉を聞いて、緊張の原因は父親にあるのだと息子は理解した。

「けんかしたの？」

もう高校生のポールは、家庭内の人間関係をよく理解していた。母親は誰に対しても公平のはずだし、〝けんか〟が起きるような家族では決してなかった。だが、父親と祖父の意見が時々合わないことも知っていた。

「会社は今、新しい製品を開発中なの」

母親の説明は簡単だったが、製品開発の中での各自の利害得失は複雑だった。恨みつらみを買うこともある。それに感づいたからこそ、彼女は父親と衝突しないよう夫に何度も口出ししてきた。この夏、父親は新薬開発のために働きづめだった。彼の年齢を考えれば、無理をしているとしか思えなかった。もっとも、そのためか、最近の父親はかえって生き生きしている。七十歳なのに、毎日一時間テニスで体を鍛え、朝は一マイルも泳ぐ。

「そうなのか」

次男は母親の説明で納得した。

「じゃ、大したことじゃないんだ」

十六歳の彼は、巨億の投資と、それをめぐる家族間のぎくしゃくをあっさりしたひと言で終わらせた。

その夜は、全員が夏の終わりを祝う大きなパーティーに行くことになっていた。パーティーには友達もみな来ているはずだ。そして、二日後にはみな散り散りになる。ポールは寄宿舎に戻り、マイクは、まだ新学期前だが大学に戻る。残りの家族たちは全員がグリニッジに帰る。

ケイトは、我が家と、父親の別荘の戸締まりで大忙しだった。いらなくなった自分の衣服を整理していたとき、ピーターがふらりと部屋に入って来て、彼女の作業をボーッと眺め始めた。ピーターにとってはひとつも楽しめない夏だった。ビコテックとオリビアの両方を同時になくしたようなものだったから、その衝撃は何倍も大きく、八月末になっても苦しみはいっこうに軽くならなかった。ビコテックの開発がどうなるか、その心配で、すべてのことに自信が持てなくなっていた。ケイトは相変わらずだった。仕事に口出しをしては、事あるごとに父親の肩を持つのは惰性の習慣のようになっていた。

フランスでの出来事があって今があるのは否定しようのない事実だった。決してこうなることを望んだわけではない。むしろ、元のさやにおさまるつもりで帰って来たのに、事は思いどおりには進まなかった。窓を開けて外のすがすがしい風景を見せられたあとで、また暗い部屋に閉じ込められるような気分だった。そして、暗い部屋に立ったまま、壁を見つめ、さっき見た窓の風景を思いだしてうじうじする自分を、ピーターはどうすることもできなかった。

オリビアのいる風景は忘れ難かった。そのつもりがなくとも、あの風景を見たことで自分の一生が変わってしまいそうだった。

それでも、ピーターとしては何も変えるつもりはないし、どこへ行くつもりもなかった。彼女の容体が知りたくて病院に電話はしたが、オリビアと接触するつもりなど毛頭なかった。かといって、彼女のことを頭から振り払うことはできなかった。

海難事故のニュースには本当に戦慄した。彼女が死にかけたのも、一種の天罰のような気がして嫌だった。それにしても、どうして自分ではなく彼女なのだ？　どうしてオリビアが罰を受けなければならないのだ？

「落ち着かない夏休みになって、残念だったな」

ピーターはそう言って、ベッドの端に腰をおろした。ケイトは、防虫剤と一緒にセーターの束を箱に入れ、それをクローゼットの上部に積み上げていた。

「それほどつまらなくもなかったわ」

はしごのてっぺんから、ケイトは夫を振り返って言った。

「ぼくにはつまらなかったよ」

ピーターは正直に言った。彼は夏のあいだ中ずっと惨めだった。

「考えることがいっぱいあってね」

事情を超簡略化して、ピーターが言った。ケイトはにこにこしていたが、やがて急に顔を曇らせた。それはすなわち、考えが父親のことに及んだというサインだった。

「お父さんもそうみたいだわ。彼にも大変な夏だったようよ」

彼女はビコテックのことを指して言っていた。そのときのピーターは、パリで出会った理想の女のことを考えていた。

オリビアを知ってから、ケイトのもとに帰るのがこんなに気重くなってしまった。ケイトは冷たくて、我が強くて、彼がいなくてもぜんぜん寂しがらない。二人で一緒にやれることなんて、もうほとんどなくなってしまった。たまに夜、友人たちを迎えるとか、父親とテニスをするとか、そんなことぐらいなものだ。

そんな単調で冷え切った生活に、ピーターは満足できなくなっていた。四十四歳にして、男としてもうひと花咲かせたいと思うのも無理からぬところだった。

なんとかオリビアに連絡できないか、とピーターはそのことが頭から離れなかった。彼女のことを思っただけで、心の安らぎと友情が頭の中に甦る。もちろんそれだけではない。あの目くるめいた歓びがつい昨日のことのように思いだされる。

ピーターはもう一度、彼女の胸の中に顔をうずめたかった。肌と肌を触れ合わせたかった。

彼を求める彼女の声を聞きたかった。

ケイトとは二十四年間も一緒にいるが、二人のあいだにロマンスはほとんど残っていなかった。知性とか、尊敬の念とか、共通の興味はいろいろあったが、彼女が横に寝ていても、ピーターの胸はときめかなかった。たまに、その気になったとき、彼女はたいがい受話器から手が離せなかったり、どこかの会合に出席したり、父親との約束に出かけたりする。二人は潤いの機会を徹底的に逃していた。愛し合ったり、ただ二人だけになったり、たまには笑い合ったり、座って馬鹿話をしたりすることはまったくなくなっていた。

ピーターは、本当はそういう生活を送りたかった。だから、機会を見て、努力はするのだが、いつもケイトの冷たい壁にはばまれて、それを乗り越えられずにきた。

彼が悶々としていたときに、求めても得られなかったもののすべてをかなえてくれたのがオリビアだった。事実、オリビアとしたたような経験は、ケイトとは一度もしたことがなかった。オリビアと過ごした時間は一瞬一瞬が光り輝いていた。一挙一動が狂おしかった。たとえて言うなら、ケイトとの生活がハイスクールのダンスパーティーに行くようなものなのに対して、オリビアと一緒にいる時は、童話の王女さまを伴って、宮殿の舞踏会場に足を踏み入れるような気分だった。我ながら幼稚な比較に、ピーターは一人で吹きだした。目を上げると、ケイトが不思議そうな顔でこちらを見ていた。

「何を一人でニヤニヤしているの、あなた？　お父さんも大変だったって言ったのよ」

ピーターは彼女の言ったことをひと言も聞いていなかった。オリビア・サッチャーの夢を見ていたところだった。

「うちみたいな巨大企業になると、経営は誰にとっても大変さ」

ピーターはそれが当たりまえなのだと言いたかった。

「途方もない責任がかかってくるんだ。楽しみながらの会社経営なんてあり得ない」

妻から父親の話を聞かされるのは、もううんざりだった。

「でもぼくは、社長になれと言われたあの当時、経営がこれほど大変だとは知らなかった。少し気晴らしに、二人だけでどこかへ行ってみないか？」

ヴィンヤードでの今年のバケーションは、いつものような休養にはぜんぜんならなかった。

「イタリアあたりへでもどうだ？　それともカリブ海かハワイでもいいな」

そういう場所へでも行けば、ケイトも少しは変わるだろう。旅行することで、結婚生活も少しは新鮮さを取り戻せるかもしれない。

「どうしたの突然？　今は九月よ。こんな忙しい時期に無理だわ。あなただってそうでしょ？　わたしは子供たちを学校に連れて行かなければならないのよ」

ケイトは、馬鹿じゃないのと言わんばかりの目でピーターを見つめた。しかし、今日のピーターはなかなかあきらめなかった。やはり、長く続いた結婚生活を壊さないための努力だけはしたかった。

「子供の学校が始まってからでもいいじゃないか。別に今日というわけでもない。二、三週間してからというのはどうだ？」

ピーターは、はしごを降りてくる彼女の反応を期待を込めて見守った。こうして二人だけでいるときにこそ、妻に色香を感じたかった。だが、何も感じない自分が苦しかった。しかし、カリブ海あたりへ行ってのんびりすれば、気分も変わるかもしれない。

「九月にはＦＤＡの公聴会があるじゃないの、あなた。その準備をするんでしょ？」

彼は自分の気持ちをまだ妻に話していない。義父がなんと言おうと、公聴会に出席するつもりはないし、義父に行かせるつもりもなかった。ビコテックをスケジュールどおり市場に出せて、かつ、その前にすべての問題が解決しているなどという幻想に酔うわけにはいかないのだ。

「そのことはぼくに任せておきなさい」

ピーターはそう言って仕事の話を退《しりぞ》けた。

「きみが旅行に行ける時になったら、そう言ってくれればぼくがすべて手配する」

いま唯一、予定らしきものは、議会の委員会が開く薬価についての公聴会に出席することぐらいだ。気が進まなかったが、出席を約束してしまっていたので、これは取り消せそうにない。

だが、希望すれば延期は可能だ。勝手だと思われるかもしれないが、会社にとって致命的な損失になるようなことではない。ピーター個人にとっては結婚生活の方がはるかに重要なのだ。

「今月は理事会の予定がいっぱいなのよね」

ケイトはぼやきながら別の引き出しを開けた。そこにもセーターがいっぱい詰まっていた。ピーターは妻が手を動かすのを眺めながら、彼女の本音はどっちなのだろうかと首を傾げた。

「きみは行きたくないのか？」

もしそうなら、はっきりそう言って欲しかった。旅行に行きたがらないなんて、普通では考えられない。そう思ったとき、ピーターはハッとした。ある考えが稲光のように脳裏をよぎった。妻も浮気をしているのではないか？　誰か特定の相手でもいるのだろうか。それで夫をうるさがっているのか。自分にも起きたのだから、彼女にそういうことがあっても、ひとつもおかしくない。もっとも、これまでそんなことは夢にも思わなかったが、もしそうなら、自分がしなかったから妻もしないだろうとする考え方自体が愚かだ。妻は見た目は美人だし、決して老け込んでいない。彼女に魅力を感じる男も大勢いるだろう。

だが、そんなことを妻に直接訊けるはずはなかった。いつもクールでつんつんしている彼女に、浮気したことがあるかなどと訊くこと自体、不可能だった。その代わり、ピーターは目を鋭くして、妻の様子を観察した。彼女は引き出しの中に防虫剤を投げ入れていた。

「ぼくと一緒に旅行に行けない何か特別な理由でもあるのか?」

ピーターはできるだけさりげなく訊いた。ケイトはしばらくしてから顔を上げて質問に答えた。これでもかといった内容だった。

「いま旅行に行くなんて、お父さんに対してフェアじゃないと思うの。あの人、ビコテックのことで大変なのよ。お父さんが会社で苦闘しているとき、わたしたちだけが海岸で寝そべってなんていられる?」

ピーターはいら立ちをなんとか隠そうとした。義父のご機嫌うかがいは、十八年間続けてきて、もうたくさんだった。

「少しぐらい利己的になってもいい時かもしれないぞ」

ピーターは押し続けた。

「結婚して十八年間、そろそろ生活にも手入れが必要だと思わないか?」

ピーターは妻の気持ちに訴えたかったが、警告を発するようなことは言わなかった。

「あなた、何が言いたいの? わたしに飽きたから、海岸にでも寝そべらせて、スパイスでもかけて眺めてみたいの?」

ケイトはそう言って、ピーターの方を振り向いた。彼の胸の内を読んだような彼女の言い方に、ピーターは一瞬、なんと答えていいか分からなかった。

「フランクや子供たちや、電話や理事会からちょっと離れてみるのもいいと思うんだ。ビコテックのこともしばらくは忘れたいし。ここじゃあ、別荘なのに、連絡ばかりきて、まるで会社にいるみたいだ。ぼくたち二人だけになってみないか。ゆっくり話でもして、出会った当時や新婚時代のバカ騒ぎを思いだしたいんだよ」

ケイトはようやくにっこりした。彼女なりに事情をのみ込んだようだった。

「あなたは行き詰まっているんだわ。わたしが思うに、ＦＤＡの公聴会を前に神経が高ぶって逃げだしたくなっているのよ。それでわたしにすがりつきたいのね。しっかりしなさいよ、社長さん。一日で済むんだから大丈夫よ。無事に済んだら、みんながあなたのことを尊敬の目で見るわ」

にこにこしながらそう言う妻の言葉に、ピーターはがっくりした。彼女は何も分かっていないのだ。少なくとも、彼が妻に何を望んでいるのか気づいていない。彼がＦＤＡの公聴会に出席するつもりがないことも知らないでいる。

「これはＦＤＡなんかに関係のないことさ」

彼はいらいらを抑え、落ち着いた口調で言った。公聴会の話を彼女とのあいだで蒸し返すつもりはなかった。義父とさんざんやり合って、いい加減うんざりしていた。

「公聴会のことじゃなくて、ぼくたち二人のことを言っているんだ」

そのとき息子が入って来て、話は中断した。マイクが車のキーを取りに来たのだ。下からはパトリックの声が聞こえてきた。

「ねえお母さん、フローズンピザは残っていない？　友達二人と一緒なんだけど、ぼくたち腹ぺこなんだ！」

「これから買い物に出かけるところよ！」

母親は階下の息子に向かって声を張り上げた。これで旅行の話は立ち消えになってしまった。ケイトは寝室を出しなに振り向いて言った。

「心配しないでね、すべてうまくいくわよ」

妻がいなくなったあと、ベッドの端に座ったまま、ピーターはむなしさを噛み締めながら考えた。自分でできる努力はここまでだ。結局進展はなかったが、一応話してみたことで、多少なりと良心の呵責《かしゃく》は薄らいだ。妻は彼の言葉の意味をぜんぜん理解しなかった。今の彼女の関心は〝父親〟と〝公聴会〟にしかないようだった。

義父はいつもと同じ言葉をパーティー会場で繰り返した。まるで壊れたレコードのようで、ピーターは話題を変えさせるのにひと苦労した。義父はずっと「いい子にしていろ」とか「流れに逆らうな」とか言って、義理の息子の抵抗に釘をさしていた。ビコテックが発売される前に開発チームが問題を解消できるものと信じ切っている様子だった。もしも今ＦＤＡに公聴会の延期を申し込んだら面子だけでなく信用までなくすというのが彼の考え方である。自分たちの製品に欠陥が見つかったと、業界中に旗を振って知らせるようなものだと言うのだ。

「そんなうわさが一人歩きすると、とんでもないことになるぞ。うわさを鎮めるのに何年もかかって、ビコテックは永遠に呪われるんだ」

「それもやむを得ないかもしれませんね、フランク。とにかく手順は踏まないと」

ピーターはグラスを手にしながら言った。彼は今、心の底から感じていた。二人の意見の対立はもはや宿命的で逃れられないものだと。

チャンスを見つけて義父から離れたすぐあとだった。義父がケイトとコソコソ話し合っているのを見た。なんの話か見当はついた。そんな二人を見ていると、ピーターはストレスが溜まるばかりだった。彼が持ちかけた旅行の件でも父親に話しているのなら救われるのだが、そんなことはあり得なかった。彼のささやかな願いは決して実現しないだろう。

そう思ったから、夜、妻と二人になったときも、ピーターはもう旅行の話は蒸し返さなかった。

そのあとの二日間は、別荘の閉鎖で忙殺された。冬は使われることのない家だから、今度戻って来るのは来年の夏になる。

帰りのドライブ中、子供たちの話は学校のことばかりだった。次男のポールは〝アンドヴァー〟の友達に会うのが楽しみだと言い、末っ子のパトリックは早く〝アンドヴァー〟に行きたいと調子を合わせた。長男マイクの口から出るのは、〝プリンストン大学〟の話ばかりだった。息子たちの祖父が歩んだ道のりだ。ピーターがさんざん聞かされた〝クラブ〟での食事を息子たちは踏襲するのだろう。

「父さんだけ仲間はずれだね。とってもいい所なのに」

シカゴのカレッジの夜学に通って得た学位と、名門プリンストン大学の修了書とでは、それは格が違うだろう。

「言わなくても分かってるよ。でも、父さんがプリンストンに行っていたら、母さんに出会うことはなかったんだぞ」

ミシガン大学でケイトと出会った当時のことを思いだしながら、ピーターは言った。

「そのとおりだよ」

マイクがニヤリとして言った。彼は、祖父も学生時代に所属したディナークラブのメンバーになれる日を楽しみにしている。それには、あと一年待たなければならない。これから推薦者集めをするのだが、もうその目安はついている。彼のエリート人生は用意万端整えられ、それに機嫌よく乗っていればいいのだ。ニューヨークへのドライブのあいだ中、マイクはその話ばかりしていた。聞いていて、ピーターは疎外感を禁じ得なかった。十八年間一緒にいながら、自分がいまだに部外者のような感じがするのが実に妙だった。しかも、自分の息子たちを相手にそう感じさせられるのがとても嫌だった。

車は南へ向かって走り続けた。子供たちは話しかけてこなかった。ピーターはオリビアへの想いに耽った。最初の夜のモンマルトルでの会話や、ラ・ファビエルの砂浜を歩いたことが思いだされた。あの時は、二人で話すこと、二人で考えることがたくさんあった。

ピーターはボーッとして、危うく前の車に追突しそうになった。彼が急ハンドルを切ると、子供たちはいっせいに罵声を浴びせてきた。

「何やってんだよ、お父さん！」

マイクは父親の不注意が信じられなかった。

「すまん……」

ピーターはそう言って、そのあとはもっと気をつけて運転した。

思うにつけ、オリビアについて忘れられないのは、本当の意味で彼に勇気を与えてくれたことだ。あんなことを言ってくれた人間はほかにいなかった。

〈〝会社の発展は、あなたの力によるものよ。決してドノバン家だけの功績じゃないわ〟〉

しかしピーター自身は、そこまでは思っていなかった。義父とケイトの力があればこそ、今日の成功があるのだと信じていた。

ピーターの考えは再びオリビアのことに戻っていた。病院に入れられているという報道が事実なら、彼女は今どこにいるのだろう。しかし、報道はどうもうさん臭かった。別居を正当化するための作り話ではないか。隠密で整形手術するときとか、浮気を隠すときに、よくこんな話が流される。だがオリビアの場合、そのどちらでもなさそうだった。もしかしたら、大統領選の直前になってオリビアに協力を断わられたサッチャー議員が、苦肉の策で妻を狂人呼ばわりしているのではないか？　ピーターはふとそんな気がした。

それから二日して、ピーターは自分の考えが正しかったことを知った。昼食から社に戻ってみると、机の上に一枚のはがきが届けられていた。裏面に小さな漁船の絵が印刷されている絵はがきだった。切手の消印は〝ラ・ファビエル〟と読めた。

文面は、手書きの細かい活字のような字で書かれていた。

〝わたしはここに戻って来ました。ようやく著作に没頭できます。完全な形で家出しました。もう耐えられなかったからです。お元気なことを願っています。あなたは勇敢な方ですね。会社の業績も、あなたの力で築いたことに違いありません。それを忘れないでください。わたしみたいに逃げだすよりも、とどまる方がどんなに勇気がいるかよく知

っています。でもわたしはここで幸せです。健康に気をつけてください。変わらぬ愛とともに〃

末尾のサインは頭文字の〃O〃だけだった。ピーターは文面を何度も読み返した。そして、行間に滲む意味を感じ取った。彼を愛していると言ったときの、彼女のハスキーな声が聞こえてくるようだった。自分が彼女を愛しているように、彼女も自分を愛してくれている、とはっきり感じることができた。ピーターのこの気持ちはこれからも変わるまい。彼女の記憶は胸の奥で永遠に生き続けるだろう。

ピーターは最後にもう一度手紙を読み直した。オリビアは想像以上に強い女性であることが分かった。彼女は、とどまるのは勇気がいると言ったが、彼女がとった行動こそ、真の勇気がなければできないことだとピーターは思った。

彼はオリビアを称え、彼女が不幸から脱出できたことを心から喜んだ。そして、彼女が今、南フランスの海岸で幸せに過ごしていることを願った。何を書いているのかは知らないが、きっと素晴らしい作品になるだろう。ものを見る目のある、素晴らしい感受性の持ち主だ。考えていることを勇敢に表現するに違いない。彼と一緒にいたときも、霧をナイフで切り裂くように、目に見えないことまで正確に分析していた。彼女こそ、嘘いつわりの通用しない女性だ。そのために自分がどれほどの犠牲を強いられても、彼女は真実を見極めることに生きるのだろう。自分の意にそぐわない妥協の人生を送ってきた彼女が、今は完全に自由の身になった。彼はオリビアがうらやましかった。はがきが誰にも見られていないことを願いながら、ピーターはそれをそっと引き出しに仕まった。

次の日、ビコテックに関する最新報告が届いた。テストの結果は案じていたより良かった。しかし、この新薬を早期に市場に出すとなると、合格には程遠かった。ピーターは、専門用語を読み解くプロになっていたから、報告結果の意味するところをよく理解できた。同様に、ケイトの父親にも分かるはずだった。ピーターは、義父とこの報告結果について、次の金曜日に協議することになった。

二人は二時に会長専用の会議室で会った。

義父は、ピーターの主張を予測して、厳しい顔つきで彼を迎えた。無駄な挨拶は抜きで仕事の話に入った。もっとも、その前に、長男の新学期の話だけはした。義父は、プリンストンに通う孫が可愛くて仕方ない様子だった。仕事の話に入ると、義父の表情は再び厳しくなった。

「今日の討議の意味は分かっているな?」

義父は、ピーターの目をにらんで言った。

「きみがわしの意見に同意しないことは分かっている」

義父の全身が緊張で震えているのが分かった。まるで、今まさに飛びかからんとしているコブラのようだった。ピーターは思わず身構えてしまった。自分自身だけでなく、会社の名誉も守らなければならないのだ。しかし、気迫負けして、コブラの餌食になるしかないような気もしていた。

フランクはすべてに先を読んでいた。必要なら、会長権を行使して相手を黙らせるつもりらしかった。

「わしの判断を信頼するしかないのがきみの立場だ。わしは今まで、こういう局面を何度も切り抜けてきた。この業界に、もう五十年も生きているんだ。わしが何をしているか自分で分かっている以上、きみはわしを信じなくてはいけない。あの薬はこのまま進めても大丈夫だ。発売までに問題点は克服できる。第一、見込みがなかったら、わしがそんな賭けをするはずないじゃないか！」

「でももし、見込みが違ったらどうします？　もし死者が出たら？……　一人でも出たら、大ごとですよ……女や子供が犠牲になったらどうします？　どう言いわけすればいいんです？　会社の将来だって、危うくなりますよ。こんなあやふやな状態なのに〝緊急承認扱い〟の許可を申請するなんて、わたしにはとてもできません」

ピーターは良心の命じるままに話した。しかし、フランクはそれを縁起でもないと言い捨て、義理の息子を〝フランスの阿呆〟みたいに女々しいと非難した。

「スシャールが真相を知っていますよ、フランク。真実を見つけるために会社が雇った男です。たとえそのテスト結果が悪くても、われわれとしては虚心坦懐に耳を傾けるべきです。彼はもう会社の人間ではありませんが、パンドラの箱が開けられた以上、それを無視するわけにはいきません。会長ご自身、そのことはよくお分かりだと思いますが」

「分かっているからこそ、これからの二か月間に、一千万ドルもの開発資金を投入するんだ、ピーター。あいつが言っていることは要するに、百万に一回も起きないような最悪事態が重なった場合の、あり得そうもない可能性を指摘したにすぎないんだ。それを問題視して、せっかくの薬を死なせてしまっていいと思うのかね、きみは？　この新薬で大勢の人が助かるとしたら、きみはどっちを取る？　アスピリンだって副作用はあるんだ。きみだってたまにはお世話になるだろ？」

「アスピリンを飲んだからって、死ぬことはありません。でも、ビコテックは使い方を間違えれば、患者の生命が危険にさらされます」

「だから、間違いのないように使わせるんだ。そこがポイントだよ。どんな薬にも危険な側面があり、副作用というものがあるんだ。それをなんとか克服しながらやっていくのが製薬という仕事なんだ。それがいやなら、さっさと店じまいして、お祭り市場で綿アメ売りでも始めた方がいいぞ。ゴネるのもいいかげんにしろ、ピーター。早く目を覚まして、わしの足を引っ張るのをやめろ！　ここでひとつ、はっきりさせておく。きみがあくまでも反対するなら、わしはきみを無視して、自分でＦＤＡの公聴会に出席する。わしがどうしてそこまでするか分かるか？　ビコテックの安全性を心から信じているからだ。これにわしの命を賭けてもいい！」

顔を赤らめ、興奮で声がどんどん大きくなり、話し終えるときのフランクはほとんど怒鳴り声で話していた。ピーターが見ていると、義父は体を震わせ、汗をかき始めた。顔色も悪くなった。義父はあえいで、コップの水を飲んだ。

「大丈夫ですか？」

ピーターは心配になって訊いた。

「命を賭けるようなことではありませんよ、これは。それこそがこの問題のポイントです。医療の観点から冷静に対処すべきです。たかが製品ですよ、フランク。この薬を世に出したいのは、誰よりもこのわたしなんです。製品化できるにせよできないにせよ、この薬を世に出すにはまだ早いというだけの話です。時間をかければ、立派な薬になる可能性もあるんです。だからこそ、疑念を持ちながら市場に出すべきではないと思うんです。欠陥があるのは、はっきり分かっている事実です。テストの結果がそれを証明しています。それがクリアされるまで、誰にも使わせるべきではありません。ただそれだけの、簡単な話です」

ピーターは正確に分かりやすく話した。フランクが興奮する分、彼は冷静になっていた。

「違うんだ、ピーター……問題はそんなに簡単じゃない」

フランクは吠えた。義理の息子が冷静なのを〝ナメている〟と受け止めて、よけい怒った。

「この四年間で投下した開発費は、四千七百万ドルだぞ。それを簡単な話と言えるのか？　これから、またどれほどの巨額を投下すればいいというのだ。会社にいくら残っていると思うんだ？」

義父はけんかを売り始めていた。しかし、ピーターは餌には引っかからなかった。

「ちゃんとした薬になるまで研究開発を続けるか、あきらめるかのどちらかです。どちらの可能性も、この種の研究にはつきものです」

「何だと⁉」

フランクはいきなり立ち上がった。

「わしが五千万ドルもの大金を窓から捨てるとでも思っているのか！　頭がおかしいんじゃないのか、おまえは。誰の金だと思っているんだ！　おまえの金だと思っているんじゃないだろうな？　もしそうだとしたら、大間違いだぞ。みんなわしの金だ。わしと会社とケイトのな。おまえの意見などクソ食らえだ！　おまえが今日あるのは、わしが一切合切の世話を焼いてやったからだ。おまえのためじゃない、娘のためにやったんだ！」

義父の言葉に、ピーターは棍棒で殴られたような衝撃を受けた。十八年前、ケイトと結婚する前に父親の発した警告が、頭の中でこだました。

〈〝おまえは絶対、雇われの身から出られないぞ……やめた方がいい〟〉

彼は父親の反対を押し切って結婚した。が、結果はこのざまだ。十八年間、雇われ人として見られてきたのだ。やはり父親はだてに歳を食っていなかった。

気がつくと、いつの間にかピーターも立ち上がっていた。もし義父がもう少し若かったら、そしてもう少し正常だったら、ピーターは殴りかかっていただろう。

「これは聞かなかったことにしよう」

ピーターは怒りで身を震わせながら、暴力に訴えそうになる自分を抑えてそう言った。しかし、フランクの方はやめなかった。ピーターの腕をわしづかみにして揺すった。

「生意気なことを言うな。わしの言うことをよく聞いて、そのとおりにするんだ。そして、その〝正義の味方面〟をやめろ!」

義父は怒鳴り続けた。

「娘の相手は誰だってよかったんだ。あの子がお前を選んだから、わしはあの子のためにおまえを社長にしてやったんだぞ。だから、おまえなんかクソ食らえだ。聞いているのか? おまえなんかクソ食らえだ! この研究の言いだしっぺはおまえなんだ。うまい話をちらつかせて、われわれに何千万ドルも負担させておきながら、あのフランスのバカが暗室で何か問題を見つけたと聞くと、待ってましたとばかりに態度を変えてわれわれをうしろからナイフで突き刺すんだ。そして、子豚みたいにＦＤＡの公聴会から逃げだそうっていうんだな。おまえに警告しておいてやる。そんなことをさせるくらいなら、おまえを殺す」

そこまで言って、フランクは胸を押さえて急に咳き込みだした。顔が赤らみ、それが紫色に変色した。呼吸ができないらしかった。そのとき義父はピーターの両腕をつかんでいたから、ピーターは倒れそうになる義父を支える形になった。危うく、ピーターも一緒に倒れそうになった。何が起きたかすぐ感づいて、ピーターは義父を床に横たえ、大急ぎで九一一に電話した。そして、義父の容体を詳しく説明した。

義父はもどしたうえに、激しく咳き込んでいた。ピーターは受話器を置くや、床にひざまずいて義父の体を横向きにして、嘔吐物で汚れないよう頭を支えてやった。義父は苦しそうだったが、まだ呼吸はしていた。だが、意識があるとは思えなかった。

ピーターは、義父に言われたことに打ちのめされて、まだ頭がふらついていた。こんなことまで言われて、正常でいられる自分が不思議なくらいだった。人を殺しかねないほどの毒を含んだ罵倒だった。それなのに、義父の首を抱えてやりながら、ピーターの頭の中にあったのは、もし義父がこの場で死んだらケイトになんと言われるかだった。口をきわめてののしられるに違いなかった。ビコテックの件で逆らったからこんなことになったのだと。父親がたった今ピーターに放った毒矢のことなど、彼女は知る由もないのだ。

救急車が到着して、とりあえず応急手当てがなされていたときに、ピーターは思った。これからどう転ぼうと、義父のことは絶対に許せないと。あの言葉は、カッとなった拍子に口から出たようなものではない。いつか使って相手を破滅させてやろうと、長年磨いてきた秘密の剣である。そのギラつく刃は、ピーターの体を簡単に刺し貫くほど鋭かった。ピーターは、これだけは許せないと思った。

救急隊員たちが手当てを続けるのを、ピーターはうしろに下がって見守った。彼の服は嘔吐物で汚れていた。義父の秘書がドア口に立って、オロオロしていた。救急隊員の一人が、ピーターを見上げて首を横に振った。義父の呼吸は今しがた止まったようだった。二人の救急隊員が心臓マッサージ器を取り出してきて、義父のシャツの前部を引き裂いた。新たに入って来た五、六人の救急隊員が応急手当てに加わった。全員がひざまずき、それから三十分間も蘇生術を試みた。その様子を見つめながら、ピーターは、妻になんと伝えればいいのかと考えていた。救急隊員の一人が別の隊員に担架を持って来るように言ったとき、ピーターはもう見込みはないだろうと判断した。

しかし、実は、義父の心臓は不規則だが鼓動を始めていた。マッサージ器ももはや必要とせず、呼吸も正常に戻りつつあった。

酸素マスクをはめられた義父は、運びだされて行くとき、ぼんやりした目でピーターを見上げた。ピーターはそのとき、義父の手を軽く押さえた。義父が救急車に乗せられると、ピーターはすぐ秘書に電話させて、義父の主治医に優秀な心臓専門医を手配させた。義父は今、生死の境をさまよっているのだ。

「ぼくも追って病院に行きますから」

ピーターは救急隊員にそう言って、男性用トイレに駆け込んだ。鏡を見ながら、この汚れたズボンとジャケットをどうしようかと思案した。新しいシャツが一枚、引き出しにしまってあるが、あとはそのままの格好で出かけるしかなかった。靴までも嘔吐物で汚れていた。だが、一番惨めだったのは、義父の毒気で打ちひしがれた彼の胸の中だった。

とにかく汚れをできるだけ落として、ピーターは手洗いから出て来た。それから、自室に戻ってケイトに電話した。幸い、ケイトはまだ家にいた。何かの用事で出かけるところだったらしいが、ちょうどその前だった。ケイトの声が受話器から響いてくると、ピーターはのどが詰まってなかなか声が出せなかった。

「ケイト……よかった……きみがまだ家にいてくれてよかった……」

予期せぬ時間に夫から電話をもらったケイトは、急に訊いてみたくなった。最近の夫の行動がおかしかったのはなぜかと。二、三週間前まではテレビにへばりついていたのに、急にそれもしなくなった。見ていたのはいつもＣＮＮだった。それから突然旅行に行こうなんて言いだした。

「どうかしたの、あなた?」

ケイトは腕の時計をちらりと見た。彼女には、マイクがプリンストンに行ってしまう前に片付けておかなければならない用事が二、三あった。寮の彼の部屋のじゅうたんと、ベッドカバーを新調してやりたかったのだ。

「そうなんだよ、ケイト……今はまだ大丈夫なんだが……フランクのことなんだ」

夫のただならぬ口調に、ケイトはギョッとなった。

「会社で心臓発作を起こしてね」

夫の言葉を聞いて、ケイトは呼吸が止まりそうになった。ピーターは、義父が死にそうになったことや、実際に何秒間か心臓が止まったことまでは話さなかった。それはあとから医者に語らせればいい。

「今、ニューヨーク病院へ運ばれて行かれたところなんだ。これから、ぼくも行くところだ。きみもできるだけ早く来た方がいい。容体が不安定のようだから」

「それで、お父さんは大丈夫なの!?」

天が降ってきたような彼女の驚き方だった。その声を聞いて、ピーターは一瞬、これが父親じゃなくて自分だったら彼女はどう反応するのだろうかと思った。それとも、やはりフランクの言うとおりなのだろうか？　自分はこの一家に買われた、単なる玩具なのだろうか？

「うん、大丈夫だと思うよ。ちょっと危ない様子もあったけどね。ぼくが九一一に電話して、ついさっきまで救急隊員がここにいたんだ」

警察官も駆けつけて来て、外の騒ぎを鎮めていた。警察官はフランクの秘書から事情を聞いていたが、秘書は動転していて、何が起きたのかよく分かっていなかった。警察官は事情聴取したいと、ピーターの手が空くのを待っていた。単純明瞭なことで、話すような事情もないはずだった。受話器からケイトの泣き声が聞こえてきた。

「そんなに心配しないで、ケイト。きみのお父さんは大丈夫だから。とりあえず病院の方へいらっしゃい」

そう言ってからピーターは、妻が運転できる状態なのかどうか急に心配になりだした。途中で事故など起こされては大変だ。

「マイクはいま家にいるのか？」

ケイトは泣きながら、いないと答えた。マイクがいてくれたらよかったのに。ポールでは仮免許しか持っていないから、ここまでは送って来られない。

「誰か近所で送ってもらえる人はいないかね？」

「自分で運転できるわよ」

彼女は泣きながら答えた。

「いったい何があったの、あなた？　昨日は元気だったのよ。いつもあんなに健康なお父さんなのに！」

確かに元気な義父だったが、会社にはケイトの知らないいろいろなことがあるのだ。

「お父さんはもう七十歳だからね。プレッシャーも多いし」

ケイトは急に泣くのをやめ、こわばった口調でこう訊いてきた。

「公聴会の件でまた言い合ったのね？」

二人が今日会うことを、ケイトは知っていた。

「話し合ってはいたけど」

二人のやり取りは、話し合いとは程遠かった。義父は聞くに耐えない言葉でピーターを侮辱した。しかし彼は、その話をケイトにしようとは思わなかった。義父に浴びせられた屈辱的な言葉は、自分の口で繰り返しただけでも中毒を起こしそうなほどの毒気を含んでいた。もし、このまま義父が死んだとしたら、二人のあいだにあったことは、妻には一生内緒にしておきたかった。

「話し合いなんかでお父さんが心臓発作を起こすはずないでしょ！」

ケイトは案の定、彼を責め始めた。ただ、電話で時間をつぶしたくなかったので、ピーターは適当に相づちを打った。

「とにかく、きみも来た方がいい。詳しいことはそのときに話そう。お父さんは心臓専門の集中治療室にいるから」

彼が手みじかに言うと、ケイトは再び泣きだした。ピーターは、やはり彼女が運転して来るのはまずいと思った。

「ぼくはこれからすぐ行って、様子を見てみる。何かあったら携帯電話で呼びだすから、電源を〝ON〟にしておくのを忘れないように」

「分かってるわよ！」

ケイトはとげとげしい口調でそう言ってから、鼻をかんだ。

「お父さんを怒らせるようなことをこれ以上言っちゃダメよ！」

しかし、三十分後にピーターがニューヨーク病院に着いたとき、義父は誰かの話を聞けるような状態ではなかった。ピーターは病院に向かう前に警察官の質問に答えなければならず、救急隊員が置いていった書類にサインもしなければならなかった。それに交通渋滞に巻き込まれて、イースト・リバーに着くまでに二十分もかかってしまった。

義父は鎮静剤を打たれて深い眠りの中にいた。医師たちは心電図を見ながら様子をうかがっていた。会社にいたときは赤みを帯びていた義父の顔に、今は血の気がなかった。髪はボサボサで、頬には乾いた嘔吐物のカスがこびりつき、裸にされた胸には何本もの管がつながれていた。何種類もの電子機器に取り巻かれ、いかにも重病人らしくなった義父は、一時間前の本人とは結びつかないほど老いぼれて見えた。

担当医はありのままを話してくれた。それによると、フランクはまだ山を越えた状態とは言えず、発作の程度も重大だから、いつまた攣縮《れんしゅく》が始まるか分からないとのことだった。これから二十四時間が危険だという。

義父の様子を見れば、医者の言うことが容易に信じられた。むしろ信じられないのは、つい二時間前にピーターと向かい合っていたときの、あの元気で憎たらしい姿だった。

ピーターは下のロビーでケイトが来るのを待った。間もなく、ジーンズにTシャツ姿のケイトが到着した。髪はボサボサで、目にはパニックの表情を浮かべていた。ピーターは彼女が受けるショックを少しでも和らげようと、前もっていろいろ教えてから、一緒にエレベーターに乗り込んだ。

「それでお父さんはどうなの?」

到着してから五度目の同じ質問を繰り返す彼女は、いつもの冷静さをなくして完全に動転していた。

「見れば分かるから落ち着きなさい。見かけは凄惨かもしれないけど、本人の容体はそれほど悪くないと思う」

フランクの体に連結された医療器具を見ただけで、見舞客は卒倒してしまいそうだ。フランクは患者というよりも、医療の実験台のように見えた。

夫から予備知識を与えられていたとはいえ、これほどとは思ってもみなかった。集中治療室に足を踏み入れ、父親の姿を見るなり、ケイトは顔をくしゃくしゃにして泣き始めた。大声を上げないようにするのがやっとだった。ベッドの横に来ると、父親の手にしがみついた。父親は一瞬、まぶたを開き、娘の姿を確認したようだった。それからすぐ、薬が効いているらしく、眠りの中に落ちていった。これから二、三日が山だから、そのあいだは眠り続けた方がよいのだという。

「オー　マイ　ゴッド！」

集中治療室を出るときの彼女は、ピーターに支えられなければ倒れてしまいそうだった。ピーターはあわてて彼女を椅子に座らせ、看護婦に水を持ってきてもらった。

「信じられない！」

同じ言葉を繰り返しながら、彼女はピーターの横でそれから三十分間も泣き続けた。ようやく二人のところに主治医がやって来て、患者の容体と見通しについて話した。助かるチャンスは五分五分だという。

　医者の言葉を聞いて、ケイトは再びヒステリー状態になった。集中治療室の廊下の椅子にへばりついたまま泣き続け、三十分ごとに父親を見舞い、許される五分間いっぱい、集中治療室から離れようとしなかった。そのあいだ父親は一度も意識を回復しなかった。夜になって、ピーターが彼女を食事に誘いだそうとしたが、ケイトは頑として断わった。今夜は待合室で夜を明かすのだと言って、そこから一歩も動こうとしなかった。

「ケイト、休まなきゃダメだよ」

　ピーターは優しく言った。

「きみが病気になってもなんの役にも立たないぞ。一時間ぐらい目を離したからってどうなるわけじゃないんだから。家に戻って、少し休んだらどうだ。何かあったら電話をくれるんだから」

「いくら言っても無駄よ」

　欲しい物を買ってくれなきゃ動かないだだっ子のような顔で彼女は言った。

「お父さんが危険な状態を脱するまで、わたしはここで付き添っている」

　どうやら、ピーターが案じていたとおりの筋書きになってきた。

「じゃあ、ぼくは家に行って、子供たちの様子を見てくるよ」

ピーターがそう言うと、彼女はうなずいた。薄暗い廊下の椅子に腰をおろすケイトの頭の中に、子供たちの存在はなかった。

「子供たちが寝たらまた戻って来るよ」

ピーターはあれこれ時間を計算しながら言った。ケイトはもう一度うなずいた。

「きみ一人で大丈夫かい?」

ピーターが呼びかけても、彼女はもう素知らぬ顔で窓の外を見つめていた。父親のこととなると、夫の言葉も聞こえない様子だった。生まれてから最初の二十年間、父親は彼女の世界のすべてだった。その次の二十年間、父親は彼女にとって最も大切な人だった。ピーターは思った、義父は彼女の愛の対象であり、情熱のはけ口であり、なくてはならない人なのだと。ピーターはさすがにそこまでは言えなかったが、彼女は自分の息子たちより父親の方が可愛いらしかった。

「きっと大丈夫だよ」

ピーターが立ち去るときにそう言うと、彼女は顔をくしゃくしゃにして首を激しく振った。ピーターにしてやれることはもう何もなさそうだった。彼女には父親以外に必要なものはないのだ。

ピーターは、金曜の夜の交通渋滞の中を、飛ばせるだけ飛ばして家に戻った。幸い、息子たちは三人とも帰宅していた。ピーターは、できるだけ穏やかな言葉で、フランクの心臓発作について息子たちに話した。三人ともとても心配しているようだった。長男のマイクが、倒れたときの様子を知りたがったので、協議中に発作を起こしたのだと簡単に答えた。マイクはすぐに見舞いに行きたいと言ったが、もう少し待ってからにした方がいいとピーターは反対した。少し元気になってからなら、プリンストンに通う最年長の孫の見舞いを受けて、義父もきっと喜ぶだろう。

「じゃあ明日なんかどう、ダード？」

明日はマイクがプリンストンに帰る日だ。じゅうたんとベッドカバーの用意はまだできていないはずだが、そんなものは後回しにできる。

「明日の朝は父さんがおまえを学校に送って行く。病院の方には母さんが付きっ切りでいるから大丈夫だ」

ピーターは子供たちを食事に連れだし、急いでそれを済ませると、九時にはニューヨークへ向かっていた。車の中からケイトに電話してみた。容体に変化はないと妻は答えた。むしろ二、三時間前より悪くなっているようだと言ったが、集中治療室つきの看護婦の話だと、それはこの発作特有の症状なのだという。

病院に戻ったのは十時だった。それから二時間あまりケイトのそばにいて、深夜すぎてから、グリニッジの自宅へ向かった。

次の朝早く、ピーターは一切合切の荷物と一緒に、マイクをプリンストンの寮へ送った。マイクにあてがわれた部屋は、ほかの学生二人と共同の三人部屋だった。ピーターは昼まで一緒にいて、こまごまと世話を焼いてやった。別れ際に長男を抱き、頑張れと言ってからケイトと父親のいるニューヨークへ向かった。病院に着いたのは午後二時ちょっと前だった。

集中治療室に足を踏み入れて、ピーターは驚かされた。義父がベッドの上で上半身を起こしていたのだ。顔色は悪く、弱々しかったが、髪の毛はきれいにとかされ、新しいパジャマを着せられて、赤ん坊のように、ケイトにスプーンでスープを飲まされていた。信じられないほどの回復ぶりだった。

「よかった」

ピーターはそう言いながら二人に歩み寄った。

「山を越したようですね」

ピーターの語りかけに義父は笑みをこぼした。だが、ピーターは心のガードを崩さなかった。あのとき言われたこと、そしてその憎々しげな口調が忘れられなかった。それでも、義父の生還はやはり嬉しかった。

「その素敵なパジャマはどうやって手に入れたんですか?」

義父の様子は、つい昨日の、あの嘔吐物に自分の顔をのせていたときとは一変していた。ケイトがにっこりした。彼女はあの修羅場を知らないのだ。ピーターを、買われた夫であるとののしった父親の言葉も聞いてはいない。

「《バーグドーフ》から届けてもらったのよ」

妻は嬉しそうだった。

「この分だと、明日にでも個室に移れると看護婦さんが言っていたわ」

ケイト自身疲れているようだったが、そんなことはおくびにも出さなかった。父親のためなら全身全霊を捧げて悔いのない彼女なのである。

「それはグッドニュースだね」

ピーターはそう言ってから、長男をプリンストンの寮に送ってきたことを二人に報告した。フランクはその話を聞いてとても嬉しそうだった。しばらくしてから、ケイトが父親を横にして昼寝をさせた。ピーターは彼女と一緒に廊下に出た。すると、ケイトの表情が人が変わったようにこわ張った。父親にスープを飲ませていたときのあの明るさは、瞬時にして消えていた。何かあったたな、とピーターは直感した。

「昨日のことをお父さんから聞いたわ」

廊下を歩きながら、ケイトは夫をにらみつけた。

「それがどうしたんだい？」

ピーターもくたくただったから、ここで妻とやり合うつもりはなかった。まさか義父がすべてを告白するとは思わなかった。あのひどい言葉を娘の前で繰り返せるはずがなかった。

「とぼけないでよ」

ケイトは足を止め、まるで見知らぬ他人を見るような目でピーターを見つめた。

「公聴会の件でお父さんを脅したんですってね？　暴力を振るわれそうだったって、お父さんが言ってたわ」

「何だって？」

ピーターは耳を疑った。

「あなたがあんな口のきき方をするのは初めて聞いたって言っていたわ。どう説明してもあなたが聞こうとしないので、お父さんは手にあまって……それで……」

ケイトは泣きだして、その先が言えなくなった。ただ、涙をいっぱい溜めて彼をにらむ目には、非難の表情が滲みでていた。

「お父さんは死ぬところだったわ。死んだらあなたが殺したことになるのよ。でも、あの人は強いから……世の中に必要な人だから……」

彼女はそれ以上夫の顔を正視できず、目をそらした。だが、そのあとに彼女が言った言葉はピーターの胸にグサリと刺さった。

「あなたのことは許せない！」

「じゃあ、別れようじゃないか」

ピーターはこみ上げてくる怒りを抑え切れなかった。

「倒れる前にきみの父親がなんと言ったか、本人に訊いたらいい。人のことを〝買われた身〟だとののしったんだぞ。公聴会に行かないなら、死んでもらうと脅しながらな！」

ピーターは澄んだ目で妻を見下ろした。ケイトは、夫の目の中に今までに見たことのない表情を読み取った。ピーターは言い終えると、大股でエレベーターに乗り込んで行った。ケイトは追ったりはせず、黙って彼を見送った。しかしピーターは、彼女がついて来ようが来まいが、そんなことはもうどうでもよかった。彼女の気持ちがどっちを向いているのか、今日こそはっきりと見せてもらった。

第十一章

フランクの回復は目覚ましかった。二週間もしないうちに退院を許され、ケイトがしばらく父親の家にいることになった。夫婦の冷却期間としてむしろ好都合だ、とピーターは思った。しばらく離れていれば、お互いに対する気持ちが確かめられるだろうからと。

ケイトは病院での発言について謝らなかった。ピーターもその件は持ちださなかったものの、忘れたわけではなかった。もちろん、義父から再び〝買われた身〟呼ばわりされることはなかった。果たして、彼は自分の言ったことを覚えているのだろうか？　ピーターは首を傾げた。

儀礼もあるし、妻を放っておくわけにもいかないので、ピーターは定期的に義父を見舞った。そのたびに、ピーターがにこやかに挨拶しても、義父はいつも冷ややかだった。ケイトは彼を避けているように見えた。父親の面倒を見るので頭がいっぱいらしく、末っ子のことすら心配していなかった。彼に毎晩食事を作ってやるのは、したがってピーターの役目になっていた。上の二人はすでに寮生活に入り、プリンストンでの生活が楽しいと、マイクからは何度か連絡があった。

義父が公聴会の件を持ちだしたのは、心臓発作を起こしてからちょうど二週間目のことだった。いろいろあったが、ＦＤＡの公聴会の日程がそのままなのは二人ともよく承知していた。公聴会までは、あと数えるほどの日数しかなかった。もし、新薬の〝緊急承認扱い〟を申請するつもりがないなら、この時点で、公聴会出席を取り消さなければならない。

「ところで」

フランクは、ケイトがあてがってくれたふかふかの枕に反り返って言った。ちょっと前に理容師が来たところで、ヒゲはきれいに剃られ、髪の毛もとかされて完璧だった。高級パジャマか贅沢シーツの広告にでも登場しそうな装いの義父は、死の淵から生還した男にはとても見えなかった。ピーターはとにかく彼を怒らせたくなかった。

「その後どうなってる、研究の様子は？」

フランクがなんのことを言っているのか、確認する必要はなかった。

「その件は、もっと元気になられてから話しませんか？」

そのとき、ケイトは下で昼食の用意をしていた。ピーターは今ドノバン父娘相手に言い争いを始めるつもりはなかった。それに、医者の許可がない限り、義父にビコテックの話題はタブーだった。

「話そう」

フランクは頑として言った。

「公聴会はもうじきなんだぞ。忘れるわけにはいかないんだ」

冷静な口調だった。忘れるわけにいかないのは会社で浴びせられたあの侮辱の言葉だ、とピーターは思った。しかしフランクは、もうそのことは忘れているかのように、いつもの目で義理の息子を見つめた。どんな場合でも目的を忘れない男、それがフランクだった。ピーターは妻の頑固さがどこから来るのか、考えなくても分かる気がした。

「わしは昨日、会社に電話してみたんだ。開発部の話によると、すべてがクリーンになったということだが」

「一点を除けばです」

ピーターが静かに付け加えた。フランクは続けた。

「例外的な条件下のラットで試された実験のことだろ？　知ってるよ。余計な実験だった。あんな条件は人間に当てはまらないんだから、気にする必要はない」

「確かにそのとおりです」

ケイトがこの場に来ないように祈りながら、ピーターはまず一歩譲って、話を続けた。

「しかし、技術的には、ＦＤＡの要件を満たせないことになります。やはり公聴会は遅らせた方がいいというのがわたしの考えです」

それよりも、フランスでのテストのやり直しが終わっていないのだ。これは決定的な欠落と言わなければならない。

「スシャールの想定した条件下でテストをクリアする必要があります。危険だと分かったのはあの実験ででしたから。ほかの実験はもはや形式にすぎません。彼が試したのとまったく同じ条件下で、もう一度試験する必要があります」

「臨床試験に間に合わせるようにやればいいんだろ？　そんな事までこまごまとＦＤＡに知らせる必要はない。ＦＤＡの要件は満点で満たしている。彼らはそれ以上は求めていない。どうだ、これできみも満足するはずだが？」

義父はピーターをにらみつけてそう言った。

「スシャールの発見さえなければ、ぼくも満足できたと思います。でも、その件をＦＤＡに話さないのは嘘をつくことになりますが」

「わしの言葉を信用しなさい」

フランクは義理の息子の意見を無視して言った。

「もし何か……ちょっとした疑念でもこれからのテストから生じたら、発売を中止させる。わしはバカじゃないんだ。誰かを死なせて、何百万ドルの訴訟を起こさせるつもりはない。だが同時に、会社を殺すわけにもいかないんだ。条件が揃ったんだから、前に進まない法はない。いま言ったように、これからもテストを続けて、ＦＤＡの人体治験の許可が出たあとでも、実際の人体治験や臨床試験はあらゆるテスト結果がクリアされてからにする。そう約束したら、公聴会に出てくれるか、ピーター？　それできみになんの損もないと思うが……頼むよ……」

ピーターには分かっていた。これが会社を誤った道に導く一歩になると。人体治験には時期尚早であり、危険すぎる。それに、義父の言葉は信用できなかった。許可が得られたら、おそらくすぐ人体治験とそれに続く臨床試験を実行に移すに違いなかった。たとえ使われるビコテックがごく少量でも、治験の対象が少人数に限られていても、その無責任さが問題なのだ。

〝ビコテックは危険〟と研究者に指摘されながら、それをもてあそぶ蛮勇はピーターは持ち合わせていなかった。業界には同じような話がゴロゴロ転がっている。新薬をあわてて売りだしたために大損害を被った会社。生産が先行して、なかなか許可を得られないため、倉庫いっぱいに製品を抱えている会社。ピーターは義父をそんな立場に追いやりたくなかった。会社の頂点に立つフランクが良心を持たなければ、試験薬の乱用に歯止めがかからなくなる。乱用の結果は、多くの命の無駄な死をもたらすだけだ。ピーターはそんなことを支持するわけにはいかなかった。

「わたしとしては、公聴会には出席できません」

ピーターは残念そうに言った。

「理由はお分かりだと思いますが」

「きみは復讐のつもりで出席を断わっているんだな……わしに言われたことを根に持って……あれは、そんなつもりはなくて言ったことなんだ。分かるだろ？」

今、冷静になって考え直すとき、あのとき義父はカッとして言っただけなのか、それとも、常日頃思っていたことを口から滑らせたのか、ピーターにはどちらとも言えなかった。しかし、それで彼が傷ついたのは事実だった。かといって、復讐するつもりなど毛頭なかった。

「その話とは関係ありませんよ。要は倫理の問題です」

「そんなものクソ食らえだ。きみはほかに何が欲しいんだ？　特別手当か？　報奨金か？　わしは約束したんだぞ。すべてのテストが終わった段階で少しでも問題が見つかったら、人体治験はしないと。これ以上何が必要なんだ?」

「時間です。必要なのは時間なんです」

ピーターは疲れ切った表情で言った。この二週間のドノバン一家のてんやわんやで、彼は本当に疲れてしまっていた。しかし、もし彼がもっと深く考えたなら、この疲れがもう何年も前から始まっていることに気づくはずだった。

「時間よりも金の問題だ。それと、プライドのな。いま公聴会から逃げだしてみろ。その損害をきみは計算できるか? ビコテックだけでなく、うちが作っているほかの全薬品が評判を落とすことになるんだ」

堂々巡りだった。二人は自分の主張を繰り返すだけで、お互いに一歩も譲らなかった。ケイトが父親の昼食を持って来たとき、二人の男性の険しい表情を見て彼女は、さては内緒のけんかをしていたわね、と直感的に思った。

「また仕事の話をしていたんでしょ?」

ケイトが二人に向かって訊くと、二人とも首を横に振った。だが、ピーターの方は良心が咎めるような顔をしていた。

ケイトは場所を変えて夫を追い詰めた。

「あなたは埋め合わせをすべきだと思うわ」

父親の家のキッチンに立って、彼女は謎めいた言い方をした。

「埋め合わせって、何の埋め合わせだい？」

「あなたがしたことのよ」

彼女はまだ、ピーターが父親を怒らせて心臓発作の原因を作ったのだと固く信じていた。誰がなんと言おうと、彼女の考えは変わりそうになかった。

「あなたには、公聴会に出席する義理があるんじゃないかしら？　出席したからって実害は何もないのよ。お父さんにとっては単に面子の問題なんだから。自分で手続きや運動をしておきながら、今さら用意ができていないなんて言えないいんじゃない？　ビコテックがもし危険だと分かったら、人体治験はしないと言っているのよ。お父さんはバカでも頭がおかしいわけでもないわ。それはあなたも知っているでしょ？　でも病気だし、歳を取っているから身軽じゃないのよ。大会社の会長として米国の大衆の前で恥をかきたくないというのが本当の気持ちだと思うわ」

ケイトは夫を責めるような口調で続けた。

「公聴会に出席することが、あなたにとってそれほど大変なことかしら？　もっとも、お父さんなんてどうなったっていいって言うなら別ですけどね。このあいだ、お父さんは、あなたにひどいことを言ってしまったって言っていたわ。でもそれは腹立ちまぎれに言ったことで、本気じゃなかったことは確かよ。要は――」

彼女は夫を見据えて言った。

「あなたが、果たしてお父さんを許せるほど大物かどうかよ。それとも、言われたことを根に持って仕返ししたいの？　いずれにしても、議会には出席するんだから、ＦＤＡの公聴会に出席するのもついでにできることよね。今度のことを考えたら、そのくらいはしてあげたっていいんじゃない？　お父さんは、自分では行けないのよ。今それができるのはあなただけなんですから」

公聴会に出席しないと主張する彼はろくでなしで、フランクの心臓発作はすべてピーターの責任である、と決めつけているような彼女の言い草だった。そればかりか、ケイトは、ピーターが復讐心から公聴会出席を拒んでいるのだという父親のこじつけに見事にはまってしまっていた。いじけた話と言うしかなかった。

「それとこれとは別だよ、ケイト。問題はそんなに単純ではないんだ。これは人の命を預かる製薬会社としての良心と倫理の問題さ。面子よりももっと大切なことがあるんだ。たとえば、もし、開発した薬品に欠陥があると分かっていながら公聴会に出席したと当局が知ったらどうなる？　大衆はどう反応すると思う？　社会はもうわれわれを信用しなくなるかもしれないんだよ。そんなことになったら、会社の将来はなくなるんだ」

それよりも嫌なのは、それで自分の良心がつぶれてしまうことだ。仕事に信念が持てなくなる。やはりなんと言われようと、これだけは妥協できないとピーターは思った。

「必要ならすべてを引きあげるとまで言っているのよ。お父さんが欲しいのは気休めの期間なの。ＦＤＡの公聴会に出席するという形だけでいいの」

彼女の説得力は父親よりも上だった。まるで、ちょっと行って挨拶してくればすべてが解決するといった調子で話している。彼が拒まなければならない大きな背景など、何も分かっていないのだ。しかも、公聴会の出席いかんが夫婦間の愛を証明するものだと巧みに匂わせている。

「あなたのちょっとした妥協で、お父さんの願いをかなえてあげられるのよ。それもしてあげられないほどあなたは小物なの？　お願い、やってあげてちょうだい……今度だけでいいから。お父さんは死にかけたのよ。そのくらいはしてもらう権利があるんじゃないかしら」

彼女はまるで、父親側で旗を振るジャンヌ・ダルクだった。なぜ彼女がそこまで父親の肩を持つのか、ピーターには理解できなかった。しかし、彼女の表情を見てピーターは思わずゾッとなった。自分はいつの間にか断崖絶壁の上に立たされているのだ。ここでケイトに逆らっても、とても勝ち目はなさそうだった。

「ねえ、ピーター？」

ケイトは急に猫なで声になってピーターを見上げた。今までに見せたこともないような科《しな》も作っていた。

彼女の超人間的な演技力の前に、ピーターは抵抗する気力はおろか、答える元気もなくしていた。彼はわけもなくうなずいてしまった。

ケイトは自分の勝利を確信した。一件落着である。夫は公聴会に出席する。

第十二章

ワシントンに出向く前日の夜は悪夢そのものだった。ピーターは、自分で約束してしまったことがいまだに信じられなかった。

あれ以来、確かにケイトは終始機嫌がよく、急速に健康を回復している義父もやたらに気をつかってピーターを盛んに褒めまくっている。だが、ピーター本人は心臓が石と化し、脳はからっぽになって、まるで別の惑星に向かってロケット砲で撃ち込まれる心境だった。自分が何をやっているのか、もうさっぱり分からなくなっていた。

頭の中では、フランクの理屈で自分を納得させることができた。ビコテックはほぼ完成しつつある。もし難点が見つかったら、人体治験の前に、場合によっては製品化の前に、中止させればよい。しかし、それでは、倫理にも反するし法律にも違反する。義父もピーターもそのことはよく分かっている。それでいながら、ピーターにはもう選択の余地がなかった。

行くと約束してしまった以上、ピーターに残された問題は、良心の痛みを抱えながらこれからどうやって生きていけばいいかだった。時が経てば痛みも消えるのだろうか？　これが前例になって、自分の中の倫理観が崩れてしまわないだろうか？　会社内の審議がすべておかしくならないだろうか？

これはむしろ、人間観察としては面白いテーマである。もし自分の命にかかわる問題でなかったら、ピーターも大いに興味を持つところだが、案の定、彼は急激な食欲不振に陥り、夜も眠れなくなった。数日のうちにたちまち四キロもやせてしまった。ワシントンへ出発する日の朝には、病気なのかと秘書が心配して訊くほどのやつれ方だった。ピーターは首を横に振り、忙しいからだとだけ答えた。

フランクがいない今、会社のすべてが彼の双肩にかかっている。しかも、連邦議会の委員会に出席する同じ日に、ＦＤＡの公聴会にも出なければいけないのだ。

その日の夕方、ピーターは机にかじりついて、最新の経過報告を読んでいた。結果は、ちょっとした一点を除けば、すべて良好に見えた。しかし、そのちょっとした一点がスシャールが六月に話した内容と完全に一致していた。

ピーターには、それが決してちょっとしたことではないと分かっていた。研究者たちはそのことを取り立てて問題視していなかった。ピーターもこの件だけを取り上げて義父に電話しようとは思わなかった。聞かなくても彼の答えは分かっていた。

〈〝そんな小さなことは心配しなくていい。とにかく公聴会に出席しなさい。問題はあとで解決する〟〉

ピーターは報告書を自宅に持ち帰り、ベッドの上でもう一度読み返してみた。午前二時になってもまだ納得がいかなかった。ケイトは隣りで寝入っていた。彼女は父親のところからもう家に戻っていて、夫のワシントン行きに同行することにしていた。そのための新しいスーツも仕入れてあった。ピーターが降参して以来、父娘の機嫌は最近では珍しいくらいに良かった。しかしピーターにとっては、ワシントン行きを決めた自分が地獄の使者であることに変わりはなかった。彼が落ち込んでいるのを見るたびにケイトは、委員会に出るので神経質になっているのよ、と言って問題をごちゃ混ぜにしていた。

明け方の午前四時、ピーターは書斎の椅子に座り、窓の外を眺めながら最新報告の内容を頭の中で整理していた。誰か専門知識を持った人と相談できればと思った。しかし、ドイツとスイスの研究チームの中には、個人的に親しい人間はいない。パリの新任研究所長ともまだなじみがない。彼はフランクが新たに雇った男で、雇われた理由も〝イエスマン〟で扱いやすそうだったからにほかならない。そのくせ理屈っぽい男で、専門用語をやたらに使いたがるから、彼の話はまるで外国語のようにちんぷんかんぷんだ。

ピーターは思いついてパソコンの電源を入れた。果たして彼の新しい番号が残っているだろうか。首を傾げながら探してみると、やはりあった。今パリは朝の十時だ。運が良ければつかまるかもしれない。

交換手が出ると、ピーターは彼の名を言って、つないでくれるよう頼んだ。呼び出し音が二回鳴ってから、おなじみの声が響いてきた。

「アロー?」

ポール・ルイ・スシャール本人の声だ。ピーターが電話をしたところは、彼が働いている新しい研究所である。

「ハーイ、ポール・ルイ」

ピーターは快活を装ったつもりだったが、その声は疲れていた。昨夜は一睡もしないまま、もう朝になってしまっていた。彼が電話したのは、気休めでもいいからポール・ルイの助言が欲しかったからだ。

「こちらはベネディクト・アーノルドですが」

「ウイ？　アロー？　誰だって？」

スシャールの戸惑っている様子にピーターは顔をほころばせた。

「もうずっと前に射殺された裏切り者ですよ。やあ、ポール・ルイ」

ピーターはフランス語で話し始めた。

「ピーター・ハスケルですよ」

「ああ……あなたでしたか」

スシャールは電話の意味を即座に理解した。

「すると……いよいよやるんですね？　あんたは、強制されて？」

スシャールの勘の良さに、ピーターは思わずうなった。

「強制されたと言いたいところなんですが」

実際は強制されたにもかかわらず、ピーターは〝ジェントルマン〟ぶりを発揮してそう言った。

「まあ、いろいろ理由があって、多少なりとも自分の意志でそうすることにしたんです。フランクが三週間前に心臓発作で倒れてね。事情はあれからずいぶん変わりました」

スシャールの口調は重々しかった。

「なるほど」

「それで、わたしに何をお望みですかな？」

彼がいま働いている研究所は、ドノバン社とはライバル関係にある会社の付属機関だ。だが、スシャールは個人的にピーターのことが好きだった。

「何か、わたしにお役に立てることがあるんですか？」

「申しわけないが、大ありなんです。テスト結果の報告書が届きましてね。それを見る限り、すべてクリーンになったように思えるんですが――構成化合物を二種類入れ換えて、それですべて解決したとみんなは思っているようなんですよ。でも、どうも気になる点があるんです。その点をあなたの専門知識で解明していただけないかと思いまして。実は、今わたしの周囲には率直に話し合える人間がいないんです。それで、わたしが知りたいのは、それでもまだビコテックが人体に危険かどうかなんです。一度この報告書に目を通してもらう時間はないでしょうか？」

今のスシャールにそんなゆとりはなかった。だが、ピーターのためならやってやろうと彼は思った。それで、いったん秘書に電話をすべて断わるように命じてから、ピーターの電話に戻った。

「それでは、至急ファックスで送ってもらえますか？」

ピーターは、その場でファックスを送った。スシャールがメモを読んでいるあいだ、長い沈黙が続いた。それから一時間ばかり、質問と回答が繰り返された。ピーターはできるだけたくさんの質問をスシャールにぶつけた。話を全部聞いてから、スシャールは黙り込んだ。最終的な結論を出しているのだな、とピーターは解釈した。

「現時点で客観的に評価するのは難しいですね。ガンの治療レベルを変え得る素晴らしい新薬かもしれません。ですが同時に、別の側面もあり得ます。そこが難しいところです。でも、リスクや代償のないものなんてこの世にありませんからね。問題は、あなたの会社にその代償を払う覚悟があるかどうかです」

フランス人らしい理屈っぽい話し方だった。しかし、ピーターにはその意味がよく分かった。

「すると、我が社にとっては、そのリスクがどのくらい大きいかが問題になってきますね」

「そういうことです」

スシャールも、ピーターの立場をよく理解していた。六月にパリでピーターと会ったとき、彼が心配したのもその点だった。

「新研究は、間違いなくいい結果をもたらしていますね。テスト方法も正しいし……」

スシャールは話を中断して、顔をしかめながらタバコに火をつけた。ライターの音を聞いて、ピーターの脳裏にタバコをくゆらすシャールの姿が浮かんだ。ピーターの知る限り、ヨーロッパの科学者は皆ヘビースモーカーだ。

「やはりまだダメですか？」

ピーターは恐る恐る彼の結論をうかがった。

「ううむ……未熟ですね……」

スシャールは残念そうに言った。

「まあ、このまま続けていけば、いずれ完全なものになると思いますがね。でも、今のこの段階では不完全です。わたしに言わせれば、ビコテックは依然として潜在的に危険です。特に、扱いを間違えた場合が怖いと思います」

この新薬の目指すところがまさにそれなのだ。素人でも使える薬が〝売り〟なのである。開発のそもそもの動機が、病院に出向かなくても、家に居ながら化学療法を続けられるところにあった。

「やはり毒薬になり得ますか、ポール・ルイ？」

パリでそう言われたあのときの彼の言葉がピーターの頭にまだ残っている。

「そう思いますね」

電話の向こうの声は申しわけなさそうだったが、結論ははっきりしていた。

「製品化にはまだ早いと言わざるを得ませんね、ピーター。急がないで時間をかけたらいいんですよ。必ず解決するはずです」

「でも、公聴会があるんですよ。どうしたらいいですかねえ」

「いつなんですか?」

ピーターは腕の時計に目を落とした。ちょうど朝の五時だった。

「これから九時間後の、午後の二時にあるんです。あと二時間したらワシントンに向けて出発します」

八時の飛行機に乗り、九時には委員会に出席していなければならない。

「それは大変ですな。でもわたしに言えることは少ししかありません。公聴会では、正直にありのままをおっしゃったらどうですか? 素晴らしい薬になるはずだが、もう少し研究する必要があると」

「FDAの前でそんなことは言えませんよ。研究結果を提示して、早期の人体治験と臨床試験の許可を申請するのが目的なんですから。フランクは、臨床試験を終えて発売許可を得たら、すぐにでも販売したがっているんです」

電話の向こうで、スシャールがヒューッと口笛を吹いた。

「それは無茶ですねえ。あの会長はなぜそんなにあわてているんですか?」

「彼は一月に引退する予定なんです。それで、その前にケリをつけておきたいんでしょう。これがうまくいけば、人類への置きみやげにもなりますしね。もっとも、それはぼくにとっても言えることですがね。でも今は、時限爆弾を抱えたような心境ですよ」

「確かに、時限爆弾だと思った方がいいですよ、ピーター」

「もちろん、ぼくはそう思っています。でも、誰も耳を貸そうとしないんです。フランクは、今年の暮れまでに薬が完成しなければ人体治験を中止すると約束しているんですが、同時に、公聴会には出ろと言うんです。まあ、実を言うといろいろありましてね」

老人のエゴと、巨額の収益を計算した商魂が、こういう結果をもたらしたのだ。しかし、フランクの今回の計算は、欲とエゴに目がくらんで間違った数字をはじき出していると言わざるを得なかった。会社の存立を危うくするような決定のことである。義父は目をふさいで、真実を見ようとしない。それが自分にははっきり見えるところが、ピーターにはやり切れなかった。フランクは気がふれたのかと思えるほど頑固になっている。もうろくしたか、それとも欲に目がくらんでいるのだろう。

ピーターはスシャールの助言に感謝した。スシャールは、彼の幸運を祈ると言って電話を切った。それから、ピーターは自分でコーヒーを沸かしにキッチンへ行った。今からでも中止はできる。だがどうやって、ということになると、その取っ掛かりが見つからなかった。とりあえず公聴会に出席して、そのあとでフランクに辞意を表明することもできる。だが、それでは、自分がもたらした危険から、治験に志願する人たちや臨床試験で薬を飲まされる患者たちを救うことができない。テスト結果が良くなかったら人体治験を中止するという義父の言葉が信用できないところが問題だった。〝おまえも少し甘くなっているぞ〟とピーターの胸が告げていた。たとえ人命に危険があっても、薬が発売されたときの利益の大きさは想像を越えるものがある。会社の社長なら、つい手を出したくなる誘惑だ。

物音に気づいたケイトがキッチンにやって来た。彼女が目にしたのは、頭を抱えながらコーヒーをすすっている夫の姿だった。こんなに落ち込んだ様子の彼を見るのは初めてだった。心臓発作のあとの父親よりもやつれて見えた。

「何をそんなに心配しているの?」

妻はそう言って、夫の肩に手を置いた。しかし、ピーターは承知していた。どんなに説明しても、妻に分かってもらえる問題ではないと。ケイトは、何も知らない様子だし、知ろうともしないではないか。

「あっという間に終わるわよ」

まるで、注射をされる幼児を安心させる母親のような言い方だ。これが、彼の信念に反する行動だとはぜんぜん気づいていないらしい。倫理観も良識も、誠実さも、彼を支えている内面のすべてが崩れ去ろうとしていることなど、まるで見えないのだろう。ピーターは惨めな顔で、テーブルの向こうに座る妻を見上げた。ピンクのナイトガウンに身を包んだケイトは、エクササイズで維持しているスリムな体の線を見せながら、いつもどおり冷ややかだった。

「ぼくが公聴会に出席する理由は、恥ずかしくてとても人さまには言えないね。正しいからとか、新薬が完成したからとかいう理由で行くんじゃないんだ。ただきみときみのお父さんを喜ばせるためなんだ。まるでマフィアの殺し屋になったような気分だよ」

「なんてこと言うの、あなた！」

ケイトはびっくりして夫を見つめた。

「マフィアの殺し屋と何の関係があるの？　変なことを引き合いに出すものじゃないわ。もちろん、正しいと分かっているから出席するんでしょうし、お父さんに対する借りもあるのよ」

ピーターは妻を見つめながら思った。この調子でいって、自分たちにどれほどの未来があるのだろうかと。最近の推移からして、大して残っていないと判断できた。オリビアが「夫と一緒にいてほとほと疲れた」と言った、その意味がよく分かるような気がした。嘘と見せかけの上に築かれた生活の帰結である。そこに、ピーターの場合、〝脅迫〟が加わる。

「フランクもきみも、ぼくに貸しがあると思っているようだが、具体的に何を指して言っているんだい？」

　ピーターは静かに話し始めた。

「特にきみのお父さんは、ぼくにたくさん貸しがあると思い込んでいるようだ。ところが、ぼくの方は公明正大な交換だと思ってきた。会社のために誠心誠意働いて、その分は給料としてもらった。きみとぼくは結婚で結ばれた夫婦だ。ぼくはそう思ってきた。だが、ここへ来て、〝貸しがある〟の〝借りがある〟のとやたらにやかましくなった。ぼくが公聴会に出なければいけない借りとは、具体的に何を指して言うんだい？」

「それは――」

　ケイトは考えながら答えた。ここは地雷源になりそうな微妙な地面だと分かっていたから、注意深く、そろそろと足を降ろさなければならないことも心得ていた。

「この二十年間、会社はあなたを厚遇してきたわ。だから、今度はあなたが立ち上がって、会社に巨額の利益をもたらす製品を世に送りだすのよ」

　ピーターはうんざりした顔で妻を見つめた。

「結局そういうことなのか？　お金のためなんだな？」

　巨額の利益のためにおれは使われるわけだ？　少なくとも安くたたかれずに済んだと言えるところがお慰みか、とピーターは苦々しく思った。

「そこまで世間知らずなの、あなた？　最終的にはもちろんお金のためよ。会社なんだから当たりまえでしょ。あなたも社長をしていて分かっているはずよ。それに子供たちのことも考えてよ。あなたが公聴会に行かなかったら、あの子たちはどうなるの？　子供たちの将来も破壊することになるのよ」

ケイトはあくまでも冷たく、計算高く、強硬だった。彼女が父親を弁護する言葉の端々に表われるのは、いつも〝お金〟だった。

「それは皮肉だな。ぼくは人類の役に立つと思って、大勢の命を救えると思って、この薬の開発に取り組んできたんだ。だから、今さら嘘をつくのは気が進まない。ましてや〝金儲けのため〟に嘘をつくなんて、良心が痛んでとてもできない」

「まさか、行かないつもりなんじゃないでしょうね？」

ケイトは驚愕の表情で夫を見上げた。あなたが行かないならわたしが行くと言い返したいところだったが、彼女は会社の代表ではない。父親も、まだ全快していない。ここはピーターに降参するしかなかった。

「そんなこともあろうかと思って、わたしは真剣に考えたのよ」

ケイトは立ち上がって夫を見下ろした。

「いいでしょう。あなたがそんなに臆病なら、ウィルソン―ドノバン社でのあなたの輝かしい未来もこれで終わりということね」

「われわれの結婚生活もだな？」

飛び火の危険を承知しながら、ピーターはそう訊いた。

「それは様子を見てから決めましょう」

彼女は冷静だった。

「でも、あなたの行為は究極の裏切りと受け止めますからね」

彼女が本気で言っていることは、その表情を見れば分かった。だが、もっとほかに分かったこともある。女性らしい思いやりや、相手に対するいたわりなどまるでなく、身勝手さを前面に押しだす彼女を見て、自分の気が逆に楽になったことだ。

「きみの立場がはっきり分かってよかった」

ピーターは静かに言った。二人はテーブルの両端に立って視線を交わした。ちょうどそのときだった。末っ子のパトリックが朝食をとりに入って来た。

「こんなに早くから何やってるの？」

パトリックが眠そうな目で訊いた。

「今日はお母さんと一緒にワシントンへ行くんだよ」

ピーターは明るい口調で息子に答えた。

「ああ、そうだったっけ。おじいちゃんも一緒に行くの？」

パトリックはあくびをしてから、自分でミルクを注いだ。

「いや、おじいちゃんは、まだ病気が治っていないから行けないんだ」

しばらくして、そのおじいちゃんから電話が入った。彼は、出かける前のピーターをつかまえて、薬価についての発言に関して念を押しておきたかったのだ。この何日かのあいだに何十回も繰り返してきた話だったが、フランクとしては、業界代表としてのピーターに足を踏みはずさないよう、もう一度注意をしておきたかったのだ。

「譲歩したり、相手に同調してはダメだ。誘導尋問に引っかからないようにしろ。ビコテックの話が出た場合も、もちろんそうだ。それを忘れないように」

義父の口調は厳しく、言い方も強引だった。彼がビコテックに付けようとしている価格も、ピーターの考えている水準には程遠かった。電話から戻ってくるピーターを、ケイトが待ち構えていた。

「じゃ、いいわね？」

彼女が顔をゆがめて作り笑いをすると、ピーターはうなずいた。それから二人は着替えを始め、三十分後には空港に向かって車を走らせていた。

ピーターはハンドルを握りながら、ほとんど口をきかなかった。ケイトは、今朝彼があんなことを言ったのは、ナーバスになっていたからだと思うことにした。夫が公聴会を投げだすのではと、あのときは冷や汗をかかされたが、今は、それはないだろうと計算していた。ピーターは、やり始めたことは最後までやる人間なのだから。

ニューヨークのラ・ガーディア空港からワシントンのナショナル空港までは、ほんのちょっとの飛行だった。そのあいだ、ピーターは書類に目を通して過ごした。

彼は目の前に、薬価についての資料とビコテックの報告書を積んで、予習に精を出した。特に繰り返し読んだのは、今朝早くスシャールが指摘した部分だった。もちろん彼にとって気がかりなのは、薬価よりもビコテックの方である。

ケイトは機中から父親に電話して、すべてはスケジュールどおりにいっている旨を報告した。ワシントンに着くと、リムジンが迎えに来ていて、二人をそのまま議事堂に連れて行った。議事堂に着いたとき、ピーターは極めて落ち着いていた。何を言うべきか分かっていたから、彼に不安はなかった。

二人の職員に案内されて、ピーターは会議場の控室に入り、そこでコーヒーを出された。ケイトはまだ一緒にいたが、すぐに傍聴席の方に移され、そこから夫の質疑応答ぶりを眺めることになった。立ち去るとき、しっかりね、とピーターの手を握って励ました。だが、足を止めてキスすることまではしなかった。

やがて彼は、立ち上がって本会議場に足を踏み入れた。とたんに、ドギマギするのを禁じ得なかった。どんなに準備ができていて不安がないとはいえ、国を動かす男女が大勢居並ぶ前に座って自分の意見を述べるのは、相当に度胸のいることだった。ピーターにとっては二度目の経験だが、最初の時はフランクが一緒で、意見を述べたのもほとんど彼だったから、今回とはまるで事情が違っていた。

ピーターは証人テーブルに連れて行かれ、宣誓をさせられた。小委員会のメンバーたちは、マイクロホンを前に、彼に向かい合う形で座っていた。ピーターが自分の名前と会社の名前を言うと、それ以上の前置きはなく、いきなり質疑が開始された。その様子を背後で上下両院の議員団が見守っていた。

質問は特定の薬価に集中した。そして、この法外な価格についてあなたはどう思うか、と彼の見解を求められた。彼は、分かりやすく理由づけして答えたが、説明は自分の耳にも空々しく聞こえた。大衆から少しでも金を集めようとする儲け主義の結果が、薬価の異常な高騰を招いているのは疑いのない事実だった。議員たちもそれを知っているから、今回の公聴会になったのだ。ウィルソン—ドノバン社もその罪の一端を負っている。もっとも、それより悪辣な会社はほかにいくつもあるが。

質疑はそれから医療保険問題に移り、一番最後にアイダホ州選出の女性下院議員が質問した。

「本日あなたは、このあとＦＤＡの公聴会に出席して、新薬の〝緊急承認扱い〟を申請されますね？　それについてお伺いします。その薬は、どの程度準備ができていて、具体的にどんな患者にどのような効き目があるのか、最新情報を聞かせてください」

ピーターは、専門的に込み入った表現を避け、かつ、秘密の部分を突っ込まれないようにしながら、委員たちにできるだけ分かりやすく説明した。

「この新薬で化学療法の概念が一変すると思われます。医者の助けがなくても、素人が扱えるようになるのです。母親が子供に飲ませたり、夫が妻に飲ませたりすることができるのです。よく注意してやれば、自分でも服用することができます。ガンと闘う患者の皆さんには、革命的な治療薬になるでしょう。どんな不便な所にいても、この薬さえ手に入れれば、普通の人でも一定の治療が自分で行なえるのです」

「すると、あなたが言う〝普通の人〟でも買えるような値段で売りだされるわけですね？」

別の委員にそう訊かれて、ピーターはうなずいた。

「ええ、そうしたいと思います。ビコテックを開発した当初の目的がそこにあったわけですから。薬価をできるだけ安く抑えて、誰でも買えるような値段で売りだすことになるはずです」

そう言ったときのピーターは、物静かで、とても力強く見えた。彼の説明にうなずきながら聞き入っている委員が何人もいた。

〝知識が豊富で、率直で、存在感のある証人〟。それがピーターに対する委員たちの印象だった。質疑が終わると、委員会は彼に謝意を述べ、委員一人一人が握手を求めて、午後のＦＤＡでの公聴会がうまくいくことと、素晴らしい新薬の成功を祈ると、彼のこれからの活躍を祝した。ピーターは思わず晴れがましい気分になり、午後に控えている問題をそのときだけは忘れることができた。それから、むしろ明るい気分で本会議場を離れ、ケイトの待つ傍聴席に足を運んだ。

「なぜあんなこと言ったの、あなた？」

ケイトは開口一番にそう言って、不満そうな顔をした。委員たちは全員が彼の説明に納得し、謝意まで述べたというのに。妻なら、よくできたと言って祝してくれてもいい場面だ。ところが、ケイトは夫を見つめる目に失望をあらわにしていた。ピーターは、まるで義父の顔を見ているような気にさせられた。

「あれじゃ、ビコテックをただでやるように聞こえるじゃないの。お父さんは、そんな印象を委員に与えるつもりはなかったはずよ。開発に投じた資金を回収するためには、薬価が高くなってもやむを得ないでしょ。それだけの薬なんだから、それ相応の利益を得るのは当然よ」

父親の代弁をする彼女の目は死んだように表情がなかった。

「今はその話はやめよう」

ピーターはそう言ってブリーフケースを取り上げ、案内してくれた職員たちに礼を言ってから、議事堂の外に出た。そのあとをケイトが追った。ピーターは、妻に反論する気力はまったく失せていた。彼女は何も分かっていないのだ。薬を売って儲けることは知っていても、製薬の精神が分かっていない。言葉では知っているかもしれないが、意味が分かっていない。

彼女の方も、夫をそれ以上追及することはしなかった。とにかく、ピーターは最初の障害は乗り越えたのだ。次に来るのが〝ＦＤＡの公聴会〟という一番高いハードルだ。

リムジンに乗り込んだ二人には、公聴会が始まるまでに一時間ちょっとの余裕があった。ケイトがどこかで昼食をとらないかと提案したが、ピーターは首を横に振った。委員会での証言が終わったあとでケイトに浴びせられた非難が、どうしても気になった。ケイトの見方からすると、ピーターの受け答えは失敗だったことになる。つまり、〝ビコテック〟の安価での発売を安請け合いすることによって、業界の薬価水準維持の立場を崩してしまい、ビコテック、その他の高価格の医薬品から得られるはずの莫大な利益を危うくしてしまった、と彼女は言いたかったのだろう。しかし、当のピーターは、委員会の前で言ってしまったことで、逆に胸のつかえがおりていた。

それでよかったのだ。これからはビコテックの安価実現のために猛然と戦えばいい。そのことで彼がどんなに闘志を燃やしているか、もちろん義父はまだ知らないでいる。

結局二人は、リムジンの中で、紙コップに注いだコーヒーを飲みながら、ローストビーフのサンドイッチを頬張って、昼食を済ませた。


車がロックビルにあるＦＤＡビルの前に止まったとき、ピーターがそわそわしているようにケイトには見えた。

ワシントンのキャピトルヒルから車で三十分も離れた場所にあるＦＤＡの建物は、むしろ野暮ったかった。だが、ここで、全米国民の命と健康にかかわる重要事項が決定されるのだ。ピーターが建物を見て思ったのはそのことだった。今日これからここで起きることもその一つだ、とピーターはあらためて考えた。ここに来た理由と、フランクとケイトにした約束。約束してしまったこともいけないが、欠陥を隠していると知りながらこのことをやって来たのはもっといけない。薬を手にする大衆はなんの疑いも抱いていないのだ。ピーターは、義父が早く現実に気づいて、新薬の治験をあきらめてくれることを祈るのみだった。

公聴会会場に入ったとき、ピーターは手のひらが汗ばみ、公聴会の出席者がどんな人たちなのか確認できないほど神経質になっていた。別の席に座るため彼のもとを離れて行くケイトにも何も言えなかった。実際、ケイトのことなどすっかり忘れていた。自分の理想を犠牲にして、原理原則をねじ曲げて、これから大変なことを述べなくてはならない。だが、もし新薬が計算どおり働いてくれたら、大勢の命を救えることになる。少なくとも、患者の延命に寄与することはできる。薬害と薬効、良心と気休めが胸の中で格闘して、ピーターの神経はもうくたくただった。

公聴会の開始に際して宣誓は求められなかったが、ここで真実を述べるか否かは、大勢の人の命を左右することになる。

周囲を見回して、ピーターは頭がくらくらした。予習を重ねてきたから、弁舌に心配な点はない。すぐ終わるだろう。しかし、〝人助け〟を口にしても、逆に、薬を使う人たちを裏切ることになるかもしれないのだ。今日の証言があっという間に終わることをピーターは願った。質疑応答で長引かされるのが一番嫌だった。

諮問委員会の質問が開始されるのを待つあいだ、ピーターは手の震えが止まらなかった。こんなにびくびくする経験は生まれて初めてだった。今朝の連邦議会の委員会に出席したときは、こんなことは起きなかった。これから始まるビコテックに関する証言に比べれば、薬価についての証言など単純無害で、無いに等しい。だが、FDAへの出席は不吉で、恐ろしくて、肩にかかる荷が途方もなく重い。ピーターは、早く終わらせよう、とそのことばかりを自分に言い続けた。誰のことも考えないことにした。ケイトのことも、義父のことも、スシャールのことも、読んだ報告書のことも、とりあえずは頭のすみに追いやった。

もうすぐ立ち上がって、ビコテックについて話すことになる。暗記しているから、一気にしゃべればいい。ピーターは長いテーブルに向かって座り、ハラハラしながらその時が来るのを待った。

なぜかピーターは、突然ケイトのことを考えた。ケイトとその父親に誠心誠意で尽くしてきたこれまでのことが頭をよぎった。身びいきなしで考えても、〝貸し〟があると言われるのは心外だった。会社の発展に貢献したという自負心もある。

しかし、すぐにケイトのことを頭から振り払って、始まろうとする質疑に意識を切り替えた。

質問が始まった。専門的なことを立て続けに訊かれ、公聴会に出席した理由を尋ねられると、ピーターは頭がふらふらしてきて、めまいすら覚えた。しかしピーターは力強い声ではきはきと、ガン細胞を死滅させることができると信じる新薬の人体治験の許可を得るために出席したのだと述べた。出席した委員たちのあいだに、ざわめきと書類をめくる音が同時に起きた。興味深げな視線がいっせいにピーターの上に注がれた。

彼はビコテックに関する説明を始めた。今朝議会で説明したこととほぼ同じ内容のことを言った。だが、ここの委員たちが議員と違う点は、うわべの説明だけでは満足しないところだった。彼らは詳しい専門的なデータを求め、かつ、与えられたものを即座に理解した。ピーターは壁の時計を見上げてびっくりした。気がつくと、一人で一時間近くも話していた。そのとき、締めくくりの質問が発せられた。

「ビコテックを人体治験するに際して、なんの懸念も支障もないとあなたは心から信じていますか、ハスケルさん？　あなたはその新薬の特性と内包する危険性をよく理解していると言えますか？　この新薬を臨床試験に移すに際してなんの躊躇も覚えませんか？　以上の二点について、あなた自身の保証をこの場でわれわれに与えてください」

ピーターは質問を頭ではっきりと聞いた。質問者の顔の表情もよく見ることができた。なんと答えるべきかも分かっていた。この公聴会に出席している理由はそれしかなかった。答えはひと言で済むのだ。〝ビコテックは説明したとおりの薬である〟とのひと言である。米国大衆の健康を担う委員たちに、ビコテックは無害であるとここでひと言言えば、公聴会は無事終了する。ピーターは会場を見回した。委員たち一人一人の顔を見た。彼らにも妻や夫、母親や子供たちがいる。

ビコテックが市場に出回れば、大勢の人たちがそれを手にする。その一人一人に家庭があり、愛する家族がいる……そこに考えが及んだとき、ピーターはやはりできないと思った。フランクのためでも、ケイトのためでも、誰のためでもない。自分のために、やってはいけないことなのだ。

こんな所に、やはり来るべきではなかった、と彼の胸が叫んでいた。そのために自分にどんな災難が降りかかろうと、誰になんと言われようと、ドノバン一家から何をされ何を取り上げられようと、できないことはできないのだ。この人たちに嘘をつくわけにはいかない。自分の立場がどうといったレベルの話ではない。

ピーターは、これから自分がしようとしていることの重大さをはっきり認識していた。次の一瞬で、地位も妻も、そのほか彼の生活のすべてを失うだろう。息子たちまで離れていくかもしれない。いや、彼らはもう大人になっているから、父親の行動を理解してくれるのではないか。代価がどんなに高くても良心を売り渡すわけにはいかないことを子供たちが理解しないなら……信念を守り通すための犠牲を受け入れられないなら……自分の子育てが間違っていたことになる。ピーターはついに心を決めた。その犠牲がどんなに大きかろうと、米国大衆をあざむくことだけはすまいと。

「それはできません」

ピーターははっきりと言った。

「まだ保証はできません。近いうちにできると思っています。わたしどもは、いまだかつて世界に類例を見ないような新薬の開発に努めてきました。これは世界中のガン患者が待ち望んでいる薬でもあります。ですが、危険がまったくないというところまではまだ到達し得ていません」

「だとしたら、第一段階の人体治験をここで許可するわけにはいきませんが、ミスター・ハスケル？」

諮問委員長が当惑した顔でピーターに呼びかけた。驚きの声が委員全員に広がった。彼はなんのために来たのだという声も上がった。ＦＤＡの公聴会は、未完成の薬を討議する場でも売り込む場でもないのだ。

委員たちは、最終的にはピーター・ハスケルの正直さを称賛した。かといって、委員の誰かがビコテックについて疑いを抱いていたわけでは決してなかった。ところで、会場には、怒りで顔を引きつらせている者が一人だけいた。家にいるもう一人が顔をけいれんさせるのは、彼女が帰って夫の裏切りを報告するときだろう。

「日を変えて、あらためて公聴会をもった方がよろしいのではないでしょうか、ミスター・ハスケル？　ここでこれ以上質疑を重ねるのは適切ではないと思いますが」

その日の諮問委員会はほかの予定がいっぱい詰まっていた。ピーターは午後の一番手で、そのあとの公聴会への出席予定者が何人も待機していた。

「ええ、あらためてスケジュールをとっていただきたいと存じます。六か月後なら用意できているはずです」

六か月後というのも厳しい数字だが、スシャールも言っていたとおり、そのくらいあればなんとかなるだろうというのが、ピーターの計算だった。

「お越しいただいてありがとうございました」

そのひと言で、ピーターは退席を促された。公聴会はこれで終わりだ。会場を出るときのピーターは、足がガタガタと震えていた。しかし、背すじをピンと張り、顔を上げ、気分は爽快だった。何年ぶりかでまっとうな人間に戻ったような心境だった。今の彼にはもうそれしか残っていないことも知っていた。

彼を待っているケイトの姿が遠くに見えた。彼女が理解してくれるとはとても思えなかった。近づいて見ると、彼女の両頬に涙が流れていた。それが怒りの涙なのか、それとも失望の涙なのかは、ピーターには分からなかった。きっと両方なのだろう。ピーターの口から、いたわりの言葉は出なかった。

「すまない、ケイト。あんなこと言うつもりはなかったんだ。でも、みんなの前でごまかせなくなってしまって。ああやって顔を並べられると、嘘をつき通すなんてとてもできるもんじゃない……」

「嘘をつけなんて言ったことないわ」

ケイトは嘘を言った。

「ただ、お父さんを裏切らないで欲しかっただけ」

そう言って彼を見るケイトの目は悲しそうだった。ケイトには分かっていた。二人の関係はもうこれでおしまいだと。ピーターも、自分の良心を捨ててまで、これ以上彼女に尽くすのはご免だった。むしろここまでやってこられたのが、今にしてみると不思議なくらいだった。

「何をしたのか自分で分かっているんでしょうね？」

相変わらず意地悪そうなケイトの言い方だった。どんな場合でも、夫より父親の肩を持とうとする彼女なのだ。

「まあ、そんなところだとは思ってたわ」

こうなった場合の夫に対する罰し方は、すでに今朝早く家のキッチンのテーブルで向かい合っていたときに決めていた。

ピーターの方もたじろがなかった。妙な道をたどったが、ある意味でこうなるのが彼の望みでもあった。

「あなたは正直者よ」

夫を見据えながら、彼女は言った。だが、その言葉は、彼女の口から出ると非難にしか聞こえなかった。

「でも〝バカ〟がつく正直者ね」

ピーターがうなずくと、彼女はくるりと背を向けてどこかへ行ってしまった。夫の方を振り返ろうともしなかった。ピーターも追いかけたりはしなかった。しかし、この冷たい関係は今日に始まったことではなかった。二人ともそれに気づかなかっただけである。果たして自分たちは結婚していたのだろうかとさえピーターは疑った。彼女の伴侶は父親だと言った方がむしろ当たっていた。


ＦＤＡの建物を出るピーターの頭には、さまざまな考えが渦巻いていた。ケイトは自分のリムジンに乗ってさっさと空港に向かってしまった。ピーターだけが街から三十分離れたＦＤＡビルの前に取り残された。だが彼は平気だった。ひとつも気にならなかった。

〈今日こそ我が人生にとって最も大切な日になるだろう〉

羽ばたけば空に舞い上がれそうな気がした。自分の人間性がテストされ、それが満点で合格したような、そんな気分だった。

〈……〝あなた自身の保証をこの場で与えてください〟……〝いいえ、それはできません〟〉

自分がここまでやるとは、ピーターはいまだに信じられなかった。不思議なのは、ケイトに対して申しわけない気持ちが起きないことだった。でも、それは事実だから仕方なかった。彼は国際的な大企業の社長として、今朝連邦議会に出席して、午後にはＦＤＡの公聴会に臨んだ。そして会場から出てきた今は失業者になっていた。妻を失い、地位をなくし、たった独りぼっちになっていた。残っているのは、見も知らぬ大衆への誠意と、良心を売らなかったという自尊心だけである。とにかく、彼はやったのだ。

ピーターはその場に立ち、一人で微笑みながら、九月の空を見上げた。そのとき、誰かにうしろから呼びかけられた。聞き覚えのある声だった。

ハスキーなその声は、彼を瞬時に別の時間、別の世界へいざなった。

ピーターはびっくりして振り返った。そこに立っていたのは、オリビアだった。

「こんな所で何してるんだい⁉」

思わず両腕を広げて抱き締めたくなるのを抑えながら、ピーターは訊いた。

「フランスで原稿を書いているんじゃなかったのかい？」

彼の目は、おいしいワインを味わうように、オリビアをのみ込んだ。彼女はピーターを見上げてにっこりした。黒いスラックスに黒いセーター、両肩に赤いジャケットを回して、何かフランス製品の広告に出てくるようなシックな出で立ちだった。ピーターは、もう何も考えられなくなるほど感激していた。

ヴァンドーム広場で追いかけたことと、それから五日間のあいだに起きたさまざまな出来事、その思い出で彼の頭の中はいっぱいだった。あの五日間で、二人の人生はまったく変わってしまった。オリビアはあの時よりもさらに美しく見えた。

この瞬間をどんなに待ち望んでいたか、ピーターはオリビア本人を目の前にして初めて気がついた。

「ええ、書いていたわよ」

オリビアは満面に笑みを浮かべて言った。彼の質問には直接答えずに、ただピーターのことがひたすら誇らしい様子だった。

彼女は、公聴会に出席する彼を陰で支えてやるつもりでやって来たのだった。『ヘラルド・トリビューン』のヨーロッパ版で公聴会に関する記事を読み、なぜかよく分からなかったが、行かずにはいられない衝動に駆られて飛んで来たのだ。ビコテックの夢と、それが現実に抱える問題は、彼から聞いてよく知っていた。公聴会会場は兄が調べてくれたし、傍聴できるように手配もしてくれた。

やはり来てよかった、自分の直感を信じたのは正しかった、とオリビアはしみじみ思った。

ついでに今朝の連邦議会も傍聴した際、隣りに座った兄のエドウィンは、妹が急に製薬事業に興味を持ちだしたのを訝《いぶか》しがったが、その理由までは尋ねなかった。

「あなたは自分で思っているよりもずっと勇敢よ」

ピーターを見上げながら、オリビアはそう言って彼を勇気づけた。ピーターはゆっくり手を伸ばして、オリビアを抱き寄せた。三か月半も彼女なしでやって来られたなんて、むしろ不思議なくらいだった。この女性をもう片時も離せない、とピーターは思った。

「勇敢なのはきみの方さ」

優しい声でそう言うピーターの目は、称賛の光で輝いていた。彼女こそ、地位も肩書きも捨てて、嫌なこととはいっさい縁を切った勇気ある人間だ。そう思ったとき、ピーターは、自分も同じ立場に立っていることに気がついた。資産家である妻も、地位も、一切合切を捨てて、曲がりなりにも自分の信念を守り通すことができたのだ。

二人は期せずして自由の身になっていた。その代償は途方もなく大きかったが、二人にとってはそれだけの価値がある自由だった。

「今日これから何か予定があるのかい？」

ピーターはにっこりして訊いた。気まぐれなアイデアがひらめいては消えて行く……ワシントンの記念碑巡り……ポトマック河畔の散歩……どこかのホテルで二人だけになる……それとも、ここに立っていつまでも彼女を見つめている……一緒に飛行機に乗ってパリへ飛ぶ……。

「予定なんか何もないわ」

オリビアは微笑んだまま言った。

「あなたに会いに来たんですもの」

それは事実だった。もっとも、遠くから見守るだけで、直接会って話すつもりなどぜんぜんなかったのだが。

「パリには明日帰るつもりなの」

ワシントンへ来たことは両親にも知らせていない。兄も、話さないと約束してくれている。彼女としては、ピーターのことを、本人に気づかれずにほんのしばらくでも眺めたかっただけなのだ。

「コーヒーでも一杯、いかがですか?」

二人は同時に声を上げて笑った。同じ時間の同じ場所が、二人の脳裏をよぎっていた。コンコルド広場で初めて言葉を交わしたときのあの場面だ。

ピーターが彼女の手を取ると、二人は石段をゆっくりと下り始めた。完全な自由に向かって。

〔了〕

『超訳』は、自然な日本語を目指して進める新しい考えの翻訳で、アカデミー出版の登録商標です。

新書判

五日間のパリ

二〇〇〇年 六月十五日 第一刷発行

著者 ダニエル・スティール
訳者 天馬龍行

発行者 益子邦夫
発行所 ㈱アカデミー出版
東京都渋谷区鉢山町15—5
郵便番号 一五〇—〇〇三五
電話 〇三(三四六四)一〇一〇
FAX 〇三(三四七六)一〇四四
〇三(三七八〇)六三八五

印刷所 凸版印刷株式会社

ISBN4-900430-87-0

John Grisham

ベストセラーの頂点を走りつづける米国一の人気作家

ジョン・グリシャム

氏の次回作がアカデミー出版から天馬龍行氏の超訳で刊行されます。２０００年のＸデー！

胸をわくわくさせてご期待ください。

シドニィ・シェルダンの中編シリーズがいよいよスタートします。

すべての作品は、80年代末から90年代前半の、氏の絶頂期に書かれたものばかりです。邦題は仮題とします。

Ghost Story（幽霊物語）

Strangler（首しめ魔）

The Money Tree（金のなる木）

The Dictator（独裁者）

The Twelve Commandment（十二戒）

The Revenge（復讐）

The Man on The Run（逃げる男）

We are not Married（結婚不成立）